collection *fugues*

L'homme
de la montagne

De la même autrice

Aux éditions Philippe Rey et, en poche, aux éditions 10/18

L'hôtel des Oiseaux, roman, 2023

Où vivaient les gens heureux, roman, 2021

De si bons amis, roman, 2019

Un jour, tu raconteras cette histoire, récit, 2017

Les règles d'usage, roman, 2016

Prête à tout, roman, 2015

Baby Love, roman, 2013

Une adolescence américaine. Chroniques des années 60, 2013

Les filles de l'ouragan, roman, 2012

Et devant moi le monde, récit, 2011

Long week-end, roman, 2010

Joyce Maynard

L'homme de la montagne

roman

Traduit de l'anglais (États-Unis)
par Françoise Adelstain

Philippe Rey

Titre original : *After Her*
(HarperCollins, New York, 2013)

7, rue Rougemont – 75009 Paris

www.philippe-rey.fr

Pour Laura Gaddini Xerogeanes et Janet Gaddini Cubley,
pour Martha aussi, et pour Dana.
Ce n'est pas leur histoire, mais leur histoire a inspiré celle-ci.

Et en mémoire de l'inspecteur Robert Gaddini,
brigade criminelle de Marin County.

Viens un peu plus près, eh…
Assez près pour me regarder dans les yeux, Sharona.
« My Sharona », chanson des Knack, 1979

Prologue

Il y a un peu plus de trente ans, un jour de juin au coucher du soleil – sur un versant de montagne dans le Marin County, Californie –, un homme s'est approché de moi, tenant dans ses mains un bout de corde à piano, avec l'intention de mettre fin à mes jours. J'avais quatorze ans, et il avait déjà tué beaucoup d'autres filles. Depuis ce jour, je sais ce que signifie regarder un homme dans les yeux en se disant que son visage est la dernière chose qu'on verra jamais.

C'est à ma sœur que je dois d'être ici pour raconter ce qui s'est passé ce soir-là. Par deux fois, ma sœur m'a sauvée, alors que moi, je n'ai pas su la sauver.

Voici notre histoire.

Il ne se passait jamais grand-chose sur le versant de la montagne où nous vivions et grandissions, Patty et moi. Et nous n'étions même plus abonnés à la télévision. En attendant qu'un événement inattendu survienne, nous inventions des situations. Le temps, c'était tout ce que nous possédions.

Un jour, nous avons décidé de découvrir ce qu'on ressent quand on est mort.

Un mort, ça ne ressent rien, a dit Patty. Du Patty tout craché.

Je possédais un sweat-shirt rouge, le modèle avec fermeture Éclair sur le devant, capuche et poches-réserves à chewing-gum. Je l'ai étalé sur un carré d'herbe en pente, derrière notre maison, les manches étirées de chaque côté, on aurait dit une personne passée sous un camion, de façon à exposer le plus de rouge possible, genre mare de sang.

Allonge-toi là, ai-je dit à ma sœur, en lui montrant l'emplacement – à plat dos, camouflant la fermeture Éclair.

Elle aurait pu refuser, mais Patty faisait presque toujours ce que je lui disais de faire. Ses questions, si elle en avait, elle les gardait pour elle.

Je me suis allongée à côté d'elle. Si près que le rouge débordait de part et d'autre.

Et maintenant ?

Ne bouge pas. Empêche ta poitrine de monter et de descendre quand tu respires.

Certaines personnes auraient exigé une explication. Patty non. Mon idée, c'était qu'elle découvre par elle-même de quoi il retournait, et cela, elle le comprenait.

Pendant un long moment, il ne se passa rien. Il faisait chaud, mais nous ne bougions pas.

Mon nez me gratte, dit-elle.

Tant pis. Pense à autre chose. Quelque chose d'intéressant.

Pour moi, ç'aurait pu être Peter Frampton, ou le jean que j'avais repéré au centre commercial, une ou deux semaines auparavant, idéal, sauf le prix. Ou les histoires que j'écrivais dans un cahier et que je lisais à voix haute, et que ma sœur trouvait meilleures que celles de Nancy Drew.

Pour Patty, ça pouvait être Larry Bird, le basketteur, exécutant un crochet. Ou un chien qu'elle aimait. C'est-à-dire tous les chiens existant sur terre.

Tu as remarqué ce nuage ? me demanda-t-elle. On dirait un teckel.

Tais-toi.

Qui sait combien de temps s'écoula ? Dix minutes ? Une heure, peut-être. Soudain, je l'ai repéré : un vautour, tournoyant dans le ciel. D'abord un, puis deux autres. Ils volaient encore très haut, mais vu leur position, on ne pouvait douter que nous étions leur cible. Ils tournoyaient exactement au-dessus de l'endroit où nous étions allongées.

Et maintenant ? demanda Patty.

Chut. Reste tranquille.

Deux oiseaux rejoignirent les autres. Le cercle se resserrait, comme s'ils réglaient leur tir. Ils descendaient aussi, se rapprochant de nous.

Et s'ils essaient de nous arracher les yeux avec leur bec ?

Je n'avais rien à répondre. Nous faire remarquer des vautours, c'était ça l'astuce. Au fond d'elle-même, Patty devait le savoir.

À présent, les vautours plongeaient en piqué, poussant leur terrible cri perçant. Ils semblaient d'ailleurs crier entre eux plutôt que sur Patty et moi. Ils se bagarraient probablement pour savoir qui nous viderait les orbites.

Alors nous avons entendu un cri encore plus puissant, poussé non par l'un des vautours qui nous frôlaient presque, mais par un autre, que nous n'avions pas remarqué jusque-là, et qui cinglait vers nous, corps en flèche, bec et serres visant nos visages.

Je n'eus pas à dire à ma sœur ce qu'il fallait faire. Nous nous sommes relevées d'un bond et, en hurlant, nous avons dévalé la pente en direction de notre maison. Sans même récupérer mon sweat-shirt – encore que, plus tard, les oiseaux disparus, nous soyons retournées le chercher, nous tenant par la main et braillant toujours. On pouvait brailler aussi fort qu'on le voulait dans ces montagnes, et ça faisait du bien. Nous nous cherchions toujours des excuses pour brailler.

Plus tard encore, affalées dans notre cour, quand nous avons pu de nouveau respirer, nous avons revécu toute l'histoire.

Je disais : Je sentais leurs plumes m'effleurer le bras.

Et Patty : Je sentais le souffle du vent créé par leurs battements d'ailes balayer mon visage. Un souffle chaud.

Maintenant tu sais ce qu'on ressent quand on est mort.

Non, pas mort, juste sur le point de l'être.

C'est ainsi que je me rappelle cette soirée. Je peux me tromper. J'avais beaucoup d'imagination quand j'étais jeune. Je savais fabriquer des histoires, et elles étaient si bonnes que moi-même parfois j'y croyais.

Et j'étais toujours en quête d'émotions fortes. Jusqu'à ce que l'une d'elles finisse par me submerger.

MA JOLIE, JOLIE PETITE CHÉRIE

Ma sœur et moi avons grandi dans une bourgade à l'ombre du mont Tamalpais, un peu au nord de San Francisco, dans un lotissement immobilier vieillot, à l'intérieur de la Cité de la Splendeur matinale. Juste au débouché d'une sortie de l'autoroute, la Highway 101, quinze kilomètres au nord du Golden Gate Bridge. Des bus faisaient le trajet de chez nous à San Francisco – un autre monde dont le pont marquait l'entrée, et qui, nous le savions, servait aussi de tremplin à des gens qui voulaient se jeter dans le vide. Pour nous, la ville aurait tout aussi bien pu être la Lune.

Notre père y était né – à North Beach, où on savait faire de la vraie sauce tomate, nous racontait-il. C'est là que les hippies étaient venus célébrer l'Été de l'Amour, là, dans le quartier du Haight, qu'on avait vu un jour Janis Joplin se balader, là où circulaient les funiculaires et serpentait Lombard Street, le long des jolies maisons victoriennes aux couleurs pastel, là, dans une agence de la banque Hibernia, qu'une autre Patty – Hearst – quelques années auparavant, avait fait irruption en brandissant un M1, au nom de l'Armée de libération symbionaise.

Plus tard, des rock stars ont commencé d'acheter des maisons du côté de l'autoroute opposé au nôtre, mais en ces années-là, l'endroit n'était pas encore à la mode. Le jour n'était pas encore venu où les gens construiraient des murs autour de leur propriété et mettraient des panneaux avertissant les voleurs potentiels de l'existence de systèmes d'alarme. À notre époque, la confiance régnait encore. Nos cours donnaient les unes dans les autres, sans haies ni clôtures, si bien que les enfants pouvaient cavaler d'un bout à l'autre de la cité sans que les semelles de leurs baskets touchent une seule fois l'asphalte. Les voisins allaient et venaient librement, rares étaient ceux qui fermaient leur porte à clé.

Notre maison, au numéro 17, était la plus modeste du lotissement – deux sombres petites chambres à coucher, une troisième encore plus petite, un living au plafond bas, une cuisine aménagée par les précédents propriétaires, en Formica vert avec des appareils ménagers de couleur assortie, vert avocat, au fonctionnement très aléatoire. Du contreplaqué recouvrait les murs du living, revêtement censé peut-être rendre la pièce plus douillette, mais résultat nul.

Nos parents avaient acheté la maison en 1968 – j'avais deux ans et ma sœur venait de naître –, ce qu'ils pouvaient s'offrir de mieux avec le salaire d'un policier. Ma mère affirmait que Marin County était un bon endroit pour élever des enfants, même si mon père travaillait en ville – c'est-à-dire à San Francisco. Il était simple flic à l'époque, pas encore inspecteur, et, tel que je le connais, il devait apprécier que son boulot l'entraîne loin de la maison, au-delà du pont rouge qu'il aimait tant. Il devait adorer se retrouver tout seul, nous savoir toutes les trois planquées dans le petit pavillon pendant qu'il courait sauver les gens.

Aujourd'hui, personne n'imaginerait construire des logements à bas coût dans un endroit tel que celui où nous vivions. Le terrain que nous occupions serait réservé à des demeures de six cents mètres carrés avec piscine et jardin, cuisine de plein air, mobilier de patio hors de prix. Un garage pour trois voitures, des voitures de marques européennes.

Mais quelle que soit la date de construction de ces petites maisons (les années 1940 probablement, après la guerre), la Cité de la Splendeur matinale et les rues avoisinantes (rue Jacinthe, Jonquille, Chèvrefeuille, et ma favorite – qui doit vraisemblablement son nom à l'épouse d'un entrepreneur – allée Muriel), leur situation à proximité d'espaces dégagés avec vue imprenable ne valait pas encore de l'or. Il était alors possible pour des familles sans fortune comme la nôtre d'habiter une maison ouvrant sur des hectares de terre vierge. Si bien que toute la montagne constituait notre terrain de jeu. Le mien et celui de ma sœur.

Patty passa les cinq premières années de sa vie sans parler, ou presque, sauf à moi. Non parce qu'elle ne le pouvait pas. Elle connaissait les mots. N'avait aucun empêchement physique. En fait, elle avait des opinions bien ancrées sur des tas de choses – non seulement les chiens et le basket-ball, mais aussi (dans la catégorie aversions) les plats à base de tomates à l'exception de la sauce marinara, les vêtements dont les étiquettes lui blessaient le cou, les robes, toutes les robes. Elle manifesta très tôt un robuste sens de l'humour, particulièrement pour ce qui concernait le corps, ses différentes parties, et l'usage des toilettes. Les rots l'amusaient. Un pet – surtout émanant d'une femme chic ou d'un homme en costume-cravate – la faisait hurler de rire.

Mais si quelqu'un lui posait une question – et cela incluait les autres enfants, sa maîtresse de maternelle, ou nos propres parents – elle ne disait rien, sauf si j'étais là, auquel cas elle me chuchotait la réponse à l'oreille, me laissant le soin de la transmettre au monde extérieur – celui qui existait au-delà de la cellule que nous formions elle et moi. Jeune moi-même, j'ai ignoré pendant longtemps que d'autres petites filles de cinq ans avaient des tas de choses à dire. Que ce n'était pas la règle avec toutes les sœurs cadettes.

Quand nous allions à la banque avec notre mère et que le caissier lui demandait quelle couleur de sucette elle aimait, Patty me chuchotait son choix, que je révélais : *verte*. Si des gosses la traitaient de lapine parce que ses dents du devant se chevauchaient, elle n'en tenait pas compte, et quand, dans notre rue, un garçon voulait lui piquer son jouet, elle le lui tendait sans protester, alors que si l'un de ces gamins se moquait de moi (à cause de mes vêtements trop grands, ou, pendant des parties de ballon entre voisins, de mon incapacité à attraper la balle), elle défiait le coupable (mais en silence) avec un de ces mouvements de ju-jitsu que nous enseignait notre père. Un jour que, au spectacle de marionnettes où notre mère nous avait emmenées, un garçon avait pris le siège qu'elle m'avait réservé, elle lui flanqua son coude dans l'estomac assorti d'un bon coup de pied, avant de me pousser triomphalement vers la chaise à côté d'elle. Le tout sans dire un mot.

On aurait pu la croire timide mais, lorsque nous étions seules dans notre chambre, Patty révélait sa vraie nature. Elle se trémoussait en petite culotte ou imitait sa maîtresse, Mrs Eggert, préparant la classe pour une inspection des fesses par l'infirmière scolaire en raison d'une épidémie de mycose, ou faisait le chiot, son jeu favori, à quatre pattes, langue pendante et agitant une queue imaginaire.

Elle pouvait être frénétique, sautait de la couchette supérieure sur une pile de coussins, échafaudée par elle, et qui se révélait insuffisante pour amortir sa chute. À son air, quand elle frappait le sol, je comprenais qu'elle avait très mal, mais elle n'était pas du genre à pleurer.

Parfois, parler en son nom consistait seulement à expliquer qu'elle voulait de la moutarde sur son sandwich, ou quel était son parfum de glace favori. Elle me le faisait savoir d'une voix étonnamment rauque, et si bas que personne d'autre ne pouvait l'entendre. Je formulais ses mots.

« Les poupées, ça l'intéresse pas vraiment », ai-je signifié à notre mère, tandis que Patty ouvrait son cadeau de Noël : un poupon et sa layette. « Elle dit que celle-là est vraiment mignonne et qu'elle me plairait sûrement. Mais en fait, ce que Patty aimerait, c'est un ballon de basket ou un petit cochon. »

En réalité, ce qu'elle voulait, c'était un chien, bien entendu. Or notre mère avait décrété qu'il n'en était pas question.

Il me faut ici relever un point intéressant : Patty était certes peu bavarde – elle ne deviendrait d'ailleurs jamais loquace –, mais elle possédait une voix retentissante. Ni criarde et haut perchée, mais étonnamment grave et sonore, et qui portait si bien que parfois, affirmait notre mère – quand nous faisions du vélo dehors tout en poursuivant l'une de nos discussions –, elle savait que Patty allait rentrer cinq minutes avant qu'elle fût effectivement là. D'après nos parents, elle était déjà célèbre pour cela tout bébé.

« Rachel a une voix d'enfant normal, disait mon père en parlant de moi. Mais, quand Patty pousse un cri, je suis sûr qu'il sonne aussi fort qu'Eureka. C'est un miracle que mes tympans aient résisté. »

Je n'ai aucune image de mon enfance (je parle de souvenirs, non d'albums photo, que notre mère n'a jamais pris la peine de réaliser) où ne figure pas Patty. Presque toujours, dans ces images, nous nous tenons enlacées, ou bien sa tête repose sur mon épaule, ou bien (parce que, très jeune, elle m'a dépassée en taille) c'est l'inverse. S'il s'agit d'une image datant de l'époque où elle avait six, sept ans, on peut parier à coup sûr que Patty ferme la bouche pour cacher ses dents. Mais que, si j'ai l'air soucieuse, ma sœur sourit.

On n'employait pas beaucoup le terme « dépression » en ce temps-là, je crois néanmoins que nous avons compris assez tôt, Patty et moi, que notre mère était fragile – qu'elle ne pouvait prétendre à plus d'espace ou d'énergie qu'elle n'en possédait déjà en stock. C'était la période où mon père suivait des cours du soir pour obtenir un diplôme d'inspecteur. Dès le début, dès son entrée dans la police, il avait eu pour but la brigade criminelle. Les histoires de contraventions, petits délits et cambriolages ne l'intéressaient pas. Peut-être avait-il été séduit par des personnages de détectives au cinéma – William Holden, Humphrey Bogart, Robert Mitchum. Ça lui ressemble bien : prendre pour modèle un héros de film, et en devenir un dans la vie réelle.

Il travaillait donc doublement – le jour comme policier à San Francisco, le soir à l'école – cependant que notre mère restait à la maison avec Patty et moi. Nul doute que c'était dur pour lui, mais c'était aussi très excitant : apprendre la psychologie, l'expertise du criminaliste. Et, tel que je le connais, il n'était pas homme à rentrer précipitamment chez lui après les cours. Il y avait probablement des étudiants de sexe féminin à l'académie de police. Et des serveuses dans les clubs où il se rendait après.

« Ton père a toujours aimé rendre les femmes heureuses », m'a dit un jour ma mère. Sans particulière dureté dans la voix, juste de la résignation et de la lassitude, une simple constatation, mais je le savais de toute manière. Je l'imaginais sans peine revendiquant la responsabilité, dont il se croyait investi, de répandre le bonheur autour de lui. Des tas de femmes. À rendre heureuses. (Pendant un certain temps, du moins.)

Le problème, c'était que ma mère semblait la seule de ces femmes à ne pas succomber aux manœuvres romantiques de mon père, ce qui, pour un homme habitué à charmer la gent féminine de la baie de San Francisco, devait vous couper la chique. Et puis, ma mère était plus intelligente que la plupart des autres. Plus déterminée à résister à la séduction ou à la flatterie. L'honnêteté, voilà ce qui lui plaisait. En cas de trahison avérée, vos cajoleries ne servaient à rien. Un seul mensonge, et vous la perdiez. Une scène de mon enfance me revient à l'esprit : au retour de son travail, mon père poursuivant ma mère dans la cuisine, lui dénouant son tablier, la prenant par la taille pour lui plaquer un gros baiser sur la bouche. (Est-ce un vrai souvenir ? Ou une image que j'ai fabriquée pour coller à ce que j'aurais voulu voir une fois ?) Il la tenait serrée contre sa poitrine.

« Tu sens bon, dit-elle en le repoussant. Nouvelle eau de Cologne ? »

Elle le regarde à peine et renoue son tablier, de cet air las qui semble dire *Ne perds pas ton temps.*

Il a fini par ne plus le perdre.

Simple policier, notre père avait gagné des médailles, mais son métier de détective le passionnait beaucoup plus. Un boulot de psychologue, nous disait-il. Déchiffrer le caractère de quelqu'un. Ce que son propre père faisait, dans son salon de coiffure de North Beach, quand il coupait les cheveux tout en écoutant les histoires de ses clients. Et lui-même ne faisait guère autre chose : conduire un criminel dans la salle des interrogatoires dans le but de l'amener à se confesser.

D'abord, il fallait chercher le ressort qui poussait l'individu à agir. Ensuite pénétrer dans sa tête comme un horloger.

Parmi les enquêteurs de la brigade criminelle de Marin County – et de la zone de la baie de San Francisco, et probablement encore au-delà –, Anthony Torricelli passait pour le plus à même de faire craquer un meurtrier. « Sa propre mère aurait pu jurer d'emporter son secret dans la tombe, me raconta un jour son ami Sal. Dix minutes avec Tony, et elle sanglotait dans son mouchoir qu'elle avait couché avec le laitier. C'est te dire s'il était bon. »

Bon : pas seulement. Le meilleur.

L'un des talents requis pour devenir un – ou une – détective de tout premier rang (*un* ou *une* – ça, c'était tout lui), nous disait notre père, c'est la capacité de concentration. Il faut savoir poser les questions et bien écouter les réponses. Saisir la perche quand l'individu que vous interrogez vous la tend, et déceler ce qu'il ne vous dit pas.

Mais surtout capter tout ce qu'il y a au-delà des mots qu'il vous lâche (*il* ou *elle*, les femmes peuvent être des criminelles autant que des objets de vénération).

Il est essentiel de déchiffrer le langage du corps. Est-ce que le type vous regarde dans les yeux en vous racontant où il se trouvait la nuit précédente ? Que signifie garder la main sur sa hanche, croiser et décroiser les jambes ? Est-ce qu'il tire continuellement sa manche en vous affirmant qu'il n'a jamais entendu parler de ce mec, Joe Palooka, qui vend du crack dans Hunters Point ? Pourquoi se ronge-t-il les ongles jusqu'au sang, ou pas du tout ? La veuve Jones est peut-être en noir, mais d'où lui vient ce suçon sur le cou, trois jours après l'enterrement ?

(Ce dernier point, en réalité, mon père ne l'a jamais énoncé devant ma sœur et moi. Je l'ai entendu sans le vouloir un jour qu'il coupait les cheveux à son copain Sal et qu'il lui expliquait comment il avait résolu une affaire où la femme d'un banquier avait convaincu son amant de zigouiller son mari pour pouvoir toucher l'assurance. Ce que mon père oubliait parfois, c'est que l'une de ses filles avait hérité de ses talents de bon détective. La pomme ne tombe pas loin de l'arbre : je garde l'œil ouvert.)

Mon père aussi gardait l'œil ouvert, même quand il était en congé, si tant est qu'il se soit jamais senti en congé. Surtout, il faisait attention aux femmes, pas à la façon de certains hommes qui jaugent les seins ou braquent le regard sur les fesses en souriant. Lui, il écoutait ce que la femme avec qui il parlait avait à dire, et semblait prendre son récit au sérieux. S'il aimait la voir nue, il aimait aussi lui masser les pieds ou lui caresser la peau du poignet, face interne. Il lui posait des questions sur ses enfants, si elle en avait, mais ne cachait pas qu'à ses yeux une femme n'était jamais seulement une mère. Eût-elle quatre-vingts ans, il savait repérer la jeune fille qui se cachait en elle. Je suis sûre qu'il n'a jamais regardé une femme sans s'imaginer couchant avec elle.

Un jour, nous sommes entrés dans une supérette. Acheter des cigarettes, ses Lucky Strike habituelles.

« Ne bougez pas », ordonna-t-il à la caissière, d'un ton si comminatoire qu'elle a dû penser qu'il s'agissait d'un hold-up.

Il se pencha par-dessus le comptoir, et sa main qui semblait vouloir toucher le visage disparut un instant dans la masse chevelue. Quand elle reparut, elle tenait une boucle d'oreille. Si petite qu'on se demandait comment il avait pu la remarquer.

« L'attache a dû se casser, dit-il. Je ne voulais pas que vous la perdiez. »

Elle resta bouche bée, tenant la minuscule croix d'or dans une main, et portant l'autre au lobe dénudé.

« N'espère pas tomber sur un type comme lui quand tu commenceras à sortir avec des garçons », me dit un soir l'une des serveuses de chez Joe où il nous avait emmenées dîner – notre restau traditionnel. « Parce qu'il n'y en pas beaucoup de cette espèce. »

Notre mère aurait dit que c'était une bonne nouvelle.

Il s'y connaissait en cheveux, un don hérité de son père, et il adorait brosser les nôtres. Il les coupait aussi, comme un professionnel – avec les ciseaux paternels.

« Parfois, je pense que j'aurais dû être coiffeur, disait-il. Il y a pire comme activité pour un homme que de passer ses journées à fourrager dans les cheveux d'une femme. Plutôt que de courir après une bande de truands crétins. »

D'abord, venait le shampooing dans notre évier. Il testait du poignet la température de l'eau avant de nous la verser sur la tête et, quand il faisait mousser, vous aviez l'impression qu'il vous massait. Il utilisait une certaine marque, contenant de la menthe, qui picotait le cuir chevelu. Toute ma vie, j'ai recherché ce shampooing.

Il mettait un disque. Dino, mais aussi Tony Bennett ou Sinatra, et il chantait en même temps qu'eux, sauf au moment de la coupe, où il avait besoin de toute sa concentration.

Il installait une chaise dans la cour. Toutes petites, il nous portait dehors, nouant une serviette autour des épaules de celle sur laquelle il allait travailler. Il reculait d'un pas pour nous observer, comme s'il était un artiste et nous, l'œuvre en devenir. Puis il se mettait à couper.

Je lui trouvais la voix de Dean Martin, et il connaissait les paroles de toutes ses chansons, y compris en italien.

À notre intention, il avait inventé un truc, un tour, qu'aucun être humain que j'ai connu depuis n'a jamais pu réinventer. Un truc si bizarre et stupéfiant qu'il m'est difficile de le décrire.

Vous étiez assise sur le canapé à côté de lui. Ce pouvait être ma sœur ou moi. Il l'avait peut-être fait une fois pour notre mère, mais alors, des lustres auparavant.

Ensuite, il vous arrachait un cheveu, si rapidement que vous ne sentiez rien. Ma sœur et moi en avions une masse, donc il ne manquait pas d'ouvrage. Des cheveux noirs comme les siens.

Vous ne saviez jamais quand ça allait se passer. Vous étiez assise, tranquillement, à regarder la télé ou à lire, et, crac, vous sentiez un petit coup sec sur le crâne, guère plus qu'une piqûre d'épingle. Alors vous le regardiez, à côté de vous, et il tortillait le cheveu entre ses doigts. À une telle vitesse que cela paraissait impossible. Mais, au bout de quelques minutes, il vous faisait tendre le bras et sur votre peau – olivâtre comme la sienne – était posée la chose qu'il avait créée et qui ressemblait à une araignée. Fabriquée avec votre cheveu.

Si vous en réclamiez une, ça ne marchait jamais. Des mois pouvaient s'écouler avant qu'il en refasse. Des araignées si minuscules et délicates qu'il était impossible de les saisir. Expirer ou exhaler la fumée de cigarette suffisait à les disperser.

La première fois qu'il m'en a fabriqué une et que je l'ai perdue, j'ai pleuré. « Ne pleure pas, mon bébé, m'a-t-il dit, il y en aura plein d'autres. » Pendant très longtemps, j'ai cru que ma vie se déroulerait ainsi – les hommes inventant des tours de magie pour moi – et pendant encore plus longtemps, j'ai pensé que ce devait être ça la vie, même quand cela ne l'était pas.

Des années plus tard, proche de la trentaine, j'ai rencontré un homme que j'ai brièvement envisagé d'épouser. Et je lui ai demandé s'il savait fabriquer des araignées.

« Des araignées ? » Il ne comprenait pas de quoi je parlais.

« Mais oui, avec un de mes cheveux. » Il me semblait que c'était ce que devaient faire tous les hommes pour les femmes qu'ils aimaient. Leurs filles, leurs petites amies ou leurs épouses.

Or seul mon père faisait cela. Peut-être bien l'unique personne dans toute l'histoire du monde.

Patty et moi adorions notre père, tout simplement. Il nous a enseigné, toutes petites, la lutte et des gestes d'autodéfense afin, disait-il, de nous protéger des avances importunes des garçons qui nous poursuivraient sans trêve toute notre vie. Mais il nous faisait aussi couler des bains moussants et allumait des bougies pendant que nous barbotions dans la baignoire. Il mettait des disques de Sinatra et nous apprenait à danser le slow, nos pieds reposant sur ses chaussures noires rutilantes.

Avec un bon partenaire, disait-il encore, une femme doit pouvoir fermer les yeux et se laisser conduire où il veut. Mais gardez-vous d'un homme à la main molle. Vous devez sentir la forte pression de cette main sur votre dos, et le poids de l'autre contre la vôtre. Qu'il hume vos cheveux, c'est bien – il faut un homme sensuel –, mais attention à la main qui s'attarde sur vos fesses. Et s'il ne vous raccompagne pas à votre table après la danse, ce sera sa dernière. Cela dit, comment un homme pourrait-il ne plus jamais danser avec l'une ou l'autre des filles Torricelli ?

Ne vous laissez jamais manquer de respect. Vous méritez un homme qui vous traite comme une reine.

Nous avions six et huit ans à l'époque où il nous tenait ces discours. Que savions-nous alors de l'amour et du romanesque, de la cruauté et du rejet ? Nous avons néanmoins engrangé ses paroles, pour plus tard.

Il ne criait jamais après nous. C'était inutile. Si l'une ou l'autre avait fait quelque chose qu'elle n'était pas censée faire, un seul regard de sa part suffisait à l'arrêter net.

Il travaillait souvent tard mais, s'il rentrait à temps, il cuisinait pour nous. L'ail était essentiel – haché menu par ses belles et grandes mains et grésillant dans de la bonne huile d'olive. Il faisait sa sauce de chic, et les pâtes aussi, qui pendaient dans la cuisine comme du linge sur une corde, accompagnées de boulettes de viande, d'après une recette de son père. Il affirmait parler italien, et parfois crachotait des mots à consonance étrangère tout en remuant ses casseroles, mais un jour nous avons compris qu'il les inventait.

À la fin du repas, s'il avait envie de bâiller, il écartait les bras le plus possible, ouvrait grand la bouche et poussait un rugissement. Enroulées sur le canapé à côté de lui, nous regardions la télé – surtout la série policière *Rockford Files* – et il nous massait les pieds. Quand nous étions fatiguées, il nous portait au lit, une dans chaque bras, puis s'asseyait dans le noir et chantait pour nous.

Notre mère ne quittait guère la maison mais, lorsqu'il était en congé, nous nous serrions, Patty et moi, sur le siège avant de la voiture (celle qui a précédé l'Alfa Romeo), et il nous emmenait sur les routes les plus sinueuses du comté. Maniant le levier de vitesse, il prenait les courbes comme un pilote de course, ce qui me faisait rêver d'en devenir un.

« Ne le dites pas à votre mère », nous pressait-il (son refrain habituel), tandis que l'aiguille du compteur atteignait les soixante-quinze miles. Bien entendu, nous ne le disions jamais.

Une fois, il nous a emmenées au Candlestick Park voir jouer les Giants. « Ce type-là, vous voyez ? Le numéro 44 ? Regardez-le bien. Vous pourrez raconter, jusqu'à votre mort, que vous avez vu jouer Willie McCovey. »

Une autre fois, alors que nous faisions la queue avec lui au supermarché, un homme juste devant nous s'est mis à insulter sa femme, ou sa petite amie. « Ferme-la, si tu veux pas qu'il t'arrive des bricoles », criait-il.

Mon père est sorti de la queue et l'a apostrophé. « Ça vous grandit de brutaliser une femme ? »

Et, plus tard, sur le parking : « Écoutez-moi, les filles. Je n'aime pas employer ce langage, mais c'est pour que vous compreniez bien : ne laissez jamais un homme vous traîner dans la merde. Un seul truc de ce genre, et vous vous tirez. »

Il nous emmenait dans le funiculaire ou dîner dans des restaurants d'adultes, ni McDonald, ni Chuck E. Cheese. Il nous apportait des gardénias, ou un 45-tours qu'il pensait que nous aimerions, une bague avec notre pierre porte-bonheur. Un jour, il nous a offert une double séance de cinéma où l'on projetait ses deux James Bond favoris – *Thunderball* et *Goldfinger.* C'était censé demeurer un secret, sauf que, rentrée à la maison, Patty a dit à notre mère qu'elle voulait une chatte, et qu'elle l'appellerait Pussy Galore.

Pendant une brève période, notre mère a constitué l'objet d'adoration de notre père, mais il a vite éprouvé le besoin de changer d'air. Elle, pour sa part, n'a pas bougé. Difficile de dire lequel des deux a décroché le premier, mais c'est arrivé et, une fois la chose faite, il a semblé impossible de revenir en arrière.

Ma mère a dû le voir glisser peu à peu – à la manière d'un morceau de banquise qui se détache et dérive vers la mer pour former un nouveau continent – et il n'y avait rien d'autre à faire que le regarder s'éloigner.

Quand il est parti, j'avais huit ans et Patty six ans. Il s'est installé dans un appartement en ville, avec un lit de secours pour ma sœur et moi lorsque nous lui rendions visite, ce qui se produisait très rarement. Nous avons continué d'habiter notre vieille maison, avec ses petites pièces sombres et des murs si minces que tout passait au travers, le bruit des voitures sur l'autoroute comme les secrets. C'est ainsi que j'ai appris la raison du départ de mon père. Une femme, bien entendu. Margaret Ann.

Du temps de notre vie commune, la pause du dîner était sacrée. La merveilleuse odeur de la cuisine paternelle – oignons et origan, mijotant dans la sauce tomate, sans oublier l'ail, bien sûr. Vin rouge et bougies sur la table, même en semaine. Musique, toujours.

Après son départ, notre mère tenta de se transformer en cuisinière, mais elle y renonça très vite. Il nous resta les surgelés ou les soupes. Et de bonnes soirées, quand notre père nous emmenait dîner au restaurant, chez Joe, avec notre box réservé et des serveuses qui connaissaient nos goûts : spaghettis à la marinara, pain à l'ail, tiramisu.

Ensuite, retour à la maison, où l'on semblait toujours manquer d'argent. Nous nous étions habituées à ne plus pouvoir regarder la télé. Notre vieux poste servait de meuble d'appoint : on posait dessus une plante, les piles de livres que notre mère rapportait de la bibliothèque, et les factures, que l'on n'ouvrait pas, bientôt remplacées par d'autres, sur lesquelles était imprimée en grosses lettres rouges la mention : *Dernier rappel.*

Peu après qu'on nous eut coupé le câble, ma sœur avait fait un dessin, de la taille exacte de l'écran, qu'elle avait scotché dessus, figurant un présentateur de la bouche duquel sortait une bulle avec les mots : « Tragique Nouvele ! » (orthographe de Patty). « Les filles Torricelli ne peuvent plus regarder leurs programmes favoris ! Donc, dit leur mère, faites travailler votre IMAGI-NATION. » Remarquez, le dessin de Patty lui-même se voyait à peine – en cause, les feuilles du philodendron qui dégoulinaient le long de l'appareil jusqu'au sol.

Au début, l'idée de vivre sans télé nous a paru abominable, pourtant nous avons inventé quelque chose de bien mieux. Un rituel baptisé Télé Plein-Air. À la nuit tombée, donc plus tôt en hiver et au printemps, plus tard en été, nous partions en maraude, passant d'une arrière-cour à une autre, chacune offrant une vue directe sur les livings. Rien de difficile, jusque-là. Chaque maison de la Cité possédait le même genre de baie panoramique, face à laquelle était placé le téléviseur. Il ne nous restait plus qu'à repérer le programme qui nous convenait et à nous tapir dans l'ombre, comme au cinéma.

La plupart du temps, nous choisissions la cour de nos voisins, un couple âgé, Helen et Tubby. Si leurs goûts n'étaient pas toujours les nôtres, ils possédaient le plus grand écran de toute la Cité.

Nous étalions une couverture – celle qui nous servait, avant, pour les pique-niques, du temps que nos parents n'étaient pas séparés et que nous passions nos dimanches au Golden Gate Park. (Ce qui en réalité pouvait ne s'être produit qu'une seule fois, mais nous ne l'avions pas oublié.) Quand il faisait froid – et c'est souvent le cas à ces heures-là –, nous nous blottissions l'une contre l'autre, enroulées dans la couverture. Et, tout en regardant, nous nous empiffrions de crackers quand, par hasard, nous en avions dégoté à la maison, les carrés ou les ronds, à l'huître, ceux que les gens mettent dans leur soupe (mais qui servaient parfois de petit-déjeuner à notre mère).

Notre série favorite, *Drôles de dames*, n'était malheureusement pas celle de Tubby et Helen. Après la mort de Tubby, Helen opta pour *La Petite Maison dans la prairie*, qui nous tapait sur les nerfs. Mais elle aimait aussi les rediffusions de *Brady Bunch*. Alors, chaque soir à huit heures, nous nous installions sur notre couverture, face à l'écran, le dos tourné à la colline.

Il fallait plisser les yeux pour bien distinguer les visages, mais nous connaissions tellement les personnages que ça n'avait pas d'importance. Neuf visages heureux, Mike et Carol Brady, leurs six enfants plus la bonne, chacun dans sa case du damier qui s'affichait sur l'écran. Nous n'entendions pas le son, évidemment, mais nous savions en gros ce qu'ils se disaient, et nous inventions le reste.

« Je crois que Cindy va avoir des problèmes », disais-je à Patty. Pas de très gros problèmes. Ils se résoudraient, c'était couru. Dans notre version, avec dialogues de notre cru accompagnant les images sautillantes sur l'écran de Helen, Mike annonçait à Carol qu'il la quittait et s'enfuyait avec la bonne ; Alice ou l'un de ses frères et sœurs (chose si improbable que c'en était drôle) avait besoin d'une greffe de rein, et il fallait trouver parmi eux l'organe compatible. (Ils n'avaient que l'embarras du choix, heureusement.)

D'une certaine façon, le spectacle que nous regardions ainsi, sans l'aide virtuellement indispensable d'un dialogue, était plus divertissant que celui que voyait Helen dans son fauteuil à rallonge. Dehors, Patty et moi pissions presque de rire cependant que Helen, installée dans son salon, tricotait un pull tout en avalant de temps à autre une gorgée de la tasse posée à côté d'elle.

Qu'est-ce qu'il y avait dans cette tasse ?

« Je parie que c'est une pocharde, disais-je à Patty. Elle met du whisky dans une tasse à café, comme ça personne ne devine.

– Pourquoi elle se cacherait dans sa propre maison ? rétorquait Patty. Elle n'imagine pas que nous la voyons par la fenêtre.

– Alors, maintenant, qu'est-ce qu'il va se passer ?

– Peut-être que les Brady vont avoir un chien ? » Patty s'efforçait de fournir des contributions intéressantes à nos conversations, mais parfois les idées manquaient. Heureusement il restait les chiens.

« Et ensuite ?

– Ils l'appelleront Skiper. »

D'autres fois, les histoires que je bâtissais concernaient les personnes qui vivaient dans le living où trônait la télé, plutôt que les spectacles qui se déroulaient sur leur écran.

« Peut-être que Helen s'introduit chez les gens pendant qu'ils sont partis travailler et vole leur argent et leurs bijoux, suggérais-je. Peut-être que Tubby l'a deviné, et qu'elle l'a tué, et que maintenant elle garde le corps dans la cave. C'est pour ça qu'elle allume toutes ces bougies à la vanille. Pour camoufler l'odeur. »

Et je poursuivais : « Elle en a eu marre d'être obligée de lui faire à dîner tous les soirs, alors elle l'a zigouillé. Il voulait toujours faire l'amour. »

En réalité, Tubby avait souffert pendant des années de la maladie d'Alzheimer (ce que ma sœur appelait la maladie des vieux) et, d'aussi loin que nous nous le rappelions, il passait son temps assis dans son fauteuil sans bouger. Simplement, l'idée de quelqu'un voulant faire l'amour avec Helen était tellement drôle. Ou faire l'amour tout court – une idée drôle, terrible et excitante.

Après le départ de notre père, nous nous sommes senties mieux à l'extérieur qu'à l'intérieur de la maison. À l'intérieur, les choses se cassaient et il ne restait guère de choix. Mois après mois, nous avions l'impression de manquer de tout, sauf de factures et de l'odeur des cigarettes. À l'intérieur, nous percevions la tristesse et le désappointement de notre mère, et malgré notre amour pour elle, il nous fallait sortir sous peine de sombrer à notre tour.

Au-delà des quatre murs de cette maison qui s'écroulait, tout était possible.

Nous jouions à *Ding Dong Ditch*, ce jeu qui consiste à sonner à une porte pour s'enfuir aussitôt après. C'était généralement Patty qui s'y collait, et la porte était celle de Helen.

Après avoir tiré la sonnette, Patty filait vers le fossé ou la haie derrière laquelle je me cachais, guettant le grand moment qui verrait Helen (ou Mr Evans, un peu plus bas dans la rue, ou les Pollack, ou Mrs Gunnerson et sa fille arriérée, Clara, selon les cas) ouvrir la porte et constater d'un air éberlué qu'il n'y avait personne. (Pas si éberlué que ça, à force. Helen, en particulier, devait savoir que c'était nous.)

Parfois, nous ramassions des pierres dans le voisinage – éventuellement des pierres blanches décoratives, restes d'une bordure de plate-bande – que nous peignions à la gouache si nous avions des tubes ou au crayon de cire. Ensuite, nous les vendions au porte-à-porte, peut-être bien aux gens chez qui nous les avions piquées. Ça nous rapportait un nickel ou juste un penny, l'idée étant de récolter de quoi nous payer un soda, un Slurpee 7 Eleven. Quand nous avions réuni les fonds nécessaires (pour un seul soda, en général), nous allions au centre commercial, à deux kilomètres de là. Marchant sans nous presser, comme d'habitude. Nous avions tout notre temps.

Mais nos principales distractions, c'était ailleurs que nous les trouvions, dans des coins plus sauvages. Aux confins de la Cité de la Splendeur matinale s'étendait le parc national du Golden Gate, doté d'un réseau de chemins de randonnée si vaste qu'il couvrait quatre-vingts kilomètres, de San Francisco, à l'extrême sud-ouest, à Point Reyes, au nord. Avec, à ses pieds, l'océan Pacifique. C'était là, dans la montagne – bien plus que dans notre chambre, dans la cuisine mal tenue avec son réfrigérateur et son four déglingués, ou dans les maisons que nous ne fréquentions pas des amis que nous n'avions pas –, que nous passions le plus clair de notre temps.

Pour la plupart des autres enfants, cette vaste étendue de terre vierge contiguë à nos habitations était zone interdite – peur des serpents, des attaques de coyotes ou, crainte plus raisonnable, du sumac aux feuilles toxiques. Mais Patty et moi allions où nous voulions. Avec pour seule limite la distance que nos jambes pouvaient parcourir.

Parfois, nous emportions de quoi pique-niquer – crackers, beurre de cacahuète ou juste du sucre. Et aussi le livre que j'étais en train de lire ou le cahier dans lequel j'écrivais mes histoires. (Patty avait ses BD : les aventures de *Betty et Veronica*.) On se dirigeait vers le Mountain Home Inn, le chalet-hôtel au départ du principal chemin de randonnée, dans lequel (suivant mes instructions) Patty entrait en trombe – il était impossible de la confondre avec un randonneur ayant retenu sa chambre –, fonçait vers le bar et raflait le maximum de cacahuètes, puis ressortait en courant avant que quiconque ait pu dire un mot.

Ensuite, on passait la journée là, dans la montagne, en bordure de chemin, à dédoubler des brins d'herbe, à imaginer ce que nous ferions si l'une d'entre nous s'inscrivait à un jeu télévisé et gagnait dix mille dollars, à scruter (ça m'intéressait, moi, pas ma petite sœur) dans des magazines pour teenagers des photos de coupes de cheveux ou l'entrejambe de John Travolta.

« Quand même, disait Patty, un type aussi célèbre que lui devrait être gêné de se montrer avec un pantalon si serré. Il a assez d'argent pour s'en acheter un neuf quand le vieux est devenu trop petit. »

Il y avait des choses que je lui expliquais, d'autres pas. Souvent, nous restions sans parler, à respirer les odeurs de fenouil sauvage transportées par la brise, à cracher des graines le plus loin possible. Ou, le torse nu, allongées dans l'herbe, la peau offerte au soleil, vérifiant la pousse de nos seins. Les miens insignifiants. Les siens inexistants.

D'autres fois, nous nous mettions à l'abri dans une cabine de camion déglinguée, envahie de mauvaises herbes poussant à travers le plancher, dont la présence à cet endroit nous plongeait dans des spéculations sans fin. Nous aimions croire que personne d'autre que nous n'en connaissait l'existence, jusqu'au jour où nous avons trouvé deux emballages de préservatifs.

Il fallait grimper environ un kilomètre et demi depuis notre maison pour tomber sur le véhicule, à l'écart du chemin. Un peu au-delà, accessible uniquement à pied, un amphithéâtre à ciel ouvert accueillait chaque été une compagnie théâtrale amateur et ses productions de comédies musicales populaires. (Une année *La Mélodie du bonheur*, l'année suivante *Brigadoon*.) Le prix des billets dépassait de loin ce que notre mère aurait pu dépenser, mais nous y grimpions néanmoins tous les soirs. Nous avions repéré un endroit, assez près de la scène, d'où, assises sur une couverture, nous pouvions assister aux répétitions, écoutant la musique et regardant les acteurs déambuler, changer de costumes, fumer un joint, se peloter aussi – ce qui était plus intéressant que le spectacle proprement dit. Notre *musical* favori était sans conteste *Blanches colombes et vilains messieurs,* dont nous chantions tous les airs en même temps que les acteurs.

Et puis il y avait les moments merveilleux, où, en l'absence de répétitions, nous disposions de l'espace scénique à notre guise et interprétions nos propres shows. Là, sur la montagne, à l'abri des regards, sauf le mien et, occasionnellement, celui d'un faucon à queue rouge ou d'un cerf, ma sœur perdait sa timidité et se révélait intrépide. Un jour, elle avait sept ou huit ans, elle exécuta un complet et magnifique strip-tease sur l'histoire du *Music Man.*

« Nous sommes comme les gosses dans *Charlie Brown* », disait-elle. Avait-on jamais vu, dans la BD, les parents des gosses en question se mêler de leurs aventures ? À en croire l'auteur, ils menaient leur vie sans la moindre intervention des adultes.

J'avais lu naguère un livre sur un garçon qui s'était perdu en forêt et qui avait été nourri par des loups. (Qui d'autre qu'un garçon pouvait connaître pareille aventure ?) J'adorais toujours autant cette histoire. Je nous voyais vagabonder librement dans la montagne, débarrassées de tout règlement parental, sans craindre aucun danger. Un couple de jeunes louves – mais habillées de jeans supermode, même si en réalité nous ne portions que des Levi's.

Nous roulions beaucoup à vélo, sans destination précise – vous ne saviez jamais ce que vous alliez trouver. Un jour, en passant devant une benne à ordures, nous avons remarqué une pile de disques posée à côté – une collection entière, semblait-il, et pas seulement des Mitch Miller ou du Mantovani (la musique préférée de notre voisine, Helen) ni même les Carpenters (que Jennifer Pollack écoutait à longueur de temps).

Pour une raison insaisissable (même si, habituée à inventer des histoires, j'ai imaginé aussitôt plusieurs scénarios), quelqu'un avait décidé de se débarrasser de toute sa discothèque. Les Beatles et les Rolling Stones, bien sûr, mais aussi les Moody Blues, Led Zeppelin, Procol Harum – sans compter le genre folk de Cat Stevens, Leonard Cohen, Arlo Guthrie, Crosby, Stills and Nash, Simon and Garfunkel. Plus étonnant encore, un album qu'adorait Patty, *Burning the Midnight Oil* par Dolly Parton et Porter Wagoner. Deux photos ornaient la jaquette, celle de Dolly, assise à côté d'une cheminée, jaillissant d'une fabuleuse robe rouge, l'air effondré, et celle de Porter, chemise en strass, ratissant ses cheveux jaunes, l'air tout aussi accablé.

Il y avait bien trop de disques pour que nous puissions les entasser dans le panier de nos vélos, et il nous a fallu trois voyages pour les rapporter à la maison. Tout l'été, nous les avons écoutés, sur mon tourne-disque d'enfant au son de crécelle et décoré de personnages de Walt Disney.

Nous chantions en pédalant tous les airs d'*Alice's Restaurant* (« C'est aujourd'hui que je mourrai, aujourd'hui que je mourrai »). Nous adorions le « Suzanne » de Leonard Cohen, sans comprendre réellement les paroles, mais devinant qu'il y était question de sexe. Et Donovan. Nous passions en boucle *Suite for Judy Blue Eyes* de Crosby, Stills and Nash, poussions le volume du tourne-disque au maximum pour « Whole Lotta Love » de Led Zeppelin – mais nous aimions aussi les chansons plus tranquilles. Nous savions que Jim Croce était mort jeune, tragiquement, ce qui rendait encore plus triste la chanson où il essaie de téléphoner d'une cabine à sa petite amie, mais ne parvient pas à lire le numéro inscrit sur une pochette d'allumettes. S'il y avait une chose que nous aimions en musique, c'était qu'elle nous fende le cœur.

« Chaque fois que j'écoute cette chanson, disait Patty, j'espère qu'il finira par lire le numéro et qu'il aura un autre *dime* à mettre dans l'appareil. Comme ça, ils seront réunis. »

Un jour, j'ai demandé à notre mère quel genre de musique elle aimait quand elle était jeune. Une lueur fugitive a éclairé son visage, que je ne lui avais encore jamais vue. « Elvis, a-t-elle dit. Personne ne l'a égalé. Mais j'en ai fini avec lui. »

Elle en avait fini non seulement avec Elvis, mais avec tous les hommes. Après le départ de notre père, elle a en quelque sorte tiré les rideaux. Ce qu'elle voulait, c'était qu'on la laisse tranquille, et son cœur aussi.

Un jour que nous vagabondions dans la montagne, un peu plus haut et un peu plus loin de la maison que de coutume, nous avons vu une chose stupéfiante : un homme et une femme courant dans l'herbe, totalement nus.

Nous avons reculé, pour ne pas les embarrasser, mais la femme nous a fait de grands signes. Ils se sont dirigés vers nous, se comportant comme si leur nudité n'avait rien d'anormal. Nous nous efforcions de ne pas regarder vers le bas, l'homme en particulier, bien qu'aucun des deux ne montrât la moindre gêne.

« Quelle belle journée, a dit la femme. Vous avez vu toutes ces fleurs sauvages ? »

C'était la saison des coquelicots. Il y en avait partout, comme sur une carte postale, sauf que sur une carte postale, il n'y aurait pas eu ce couple nu.

Main dans la main, ils sont partis. Patty et moi n'avons rien dit, nous nous connaissions si bien que, même en présence d'un événement extraordinaire, nous n'avions pas besoin de parler. Nous avons juste éclaté de rire et, nous tenant par la main, nous avons dévalé la pente, si vite que nous avons failli culbuter l'une sur l'autre.

Une autre fois, nous sommes tombées sur un homme qui chantait en jouant de la guitare, avec, assise sur l'herbe à ses côtés, une femme aux longs cheveux et un bébé.

« Je crois que c'était Jerry Garcia », ai-je dit. Je voulais impressionner Patty, sans succès.

Un autre jour encore, nous étions en train de jouer, à *Drôles de dames*, peut-être, ou simplement de marcher en nous amusant à décapiter ces graminées qu'on appelle des fléoles tout en récitant : « Maman avait un bébé et sa tête a sauté », quand nous avons découvert La Chose. Patty fut la première à le voir : le corps glabre d'un petit animal mort-né : un fœtus de daim probablement, toujours dans la poche, avec ses pattes fines repliées sur elles-mêmes, les yeux fermés aux paupières translucides qui jamais ne s'ouvriraient, oreilles collées au crâne, un réseau de veines bleues juste sous la peau. Nous imaginions, non loin de là, la mère errant, ensanglantée et hébétée. D'ici quelques heures, les vautours ou un coyote allaient trouver le fœtus. Demain, il n'en resterait plus trace.

Et aussi : nous prétendions être deux jeunes Indiennes, uniques survivantes d'une tribu massacrée, qui parcouraient le jour les premiers escarpements d'une longue chaîne montagneuse, chassant et piégeant le gibier, et qui regagnaient le soir leur tipi pour manger leur bouillie de maïs et ronger un vieux morceau de pemmican, puis enrouler leur couverture élimée autour de leur robe de cuir jusqu'à ce qu'une aube nouvelle les renvoie dans leurs montagnes. Je voulais allumer un feu de camp et y jeter des graines de pop-corn pour les voir éclater, mais Patty refusait. Le feu était la seule chose qui lui faisait peur.

Deux juments paissaient sur la colline. Elles devaient appartenir à quelqu'un, mais comme elles étaient toujours seules, nous pouvions prétendre qu'elles étaient à nous. Parfois, nous leur apportions des carottes s'il y en avait assez à la maison. Nous les avions baptisées Crystal et Pamela, les prénoms que nous aurions aimé porter. Elles finirent par sembler nous reconnaître, nous laisser approcher et leur caresser le dos. Crystal, particulièrement, si bien qu'on pouvait rêver de la monter à cru – à condition de trouver un moyen de grimper sur son dos.

Il nous arrivait de jouer les aveugles, yeux fermés, tournant cinq fois sur nous-mêmes, puis avançant de cinquante pas pour découvrir où cela nous menait. Nous ouvrions une page au hasard de *My Secret Garden* (un livre que j'avais remarqué dans la chambre de nos voisins, les Pollack, une nuit que je faisais du baby-sitting, un livre plein d'histoires folles sur le sexe imaginées par des femmes, et que j'avais piqué) et la lisions à voix haute. Mimant les garçons, nous pissions debout.

Le seul fait d'énoncer certains mots nous plongeait dans un état de folle excitation. Chacune à tour de rôle devait penser à un mot interdit et le prononcer tout en jetant en l'air une herbe ou un pissenlit – on en avait formé des petits tas devant nous –, exercice frustrant parce que notre vocabulaire en la matière était extrêmement limité : rapports, fesses, nichon, vagin, pénis. Et celui qui m'effrayait le plus cette année-là : règles.

Par deux fois, au cours de nos vagabondages, nous sommes tombées sur un couple faisant l'amour – sans qu'aucun des deux nous ait repérées. À force de jouer les détectives, nous avions appris l'art de passer inaperçues.

On pourrait imaginer que certaines expériences nous auraient découragées de pousser plus loin nos explorations, or c'était tout le contraire. La montagne recélait un monde tellement plus vaste que notre univers quotidien, et le fait même de savoir qu'il était plein d'animaux morts, de gens nus et de prédateurs nous donnait encore plus envie d'y pénétrer.

Les journées s'étiraient, l'une après l'autre, aussi illimitées que les pentes herbeuses de la montagne et le ciel au-dessus d'elles. Les autres enfants devaient rentrer dîner. Nous entendions leurs mères les appeler, encore que, souvent, ils aient su l'heure d'instinct. Nous, personne ne nous appelait jamais, et ni l'inquiétude ni le remords ne nous taraudaient à la pensée que notre mère avait passé tout l'après-midi à préparer un dîner familial qui, maintenant, refroidissait sur la table. Le dîner se prenait à l'heure, quelle qu'elle fût, où nous étions là.

Ensuite, nous ressortions, traînions jusqu'à dix heures du soir, inventions des histoires ou rôdions derrière les maisons, essayant de voir à travers les vitres s'il se passait des choses intéressantes, ce qui n'était jamais le cas. Quand nous nous décidions à rentrer, la radio marchait dans la chambre de notre mère, d'où filtrait l'odeur de ses cigarettes. Nous criions « Bonne nuit, maman » et, une fois dans notre chambre, nous posions une pile de 45-tours sur le tourne-disque. Allongées sur nos lits, nous lisions à haute voix – des albums d'histoires drôles, des biographies que je trouvais au Club du livre scolaire, un nouvel extrait de *My Secret Garden* (ces fantaisies délirantes laissaient ma sœur perplexe) –, ne cessant de chuchoter que lorsque l'une des deux s'endormait brusquement. En général, Patty.

Par la fenêtre ouverte, on entendait le bruit des criquets, le hululement d'une chouette, le hurlement d'un coyote, parfois celui d'un cougar. On voyait la montagne et les étoiles, et le matin, au lever du jour, des chevaux étaient là qui paissaient – s'accouplaient même, survolés par les faucons.

C'est là, sur ces pentes, que nous avons tout découvert. Os d'animaux et excréments de cerfs. Oiseaux, fleurs, préservatifs. Corps d'animaux morts et corps d'hommes. Pierres et lézards. Le sexe et la mort.

Dans ces années-là – je devais avoir dix ans et Patty huit –, une vieille femme qui habitait à l'extrémité en cul-de-sac de notre rue mourut des suites d'une longue maladie, et son mari partit s'installer dans une résidence pour personnes âgées. Leur maison resta vacante de longs mois, le temps pour leurs enfants de décider quoi en faire. Puis au printemps suivant, elle fut vendue. La seule chose que nous savions des nouveaux propriétaires était le nom figurant sur la boîte aux lettres : Armitage.

Ils n'avaient pas d'enfants. Peu à peu, nous avons recueilli quelques vagues informations sur Mr Armitage – un homme trapu, au crâne dégarni, qui travaillait (cela, nous le tenions de Mrs Gunnerson) comme professeur de danse dans un studio de San Rafael. Presque tous les après-midi, il gagnait l'arrêt du bus, quelques centaines de mètres plus loin, et rentrait le soir vers neuf heures. Plus tard, alors qu'il n'y avait plus personne dans la rue, sauf nous, il sortait leur petit chien.

En de rares occasions – seulement à la nuit tombée –, nous apercevions la femme qui, estimions-nous, ne pouvait être que Mrs Armitage, portant un grand sac à main, une robe peu seyante sur son corps informe et, bizarrement, par tous les temps, un chapeau. Toujours en talons hauts comme si elle se rendait à une soirée, bien que cette marche dans les rues avoisinantes avec le petit chien – une sorte de Jack Russell terrier – ne semblât la mener nulle part en particulier. Hormis ces occasions, nous ne la voyions jamais et, comme une bizarre petite voilette pendait du chapeau, son visage nous était quasi inconnu.

Fait étonnant, Mr Armitage semblait aimer la nature. Assises sur les marches, derrière chez nous, grignotant un Pop-Tart ou une barre chocolatée, Patty et moi le regardions se diriger vers la montagne, une canne à la main, des jumelles autour du cou, le chien trottant à ses côtés. Mrs Armitage n'était jamais de la partie.

« Peut-être qu'il va rencontrer une petite amie, disais-je. Peut-être que c'est un espion.

– C'est pas le genre », objectait Patty. Et force m'était de l'admettre. Par ailleurs, les balades de Mr Armitage duraient rarement plus d'une demi-heure : une courte grimpette sur le chemin et, hop, la descente. Ma sœur et moi en avions conclu que c'était un exercice pour garder la forme, même si les résultats ne paraissaient pas probants. Comme sa femme, Mr Armitage appartenait à la catégorie des grassouillets.

Autre fait marquant chez nos voisins : leurs efforts d'aménagement paysager. Très peu de temps après leur installation Cité de la Splendeur matinale, Mr Armitage avait engagé un homme équipé d'une sorte de petit tracteur pour arracher la pelouse, et nous avions imaginé des trucs aussi excitants que le creusement d'une piscine ou, du moins, l'aménagement d'un jardin raffiné. Il se révéla que les Armitage avaient choisi de remplacer la pelouse par des dalles. Karl Pollack, le seul de toute la Cité, à ce stade, à échanger quelques mots avec Mr Armitage, raconta que notre voisin faisait cela pour éviter d'avoir à entretenir un jardin et pour réduire sa facture d'eau.

L'autre grosse déception nous vint de leur poste de télévision. À cette époque, Tubby, le mari de notre voisine Helen, était encore vivant, et il avait pris l'habitude de regarder la chaîne de téléachat pendant la tranche horaire où passait la série *The Brady Bunch*, que nous suivions à travers leur fenêtre. Or le même *modus operandi* à travers la fenêtre des Pollack était devenu très aléatoire. (Leur fils nouveau-né souffrait à l'évidence de coliques, et ils avaient acheté un magnétoscope – toute nouvelle invention – grâce auquel ils diffusaient à jet continu des épisodes enregistrés de *Mr Rogers* dans l'espoir d'endormir Karl Jr.) Obligées de nous dégoter un autre lieu de visionnage en plein air, Patty et moi avions envisagé l'arrière-cour des Armitage.

Or il se révéla que les Armitage ne possédaient pas de téléviseur. En tout cas pas dans le living, le seul emplacement utile pour ma sœur et moi. Ce qui nous amena à nous demander à quoi ils passaient leur temps.

Il y avait le chien, bien sûr. Peut-être qu'ils aimaient faire des puzzles, suggéra Patty. Ou jouer au Scrabble.

Et s'ils avaient une activité secrète, par exemple voleurs de bijoux ou agents de renseignements ? Peut-être que Mr Armitage travaillait pour le FBI et que lui et sa femme devaient se cacher sous une fausse identité. À moins que Mrs Armitage n'ait été victime d'un terrible accident qui l'avait laissée défigurée, voilà pourquoi elle restait chez elle toute la journée et ne sortait que le soir. Nous, les Drôles de dames de la Cité de la Splendeur matinale, allions découvrir le fin mot de l'histoire.

Nous avons ouvert un cahier au nom de Mr Armitage. Ou plutôt, *je* l'ai ouvert. Patty s'est inclinée, comme pour tout ce que je suggérais, ou presque.

Des années auparavant, ma mère en avait commencé un dans l'intention de noter tous les faits et gestes de mon enfance, mais avait abandonné au bout de quelques mois, ce qui laissait beaucoup de pages blanches. Je ne trouvai rien de répréhensible à arracher celles où figuraient les photos : l'empreinte de mon pied de nouveau-né, un cliché de notre mère, son visage animé d'un espoir et d'un enthousiasme qui me semblaient lui être étrangers, un autre de mon père jeune et efflanqué – plus maigre que je ne l'avais jamais connu, les cheveux en bataille –, nous entourant de ses bras en un geste qui vous aurait fait jurer que rien de mal n'arriverait jamais à cette famille. Les notations, quotidiennes au début, s'espaçaient spectaculairement à partir de mon sixième mois. Mention était faite de ma première dent et de la fois où – entendant à la radio Andy Williams chanter « Moon River » – j'avais couru chercher notre exemplaire du livre *Goodnight Moon* et m'étais mise à danser. Ma mère avait cessé d'écrire dans le cahier peu après cet épisode.

Sur la nouvelle page de titre, j'inscrivis : « La Vie mystérieuse d'Albert Armitage », la date et l'intitulé de la mission qui nous incombait : découvrir tout ce qui était possible concernant notre énigmatique voisin (*énigmatique,* un mot figurant sur la liste du vocabulaire de ma classe de cinquième). Quant à savoir ce que nous comptions faire de ces découvertes, nous ne l'avons jamais dit expressément.

Pour Noël cette année-là, mon père m'avait offert un appareil photo Polaroïd et cinq rouleaux de pellicules. Je décidai de les consacrer à la documentation sur la vie et les habitudes d'Albert Armitage. Avec l'espoir que, lorsque nous connaîtrions mieux l'histoire du mari, nous aurions une idée de ce qui se passait avec la femme.

Nous avons commencé par noter les aspects les plus ordinaires de l'existence de notre voisin : Mr Armitage et ses balades quotidiennes en montagne avec son chien, Mr Armitage qui se dirigeait vers l'arrêt du bus, ou allait chercher le journal du dimanche. N'ayant pas de pelouse à tondre, il n'avait guère de travail à faire dans le jardin ; une ou deux fois, nous l'avions surpris à arracher les rares pissenlits qui réussissaient à passer par les fentes des dalles. Et à réaligner les pierres qui bordaient le terrain. En voyant ça, Patty et moi avions échangé un regard de connivence

– parvenues à la conclusion qu'il valait mieux renoncer à voler des pierres dans cette maison. Mr Armitage les gardait à l'œil.

Nous doutant qu'il n'apprécierait pas du tout notre idée de photos, nous avions concocté une méthode pour dissimuler notre activité. Quand nous avions repéré notre sujet devant un endroit quelconque, Patty s'amenait à côté de lui et prenait la pose (une main sur la hanche, l'autre faisant de grands signes à l'appareil) cependant que je braquais l'objectif de façon à saisir non pas ma sœur, mais Mr Armitage et, à l'occasion, le chien. Après quoi, je m'exclamais : « C'était génial, Patty », ou « Tu étais vraiment chouette sur celle-là ».

Ensuite, on tirait la languette et on voyait apparaître les images : Mr Armitage consultant sa montre. Mr Armitage lavant ses pierres au jet. Mr Armitage prenant son courrier. Les plus remarquables (que nous avions prises en faisant semblant de réparer la chaîne de mon vélo) le montraient en train de donner un bain à son chien.

Patty coopérait à mon enquête, mais sans enthousiasme excessif. Depuis l'apparition de Mr Armitage dans notre vie, elle avait adopté envers lui une attitude protectrice. Il aimait les chiens. C'est tout ce qui comptait.

« C'est un homme, point. Il ne fait de mal à personne. Je parie qu'il est juste triste, à cause de l'accident de sa femme. »

Là, elle faisait référence à l'explication que j'avais proposée des rares apparitions nocturnes de Mrs Armitage. « Quelqu'un lui a jeté de l'acide à la figure. Elle était incroyablement belle avant, et maintenant elle ne veut plus qu'on la voie. » De toutes les autres théories que j'avais échafaudées, c'était celle qui plaisait le plus à Patty. Elle compatissait avec ces pauvres gens.

Pour moi, cependant, il y avait toujours quelque chose de troublant dans les activités du couple. Les notations dans le cahier me permettaient d'affronter, d'une façon tangible, le sentiment de malaise intangible que me causaient nos voisins.

À moins que : trop de questions se posaient dans notre vie à l'époque, qui ne trouvaient pas de réponse. Nous cherchions des données permettant d'expliquer l'inexplicable. J'espérais peut-être qu'en rassemblant un grand nombre de faits simples sur un individu dont le comportement nous déconcertait – examiner le contenu de sa poubelle, surveiller ses heures de départ pour son travail et ses heures de retour, plus tout ce que révélait le viseur de l'appareil photo –, nous finirions par comprendre tant d'étrangetés. Trouver des réponses à des questions auxquelles, je le sais maintenant, la découverte de données exactes n'apporte aucun éclaircissement.

Au bout de quelques semaines de notations – qui ne révélèrent aucun nouveau fait marquant –, notre intérêt pour les allées et venues de Mr Armitage s'estompa singulièrement. Au point qu'un jour où je reprenais le cahier, je constatai que je n'avais rien inscrit depuis près d'un an.

Ne voyant quasiment plus notre voisin, en dehors de ses balades matinales en montagne et de celles du soir avec le chien, nous avons fini par ne plus penser à lui. Ni à sa femme.

Une fois, il nous est venu à l'esprit que cela faisait des mois qu'elle ne se montrait plus. Nous en avons conclu qu'ils avaient divorcé. Une histoire qui ne méritait pas plus ample investigation.

Un jour que Patty rentrait à la maison en flânant (elle devait avoir sept ou huit ans) – un de ces rares après-midi où je n'étais pas là (un après-midi entier sans moi, disait-elle, était aussi vide qu'un ciel sans soleil), elle remarqua, me raconta-t-elle ensuite, un ballon de basket abandonné près du terrain de jeu. À demi dissimulé dans les buissons, mais elle distingua la couleur orange fané de la surface et les dernières lettres du mot *Wilson*.

Patty s'approcha. Le ballon était un peu dégonflé, mais encore utilisable. Elle le ramassa, vérifia qu'il rebondissait.

C'est ainsi que commença l'histoire d'amour entre Patty et le basket-ball.

Sur une parcelle de terrain goudronnée toute proche se dressait un poteau avec un panier creux, sans filet, et le panneau arrière de guingois. Patty se mit à dribbler, puis lança le ballon en direction du panier. Elle rata son premier essai, les suivants furent réussis. Elle revint à la maison en dribblant constamment.

Le lendemain, nous sommes allées voir Helen et Tubby. Tubby avait été gardien d'école – ce qui signifiait qu'il possédait tous les outils imaginables, y compris une pompe à air. Son ballon regonflé, Patty n'en dribbla que mieux.

Plus tard, elle maîtrisa la technique du cross-over, s'amusa à dribbler par-derrière et entre les jambes. Les autres gamins s'en aperçurent et lui demandèrent de jouer avec eux. Sur le terrain, elle se montrait agile, intrépide, voire agressive, elle qui parlait si peu habituellement et ne se faisait jamais remarquer. Quand elle tombait, parce qu'on l'avait poussée brutalement, elle ne se plaignait pas, et pourtant elle devait avoir mal.

Son talent majeur, c'était le tir au panier. Les secondes précédentes encore, elle cavalait sur le terrain, soudain elle se figeait sur place, comme montée sur des ressorts. Les yeux braqués sur le rebord arrière du panier, regard fixe, elle lâchait le ballon. Le point marqué, elle repartait en courant.

Encore une chose : Patty ne monopolisait jamais le ballon, ne revendiquait jamais seule la victoire. C'était une vraie joueuse d'équipe, mais elle n'était probablement jamais aussi heureuse que lorsqu'elle se trouvait seule sur le terrain, juste elle et le ballon. À dribbler et à tirer. Au bruit du ballon rebondissant sur le sol, je savais que ma sœur approchait. Un bruit aussi régulier qu'un battement de cœur.

J'ai passé toute ma classe de cinquième à attendre que mon sang coule. Il a dû se produire bien des choses pendant cette année, mais c'est le souvenir que j'en garde. Me réveiller le matin et glisser une main sous ma culotte de pyjama, la poser sur mon ventre, sur mes seins tout neufs, durs petits monticules, puis sur l'endroit où avait surgi une petite touffe de poils soyeux.

Pour ce que j'en savais, j'étais la seule fille de ma classe à n'avoir pas encore ses règles. Sujet dont elles ne me parlaient d'ailleurs pas. J'étais parvenue à cette conclusion par élimination, partant de leurs conversations sur leur mal de ventre, des rassemblements autour du distributeur de Tampax, des histoires qu'elles racontaient sur des « accidents » ou des après-midi piscine avec obligation de porter des « protections ».

À l'approche de l'été et de mon treizième anniversaire, rien d'autre ne comptait pour moi que ce retard de règles. Depuis le début de l'année scolaire, je transportais une serviette hygiénique dans mon cartable. Terrorisée à l'idée de me retrouver un jour dans la situation, que nous avons toutes connue, d'une de ces filles appelée au tableau pour un théorème quelconque, et qui expose une grosse tache rouge à l'arrière de sa jupe. Sa copine, si elle en a une bonne, le lui dira peut-être ensuite. Plus probable, la classe se contentera de chuchoter et de regarder.

Ma sœur affirmait espérer que ça ne lui arriverait jamais – pas l'accident, les règles. Je te le souhaite, lui disais-je. Mais, moi, je commençais à craindre que ça ne m'arrive jamais. Que je devienne la seule fille dans l'histoire de notre école à parvenir en terminale sans avoir vu cette balafre rouge sur le fond de sa petite culotte.

N'est-ce pas bizarre de souhaiter une chose pareille ? Que du sang s'écoule de votre corps ? Ou jaillisse ? Je n'étais même pas sûre de quoi il retournait.

Je le voulais, point. Parce que ça vous donnait quelque chose à partager avec les autres filles. J'étais assez différente comme ça. Je m'imaginais que, si je me plantais près du distributeur de Tampax, me tenant le ventre en gémissant, je m'intégrerais. Au lieu de quoi, je continuais de transporter dans mon cartable la même serviette hygiénique, depuis si longtemps que l'enveloppe protectrice était constellée de miettes de sandwich, de traces de barres chocolatées fondues, de marques de stylo-bille et de peluches. Et d'examiner ma petite culotte chaque fois que j'allais aux toilettes. Avec le sentiment, souvent éprouvé, d'être quelqu'un d'anormal.

Notre mère n'était pas le genre de personne avec qui discuter de ces choses, mais elle le savait forcément. C'est elle qui faisait la lessive.

Notre père, quand il lui arrivait de passer nous voir, avait commencé de me traiter différemment, comme si j'étais un objet fragile. Avec Patty, il chahutait – lui tapotait les fesses, lui lançait un ballon de basket, même en plein sur le ventre, parce que ça la faisait rire, la soulevait et la faisait tournoyer – malgré sa grande taille. Avec moi, il adoptait une attitude distante, qui me donnait parfois l'impression qu'il ne me connaissait plus.

Conscient que j'abordais le territoire de la sexualité, il en était probablement déconcerté. Il savait comment se comporter avec des petites filles, et je savais (Patty aussi), pour l'avoir observé chez Marin Joe et autres endroits où il nous emmenait, qu'il en connaissait un bout sur la façon de se comporter avec les femmes. Se retrouver avec une fille qui n'était plus une enfant le laissait sans voix – situation très inhabituelle pour lui, mais le fait était là.

La seule personne avec qui je parlais de ces choses était ma sœur. La seule avec qui je parlais de la réalité, et réciproquement.

La nuit, dans notre lit (Patty, couchette supérieure, moi en dessous), nous écoutions de la musique sur notre transistor et notre tourne-disque (Peter Frampton, Cat Stevens, Linda Ronstadt ; réservant les tubes les plus délirants – Led Zeppelin et Lynard Skynard – pour la journée).

Nous nous chuchotions des histoires pendant des heures, sur tout et n'importe quoi. Le chien que Patty choisirait si notre mère l'autorisait à en posséder un : un adorable chiot ou un vieux abandonné qui aurait vraiment besoin d'un foyer ? Que devenait le corps après la mort ? Et – après avoir vu *Les Dents de la mer* – si on voudrait encore vivre après qu'un requin nous aurait arraché bras et jambes. (Où fixer la limite : deux jambes, un bras ? Les deux jambes ? Un bras et une jambe ?)

Nous parlions de Dieu (je n'y croyais pas, Patty si) et du divorce de nos parents – bien que ce fût déjà chose ancienne. Sachant que notre père vivait seul, nous échafaudions des hypothèses sur ce qu'il faisait quand il n'était pas de service. En la matière, il ne répondait jamais aux questions, mais vu que c'était le type même d'homme à avoir une petite amie, nous ne doutions pas qu'il en avait une et qu'elle devait être belle. Un nom me trottait par la tête, mais je m'interdisais de le prononcer à voix haute, par loyauté envers notre mère.

En ce qui la concernait, il n'y avait guère de mystère. Depuis le divorce, elle habitait une contrée froide, grise, d'une tristesse irrémédiable, comme si le départ de notre père avait chassé de sa vie toute lumière. Elle nous aimait, c'était indéniable, mais son comportement évoquait celui d'une personne atteinte d'une maladie contagieuse, qui redoute de contaminer les gens qu'elle aime en s'approchant trop près d'eux. Elle rapportait des provisions à la maison après son travail (elle se disait dactylo, le terme de « secrétaire » sous-entendant un statut qu'elle ne s'accordait pas), nous emmenait acheter des vêtements pour l'école quand elle en avait les moyens, mais, plus que tous les autres enfants que nous connaissions, nous devions nous débrouiller seules la plupart du temps, avec un réfrigérateur souvent vide, des crackers, des portions de fromage ou des boîtes de soupe pour dîner – une faible odeur passant sous la porte de sa chambre qui nous faisait savoir qu'elle était là, en compagnie d'un des livres qu'elle empruntait à la bibliothèque.

L'histoire de notre père était beaucoup plus compliquée. Y figurait la mystérieuse Margaret Ann (dont notre mère hurla le nom le soir qui précéda le départ de notre père. Puis jamais plus).

Et tant d'autres. Nous sortions avec lui, Patty et moi, et une femme qu'on n'avait jamais vue l'appelait ou s'approchait de nous, et il y avait cet échange de regards entre eux suggérant qu'elle savait des tas de choses que nous ignorions.

Si, après, je lui demandais qui c'était, il répondait : « Quelqu'un que j'ai rencontré un jour. » Il pouvait mentionner qu'elle travaillait chez le fleuriste où il s'était arrêté (pour acheter des fleurs à une autre, très probablement), ou chez le concessionnaire qui se chargeait des révisions de l'Alfa, ou qu'elle lui avait vendu une paire de bottines quelques mois auparavant. Une fois, il la présenta comme la juge d'un procès où il avait été appelé à témoigner. Mais à la manière dont elle le regarda sur le parking de la station d'essence où elle nous apparut : se recoiffant ou – ce geste qu'elles semblaient toutes faire – se touchant le cou, nous l'avons catégorisée femme plutôt que juge.

« Je comprends pas tout ce tintouin qu'ils font à propos du sexe », dit Patty un jour. La fille adolescente de voisins (inclus dans sa tournée de distribution de journaux gratuits) avait lâché, incidemment, qu'elle trouvait notre père sexy. Ce qui nous entraîna dans une discussion sur les caractéristiques d'une personne sexy, et de là sur ce que les gens faisaient au lit ensemble, selon moi. Cela ne concernait pas notre mère, mais notre père, ô combien.

Comment pouvait-on trouver ça drôle ? dit Patty. Selon elle, c'était débile, oui. Plutôt jouer au basket.

Je ne saurais dire exactement pourquoi, mais je savais que pour les gens, le sexe était très important. On pouvait supposer que ça les rendait heureux, même si parfois ça leur faisait commettre des folies. C'est ainsi que je voyais les choses, m'imaginant que je comprendrais mieux quand j'aurais eu mes règles. Mais les mois passaient et rien ne venait, si bien que je finis par jeter la serviette hygiénique que je trimballais dans mon cartable et ne la remplaçai pas.

Notre père avait de nombreux secrets. La recette de sa sauce à la marinara qu'il promettait de me transmettre quand j'aurais vingt et un ans. Les endroits où il comptait nous emmener lorsque nous passions un après-midi de week-end avec lui. (« Vous verrez, disait-il, en nous installant sur le siège avant. Interdiction d'en parler à votre mère. ») La façon dont il s'y prenait pour faire avouer leur crime aux criminels, et comment il savait, avant même que nous en ayons parlé, que nous étions tristes ou effrayées, ou qu'un garçon à l'école s'était moqué de la dentition de ma sœur. Et, bien sûr, ce don qui lui permettait de fabriquer des araignées avec nos cheveux. De tout cela, nous tirions la conclusion que notre père était un magicien.

Nous vivions dans l'attente de ces après-midi où l'Alfa s'arrêtait devant chez nous – ou, quand il était de service, la voiture banalisée, ce qui signifiait qu'il avait une arme attachée à sa cheville et un émetteur radio à sa ceinture – et des quatre-vingt-dix minutes suivantes s'il nous emmenait déjeuner, voire de simplement dix minutes si c'était tout ce dont il disposait – on aurait dit que le ciel entier s'éclairait, et j'étais si heureuse que ma poitrine aurait pu exploser, et nous riions à en avoir mal au visage.

Dans la voiture, il mettait toujours une cassette. Si c'était Sinatra, il se contentait d'écouter (« Qui oserait chanter en même temps que Frank ? »). Mais quand c'était Dean Martin, il se joignait à lui, en anglais ou en italien, peu importait. *Mambo Italiana*, *Ritorna-me*, et notre favori : *That's Amore*, c'est l'amour.

Notre père connaissait toutes les paroles bien sûr, Patty et moi aussi, probablement, à force de les entendre, mais nous le laissions chanter seul.

Quand la lune t'apparaît comme une grosse pizza…

« That's amore ! » hurlait Patty de sa grosse voix.

Quand tu baves devant les étoiles comme devant une grosse fazzoola…

« That's amore ! »

Nous avions même fini par inventer nos propres paroles :

Quand tes fesses te démangent et que ça te pique dans l'entrecuisse…

« That's amore ! »

Quand ton cœur te fait mal et que ton derrière bruisse…

« That's amore ! »

Nous chantions pendant tout le trajet du retour, et nous chantions encore quand la voiture s'arrêtait près de la maison.

« Mes filles, disait-il en nous soulevant dans ses bras. Amours de ma vie. »

L'instant d'après, il était parti, et nous restions sur le trottoir à regarder la voiture filer comme un éclair de chaleur, tandis que s'évanouissaient les dernières notes de la bande stéréo.

Nous ne savions jamais quand il reviendrait. Et on ne pouvait même pas lui en vouloir – ce que pourtant Patty ferait plus tard. Les moments qu'il passait avec nous compensaient tous les autres, disais-je à ma sœur.

Il semblait impossible d'espérer d'une personne comme notre père qu'elle traîne simplement en compagnie de ses deux filles, il était tout aussi impossible de le retenir que d'empêcher le soleil de se coucher ou une vague de déferler.

Nous avions un père unique. Une sorte de star de cinéma ou d'astronaute, quelqu'un qu'on s'attend à voir à la télévision, assis sur le canapé en train de parler avec Johnny Carson, sauf que nous étions ses filles et qu'il venait à la maison uniquement pour nous – et que, de toutes les femmes qu'il pouvait avoir, c'était nous qu'il aimait le plus.

Nous étions ses favorites absolues, et nous le resterions à jamais.

Été 1979. J'avais treize ans et deux mois, et je venais de terminer ma cinquième. Je n'avais pas d'amie intime, mais j'aimais ma sœur plus que tout au monde, juste avant mon père. J'étais aussi amoureuse de Peter Frampton et de John Travolta, et je voulais être écrivain quand je serais grande. Ou bien une espionne internationale, ou peut-être la première femme pilote de course. J'avais lu, quatre fois, le *Journal d'Anne Frank*, cornant les pages où elle parle de sexualité et de sa colère envers sa mère, et je tenais moi-même un journal, sauf qu'au lieu d'y raconter des faits vrais, j'inventais des histoires avec deux thèmes principaux : de tragiques histoires d'amour et de folles aventures dans des pays que je découvrais grâce au *National Geographic*.

Du seul mariage que j'avais observé de près – celui de mes parents –, j'avais acquis une piètre opinion de cette institution. Le mariage, c'était la porte ouverte au divorce, et le divorce avait brisé le cœur de notre mère, éloigné notre père.

Si c'était à cela que menait le mariage : une femme qui ne serait plus jamais heureuse, quel besoin en avait-on ? En tout cas, plutôt être celle qui se tire que celle qu'on laisse. D'ailleurs, je serais trop occupée pour me marier.

Je ne voulais pas non plus avoir d'enfant. (L'image du corps de Jennifer Pollack après la naissance de Karl Pollack Jr m'avait donné à penser, et devoir changer les couches dudit Karl avait réglé définitivement la question.) Mais je comptais les années qui me restaient avant de pouvoir quitter la maison, trouver un meilleur job que celui de baby-sitter et m'acheter une décapotable, qui serait noire et pas rouge comme celle de tout le monde. Je pensais aussi vaguement à me faire tatouer, une idée encore peu répandue à l'époque. Et je voyagerais, accumulant les aventures au cours des recherches qui me serviraient à écrire mes livres, parfois je m'envolerais pour telle ou telle ville rencontrer mes fans, qui feraient la queue pour se faire dédicacer mon dernier best-seller, et qui, arrivés devant moi, me diraient que c'était la meilleure chose qu'ils avaient jamais lue, à l'exception du *Journal d'Anne Frank* ou de *Ne tirez pas sur l'oiseau moqueur*.

D'où vous viennent toutes ces histoires ? me demanderait-on.

Dans ma jeunesse, expliquerais-je, je les inventais pour rendre la vie intéressante. Ma sœur et moi espérions toujours connaître des événements excitants et, si le monde ne nous les procurait pas, nous en fabriquions. Des histoires si réelles que nous finissions par y croire.

Et, un jour, un tel événement s'est produit, bien sûr. Alors, nous avons souhaité qu'il ne soit jamais arrivé.

C'était le 21 juin, date du solstice d'été. Cela faisait exactement une semaine que l'école était finie. Les Knack chantaient « My Sharona », le tube numéro un. Patty et moi l'écoutions cent fois par jour sur la station de radio où officiait le DJ qui l'avait lancé. Nous prononcions les paroles et dansions nues dans notre chambre, puis sur la montagne – pas très sûres de ce que ces paroles signifiaient, mais devinant qu'elles n'étaient pas correctes du tout.

Un jour du printemps, peu avant mon treizième anniversaire, j'avais découvert que j'aimais sentir mon cœur battre vite. Je m'efforçais de reproduire les sensations qu'on devait éprouver en conduisant très vite sur une route en lacet et des pentes extrêmement raides. Le même effet que de la drogue, sans en prendre.

Chez moi, ça se passait surtout dans la tête, mais ma sœur était prête à tout essayer. Un écriteau sur une barrière indiquait-il DÉFENSE DE PASSER, elle sautait aussitôt par-dessus. Un garçon la traitait-il de poule mouillée qui n'aurait pas le culot de dévaler la colline sur sa planche à roulettes, hop, elle fonçait. Mon boulot, c'était d'observer et d'avoir des idées.

Il était près de huit heures du soir. Nous avions consacré l'essentiel de la matinée à essayer de dégoter de la monnaie dans la maison – fouillant sous les coussins du canapé et dans le sèche-linge, finissant par amasser le montant grandiose d'un dollar quatre-vingt-cinq en pièces de vingt-cinq cents, nickels et dimes. L'après-midi, nous nous étions rendues à pied au centre commercial pour regarder les vêtements (sans en essayer aucun, c'était au-delà de nos moyens) et nous partager un sorbet Slurpee. De retour à la maison, serrées sur ma couchette du bas, nous avions écouté notre disque des Rolling Stones, *Sticky Fingers*, tout en mangeant des radis et actionnant la fermeture à glissière de la braguette de Mick Jagger, illustration de la couverture de l'album.

Le dîner avait consisté en une boîte de SpaghettiOs. Rien de commun entre ça et les plats que nous cuisinait notre père jadis.

Ensuite, installées en plein air sur notre couverture, nous nous sommes préparées pour notre séance de visionnage du feuilleton *Brady Bunch*. Nous avions dépassé l'âge, surtout moi – et nous connaissions chaque épisode par cœur – mais la tradition, c'est la tradition.

Il faisait chaud au soir de cette plus longue journée de l'année, ce qui signifiait que le soleil n'était pas encore couché et qu'on aurait encore plus de mal que d'habitude à voir les images sur le poste de Helen, sans compter, mauvaise nouvelle, qu'elle semblait vouloir opter pour l'émission de Lawrence Welk.

Nous avons donc décidé de nous transporter un peu plus loin, derrière la maison de Karl et Jennifer Pollack, qui venaient d'acheter un téléviseur encore plus grand que celui de Helen. Bouger notre couverture de place était notre façon à nous de changer de chaîne.

Le feuilleton venait juste de commencer – ces vieux visages familiers qui nous souriaient, chaque Brady dans sa case de l'écran-damier, et qui se souriaient entre eux, du bas vers le haut, du haut vers le bas ou sur les côtés – quand l'écran est devenu noir une seconde pour laisser place à une autre image. Les mots qu'elle prononçait nous échappaient, mais je savais d'une expérience précédente que, si on interrompait la diffusion normale, c'était pour annoncer une urgence, une information de première importance.

« Peut-être qu'il y a le feu, dis-je (une crainte permanente en cette saison). Ou que le Président a été assassiné. »

L'image suivante nous a médusées : le visage de notre père plein cadre. Portant veston de sport et cravate, debout sur une estrade dans une pièce qui semblait remplie de journalistes.

Notre père. *À la télévision.* Lui qu'on voyait si peu dans la vie réelle, là, devant nous, sur l'écran.

Naturellement, nous n'avions pas la moindre idée de ce qu'il disait. Il montrait le même air sérieux que le jour où Patty s'était cassé le bras en essayant de dévaler la colline sur une planche qui ne lui appartenait pas – la première fois qu'elle montait sur un tel engin. Et maintenant encore, dans cette circonstance, je constatais la séduction du bel homme qu'était notre père. Il semblait juste qu'il paraisse à la télévision, c'était son monde.

« Il s'est passé quelque chose », a dit Patty. Un hold-up dans une banque, ou une poursuite en voiture à toute allure et un crash sur la 101. Sauf que ces crimes, c'était du ressort des policiers ordinaires. Pas des inspecteurs.

Jamais je n'avais autant regretté de ne pas avoir la télé comme tout le monde. Ce coup-ci, faire semblant de savoir ce que disait une personne sur l'écran ne marchait pas.

« On pourrait frapper à la porte des Pollack et demander la permission de regarder », suggéra Patty. Sauf qu'ils apprendraient ainsi qu'on épiait par la fenêtre et que, de toute façon, le temps qu'on s'explique, notre père aurait fini son intervention.

Alors nous sommes restées là, nous contentant de regarder notre superbe père parler aux journalistes. Vous pouviez parier qu'il ne leur apprenait pas de bonnes nouvelles.

Et juste à cet instant, nous avons entendu un faible bruit haut dans le ciel, qui se renforça jusqu'à devenir un rugissement : un hélicoptère faisait du sur-place au-dessus de la montagne.

L'émission spéciale terminée, nous ne sommes pas rentrées chez nous comme à l'ordinaire. Il faisait noir à présent mais, en trébuchant, nous avons remonté la pente pour atteindre l'un des sentiers – il y en avait une bonne douzaine – menant au sommet du mont Tamalpais, vers l'hélicoptère.

De quelque part au loin nous parvenait le grésillement d'un émetteur-récepteur – un appareil de la police – et toujours ce grondement de moteur, des pales qui tournaient, si bas maintenant qu'elles soulevaient nos cheveux. Deux policiers se tenaient au point de départ d'une piste, parlant avec un groupe de gens armés de torches. Nous nous sommes dirigées vers eux.

« Que se passe-t-il ? » ai-je demandé. Patty, qui portait la couverture, se pressait contre moi. Dans ce genre de situation, c'était à moi de faire la conversation.

« Vous deux, vous devriez pas être ici, a dit l'un des hommes. Une fille a disparu hier sur la piste. Au début, ils ont cru à une fugue, mais quelqu'un a trouvé une socquette tachée de sang. Ils ont demandé des volontaires pour entamer les recherches.

– Et si c'était un coyote qui l'avait attaquée ? » a murmuré Patty. Au moins une fois par an, le chat ou le chien de quelqu'un disparaissait, et pendant quelques jours, des avis étaient placardés dans tout le voisinage montrant une photo de l'animal et offrant cinq dollars de récompense. Puis on trouvait le cadavre déchiqueté d'un autre animal. L'œuvre d'un coyote peut-être. D'un puma ou d'un cougar.

« Papa n'enquête pas quand il s'agit d'animaux, dis-je à ma sœur. Si on l'appelle, c'est parce qu'il y a eu un meurtre. »

Le lendemain, ils ont trouvé le corps de Charlene Gray dans un fourré de jeunes arbousiers, un peu à l'écart de la piste du

Ravin, tout près de l'endroit où elle traverse la crique du Jeune Saumon. Charlene avait vingt et un ans, était fraîche diplômée de la San Francisco State University, et étrennait une paire de chaussures de marche, raconta son petit ami, avant d'entreprendre la randonnée qu'ils prévoyaient de faire tous les deux le long de la Pacific Coast Trail.

Les détails que nous avons glanés – elle était nue, à l'exception d'une socquette, avec un ruban adhésif sur les yeux, dans une position suggérant qu'elle s'était agenouillée, comme pour supplier – n'étaient pas du genre de ceux que notre père aurait partagés avec nous. Notre mère pas davantage. Je tenais l'information d'une fille de ma classe nommée Alison Kerwin, qui n'avait jamais manifesté la moindre envie de devenir mon amie, mais qui m'appela peu après la conférence de presse de mon père – la deuxième qu'il donnait en vingt-quatre heures – où il annonça la qualification du décès en homicide.

Alison était la fille la plus branchée de la classe. La rumeur avait même couru qu'elle avait inspiré Elvis Costello pour sa chanson « The Year's Girl », et certains l'avaient cru.

« J'ai vu ton père à la télé, me dit Alison. Ça doit être génial d'avoir pour père un vrai détective. »

Comme je ne commentais pas, elle poursuivit :

« Le tueur l'a violée aussi. Parfois ce genre de cinglés s'envoie en l'air avec des personnes déjà mortes, mais ma mère dit qu'elle était probablement encore vivante quand il l'a fait. Je suppose qu'il y a des tests qui permettent de faire la différence, mais toi tu dois le savoir. »

De nouveau, je me suis tue. Surtout parce que je n'avais rien à dire.

« Si jamais ça nous arrive, reprit-elle, il faut fermer les yeux. Comme ça, on ne saura pas à quoi le type ressemble, et il n'aura peut-être pas besoin de nous tuer. Mais ton père t'a probablement déjà dit ça aussi. Et un tas d'autres tuyaux, je parie. Je me sens vraiment en sécurité de savoir qu'il est là, avec ce tueur en liberté. »

Je me gardai de dire que mon père n'était pas exactement là, ni maintenant ni avant le meurtre. La différence, désormais, c'était qu'on pouvait le voir à la télé.

Il nous a appelées le lendemain. C'était toujours un événement de recevoir un coup de téléphone de notre père.

« Je suppose que tu as appris qu'il est arrivé quelque chose de grave dans la montagne, m'a-t-il dit. Je ne veux pas vous effrayer, ta sœur et toi, mais je sais que vous aimez beaucoup y aller. Vous devez vous tenir à l'écart pendant un certain temps.

– On y va pour jouer. »

Il n'y avait qu'à mon père que j'avouais aimer jouer. À l'école, les filles disaient qu'elles se baladaient avec leurs copines, mais la vérité, c'était que je n'avais pas de copines, et ma sœur non plus. Nous n'avions que nous, et nous jouions ensemble. Là-haut, sur la montagne.

« Jusqu'à ce que j'aie coffré ce type, vous devez rester à l'écart. Vous devez me promettre de ne pas vous éloigner de la maison. »

J'ai promis, mais en croisant les doigts. Pas question pour Patty et moi de rester cloîtrées dans notre jardin pendant toute la durée des vacances d'été. Certains jeunes – Alison Kerwin par exemple – traînaient au centre commercial ou à la piscine du centre de loisirs, jusqu'au moment de partir en camp, de faire un voyage en famille à Disneyland ou au lac Tahoe, mais Patty et moi, nous devions inventer un moyen de passer le temps.

« Qu'est-ce qu'on est censées faire, papa ? » ai-je demandé. J'espérais peut-être qu'il nous dirait de venir chez lui, en ville, tout en sachant que c'était hautement improbable.

« Faites des gâteaux. Allez à la bibliothèque. Jouez au Monopoly. Vous êtes des filles intelligentes, vous trouverez. Aidez votre mère. Apprenez le morse.

– Ce type, qu'est-ce qu'il a fait à la fille ? Est-ce qu'il était amoureux d'elle, et elle l'a plaqué ?

– Tu ne dois pas penser à ces choses-là, Farrah. » C'est ainsi qu'il m'appelait souvent à l'époque, même si je ne ressemblais absolument pas à l'actrice. Mais Patty et moi aimions mimer les *Drôles de dames*. Parfois, si nous avions inventé un scénario dans lequel un de nos voisins était réellement un voleur de banque, ou un espion international, je disais : « Va l'arrêter, Bee », et elle filait comme une flèche, même si bien entendu elle n'utilisait ses mouvements de jiu-jitsu qu'avec mon père ou moi.

« Est-ce que tu as de bonnes pistes ? » Notre père ne parlait jamais de ses affaires, mais en lui posant la question, je me sentais plus proche de lui, un peu spéciale.

« Ne t'encombre pas la tête de toute cette saleté, mon chou, me dit-il. Crois-en le type qui est plongé dedans. Ce n'est pas bon pour toi.

– Je sais que tu l'attraperas. Tu les attrapes toujours.

– Ne vous approchez pas de la montagne », répéta-t-il.

L'endroit où le corps de Charlene Gray avait été découvert se situait sur le versant de la montagne derrière chez nous – celui qu'exploraient les randonneurs, dont le nombre ne cesserait de croître au fil des années, avec la mode des équipements spéciaux : bâtons, chaussures et chemises fabriquées dans des matériaux qui n'absorbaient pas la chaleur. À l'époque dont je parle, on en voyait une demi-douzaine le samedi. Ou seulement deux.

Il y avait un premier parking dans la rue à cinq cents mètres de chez nous, et un deuxième, avec poste de rangers-gardes forestiers, un peu plus haut sur la pente, mais on pouvait aussi accéder aux pistes – des kilomètres de sentiers dans toutes les directions – depuis l'arrière de notre maison. Le lendemain de la découverte du corps, deux officiers de police débarquèrent dans le voisinage, interrogeant les résidents : avaient-ils aperçu, deux jours auparavant, un personnage suspect se dirigeant vers les pistes ou s'en éloignant ? Apparemment, personne n'avait de renseignement intéressant.

Depuis son dernier coup de fil, notre père ne nous avait plus donné de nouvelles. Occupé comme il l'était, et vu la rareté de ses appels même quand il n'était pas occupé, nous n'y comptions pas.

Grâce à Jennifer Pollack, qui était tombée sur lui en promenant Karl Jr dans sa poussette, nous savions que la police ne disposait d'aucune description de l'individu. Mais un homme parcourant seul la montagne se serait fait remarquer, donc ça valait la peine de continuer les interrogatoires.

Il ne nous avait pas échappé à Patty et à moi – en fait, nous y pensions sans cesse – que nous passions plus de temps sur la montagne que quiconque. Le meurtrier connaissait peut-être Charlene Gray et avait une raison particulière de lui vouloir du mal, dis-je à Patty, mais, s'il avait tué au hasard, nous aurions pu être ses victimes.

Supposons que nous ayons choisi ce jour-là pour grimper jusqu'au poste des rangers, ou pour nous aventurer dans le bosquet d'eucalyptus où nous aimions jouer à des jeux de société, ou pour dévaler la pente sur une grande feuille de carton, comme nous aimions le faire à cette époque de l'année où l'herbe brune était assez sèche pour qu'on puisse glisser dessus. L'image me traversa de ma sœur et moi, nous tenant par la main, descendant à toute allure la partie la plus raide, jusqu'à ce que, trébuchant, nous tombions l'une sur l'autre, hilares. Et levant les yeux pour découvrir le visage d'un homme qui nous regardait fixement.

On aurait fait quoi, s'il nous avait alpaguées ? Notre père nous avait enseigné des mouvements de jiu-jitsu et nous avait appris qu'un coup de pied dans les couilles était l'un des moyens les plus sûrs de repousser un assaillant, du moins pour un moment, mais l'homme aurait vraisemblablement récupéré assez de forces en quelques secondes pour recommencer. Il fallait plus qu'un coup de pied pour stopper un assassin – au moins un coup violent sur la pomme d'Adam –, ce que nous ne savions pas faire.

Nous courions vite toutes les deux, mais imaginez qu'il en rattrape une. Moi, probablement, puisque Patty était la plus rapide ?

« Je lui balancerais des feuilles de chêne vénéneuses », suggéra-t-elle. Patty ne craignait aucun défi physique, mais elle n'était pas toujours la meilleure pour résoudre les problèmes.

« S'il me faisait une prise de tête, je le mordrais, dis-je – une tactique que j'avais apprise en regardant *Drôles de dames*. Tu t'approcherais par-derrière avec une pierre et tu l'assommerais.

– Et quand il serait inconscient, on courrait à la maison appeler papa.

– Trop risqué. Le type pourrait revenir à lui et filer pendant qu'on téléphonerait.

– Je le surveillerais, c'est toi qui irais téléphoner.

– On commencerait par le déshabiller, comme ça il serait trop embarrassé pour aller quelque part. » Argument nul : se trouver nue n'avait jamais empêché ma sœur de faire quoi que ce soit. « Ensuite, on le ligoterait avec ses fringues.

– J'aimerais pas voir son cul nu », rétorqua Patty. Le reste – les autres parties du corps plus inquiétantes ou probablement plus ridicules – elle avait beaucoup de mal à en parler, même si en d'autres occasions (quand l'objet de notre curiosité nous paraissait suffisamment sexy), nous ne manquions pas de le contempler. Ligoter quelqu'un comme Peter Frampton, par exemple, avec ses propres vêtements ou bien, après avoir vu *Grease*, John Travolta, et en faire notre esclave, aurait pu m'intéresser.

« Parfois, dis-je à ma sœur, il faut faire ce genre de choses par sens du devoir. Tu crois que papa n'a jamais fait un truc aussi dégueu ? Il arriverait très vite, après que je lui aurais dit ce qui venait de se passer. Il enclencherait la sirène et amènerait des renforts. » Nous imaginions la scène : notre père, dans sa veste de cuir noir, sa montre en or qui miroite au soleil, menottant le tueur. Les autres policiers poussant le violeur qui trébuche dans la descente, la bave aux lèvres. En passant devant Patty et moi, il vomit des injures, mais nous rions de dédain.

Ensuite notre père nous soulève dans ses bras et nous fait tourbillonner, les deux à la fois tellement il est fort. « S'il vous était arrivé quelque chose… (il ne peut même pas finir sa phrase). Qu'est-ce que vous diriez si nous allions manger des spaghettis et des boulettes chez Marin Joe ? »

Nous occuperions notre box habituel, avec les photos de Tony Bennett, Gina Lollobrigida et Anthony Franciosa accrochées au mur derrière nous. Naturellement, la serveuse connaîtrait notre père. « Deux beaux brins de filles que tu as, Anthony, dirait-elle. À ta place, je les quitterais pas de l'œil.

– Qu'un type essaie de poser les mains sur mes filles, dirait notre père en allumant sa cigarette, et il aura d'abord affaire à moi. »

Dans l'intérêt de l'enquête, à ce qu'écrivait le *Marin Independent Journal*, l'inspecteur Torricelli ne révélait quasiment aucun détail du meurtre – quels renseignements avait récoltés la police ou si le tueur avait laissé des indices. Mais les jours qui suivirent la découverte du corps, le journal publia deux articles sur Charlene Gray, avec une photo d'elle au bal de sa promotion, une autre les montrant elle et son frère à un match des Giants, casquette rejetée à l'arrière du crâne et mangeant des hot-dogs. Il y eut une interview de son petit ami – d'abord qualifié de Sujet intéressant, mais vite éliminé de la liste des suspects – qui parlait de l'amour de Charlene pour la randonnée, du groupe de jeunes chrétiens qu'elle animait, de la musique qu'elle écoutait (les Carpenters) et de sa collection de koalas en peluche.

L'article ne disait pas, puisqu'on l'avait retrouvée nue (à l'exception de la socquette), si les vêtements étaient restés sur la scène du crime. Mon père expliquait que, pour des raisons d'efficacité de l'enquête, le bureau du shérif ne pouvait divulguer librement ce genre d'informations.

Trois jours durant, après le meurtre, la montagne derrière chez nous grouilla de policiers. Notre père nous avait expliqué naguère comment on aborde une scène de crime – l'exigence, si le meurtre avait été commis à l'intérieur d'une maison, de ne rien bouger, ni un meuble, ni une tasse à café sur une table, de ne toucher à rien, pas plus à un mégot de cigarette dans un cendrier qu'à la cendre. Il suffisait d'un cheveu pour mettre l'inspecteur sur la piste du suspect. Voire d'un cil.

« Quand j'arrive sur le lieu, nous disait-il, je commence par ne rien faire. Rester sans bouger un long moment, juste m'imprégner de la scène. Parce que, lorsque l'équipe se met au travail, tout change. »

Et voici que la scène du crime se trouvait quasiment dans notre arrière-cour. Si bon que soit notre père, il nous semblait évident que nous devions nous aussi tenter de repérer des indices. Enfin notre heure était venue de jouer pour de bon les Drôles de dames.

Inutile de passer en revue l'endroit précis où ça s'était déroulé. La brigade criminelle avait dû ratisser cette plaque d'herbe et les environs des millions de fois. Nous devions inventer notre propre stratégie.

Comme toujours, ce fut à moi de m'en charger, Patty se comportant en loyale disciple. « Il faut que je reste tranquille un certain temps. Que je réfléchisse. »

Ma sœur comprenait ce que cela signifiait. J'allais me réfugier dans ma sphère – très différente de celle de notre père. Moins préoccupée par les aspects physiques, plus attirée par le côté sentimental. Mon père cherchait des indices dans le monde extérieur. Je les cherchais en moi-même.

Parfois, et dans des circonstances inattendues, je montrais un savoir-faire particulier. Je voyais des événements avant qu'ils ne se produisent. Ou après qu'ils s'étaient produits, même si je n'avais pas été là sur le moment. Bref, j'avais un pouvoir. Ou je croyais en avoir un. Patty en tout cas n'en doutait pas.

Toute ma vie – du moins d'aussi loin que je m'en souvienne – des images m'avaient assaillie. Patty et moi les appelions : *les visions*. Des images de gens que je connaissais ou que je n'avais jamais rencontrés. Une scène passée qui se déroulait devant moi comme un vieux film, mais uniquement dans ma tête. Parfois, j'entrevoyais un instant futur, ou j'entendais une voix me raconter quelque chose ou parlant à quelqu'un d'autre, un peu comme jadis, quand il y avait des lignes de téléphone communes et qu'en décrochant on entendait une conversation étrangère. Sauf que les conversations ne me parvenaient pas via le téléphone mais pénétraient directement dans mon cerveau.

À d'autres moments, ce n'était guère plus qu'une impression. *C'est une personne de confiance.* Ou bien : *Attention, mauvaise nouvelle.*

Notre mère admettait que j'avais un don, mais sans épiloguer.

Elle reconnaissait qu'il m'arrivait de faire une observation ou une remarque suggérant que je possédais quelque sixième sens.

« Déjà toute petite, tu savais quand le téléphone allait sonner, m'avait-elle raconté. Parfois tu courais à la porte, à un moment quelconque, et quelques minutes plus tard, ton père arrivait. Pourtant, ce n'était pas l'heure habituelle à laquelle il rentrait à la maison. »

Un jour – je devais avoir huit, neuf ans –, il y avait eu un tremblement de terre, pas important mais suffisant pour faire tomber de la vaisselle d'une étagère. Le matin même, j'avais dit à ma mère de la descendre.

« Sinon, ta tasse bleue va se casser. »

Depuis, chaque fois qu'elle se servait de cette tasse, avec la trace de colle à l'endroit où l'anse avait été réparée, je savais qu'elle pensait à cette histoire.

En une autre occasion, chez le cordonnier où elle déposait une paire de mocassins, je m'étais mise à pleurer. Je lui dis que j'avais peur pour Pete (c'était le nom du cordonnier), qui me donnait toujours un bonbon quand on s'arrêtait chez lui.

Deux semaines plus tard, en allant récupérer les mocassins, nous avons trouvé porte close. MORT DANS LA FAMILLE, indiquait une petite affiche.

Mes visions surgissaient irrégulièrement, soudain j'avais l'impression de flotter dans une autre zone temporelle, dans un avenir indéterminé, et une image m'apparaissait aussi précise qu'une photo dans *Life Magazine.*

Rien ne semblait relier ces visions entre elles : Tubby, le mari de Helen, victime d'une attaque cardiaque. Ma mère rapportant à la maison trois litres de glace au chocolat. Un minibus Volkswagen pilant devant la maison des Gunnerson, d'où émergeait leur fils hippie qui n'était pas venu les voir depuis deux ans. (Un jour plus tard, il débarquait effectivement, sauf qu'il sautait d'une Datsun).

Je m'imaginais passant devant le bureau du directeur de l'école et voyant pleurer notre professeur de maths, une semaine avant qu'on apprenne qu'elle se faisait renvoyer pour avoir volé un portefeuille. J'eus la vision de Patty rapportant à la maison un oiseau qu'elle avait trouvé dans la montagne, et c'est ce qui advint. La nuit même, j'eus l'image de l'oiseau, mort dans la boîte à chaussures où elle l'avait déposé. Au matin, nous l'avons découvert mort sur le lit d'herbe qu'elle lui avait fabriqué.

Le plus souvent, l'image n'avait aucun rapport avec ce qui s'offrait à mon regard. Je faisais du vélo avec Patty, ou de la gym en classe, et brusquement je savais ce que voyait une autre personne que moi – non seulement je le savais, mais je le voyais par les yeux de cette personne. Le plus dérangeant, c'était quand j'avais l'impression de pénétrer dans le cerveau de quelqu'un que je connaissais à peine, ou pas du tout, et de comprendre à quoi il pensait.

À rien de plus inquiétant, parfois, qu'un bouton sur le front. Ou bien à quelque chose de beaucoup plus important : je regardais un homme banal dans un supermarché, qui se passait la main dans les cheveux, et je savais qu'il envisageait d'aller chez une femme qui n'était pas la sienne, dont le mari était absent, pour coucher avec elle, mais je savais que le mari rentrerait plus tôt que prévu et les trouverait au lit. (Je voyais du sexe partout, en ce temps-là.)

Au centre commercial, j'observais une gamine, une adolescente, dans l'allée où nous traînions, ma sœur et moi, et je savais qu'elle cachait dans la poche de son jean un flacon de vernis à ongles – violet – qu'elle n'avait pas payé. Je remarquais une femme à l'arrêt du bus, j'étais sûre qu'elle avait fait une fausse couche la semaine précédente. Le bébé que son mari désirait tant. Un garçon.

Mon père détestait entendre parler de mes visions. Une chose plutôt surprenante, parce que lui-même fonctionnait beaucoup à l'instinct – une sorte de réaction viscérale l'avertissant qu'il tenait une piste, ce qui était souvent le cas. En refusant de prendre en compte les phénomènes dont j'étais le siège, peut-être voulait-il simplement m'éviter de ployer sous le poids de dons immatériels qui finiraient par me causer chagrin ou ennuis, comme cela avait peut-être été le cas pour lui. (Il ne l'avoua jamais, mais je pense qu'il « voyait » lui aussi, camouflant la chose en intuition du détective.) Supposons que j'aie des visions de l'avenir, et qu'elles soient effrayantes ?

Alors il offrait d'autres explications. On avait senti des mini-secousses dans les jours précédant le tremblement de terre. Pete le cordonnier était si âgé qu'il devait bientôt mourir. À force d'annoncer que le téléphone va sonner, cela finit par arriver, un jour ou l'autre.

« Ce qui frappe chez Rachel, disait-il à notre mère à l'époque où ils vivaient encore ensemble, c'est sa sensibilité. Elle a de l'instinct et un talent d'observateur. Comme les bons détectives, entre nous soit dit. Elle a si bien observé mes allées et venues qu'elle pressent le moment où je vais rentrer, même si je ne rentre pas tous les jours à la même heure. »

Je n'avais pas mentionné cet autre événement que j'avais vu avant qu'il ne se produise. La nuit où notre mère avait trouvé la clé dans la poche de notre père et su à qui elle appartenait. Les pleurs que j'avais entendus à travers la cloison et la voix basse de notre père, qui ne disait pas grand-chose et ne niait rien. Puis son départ, la nuit même. Ma vision n'allait pas jusqu'à inclure le nom de la femme, mais indiquait qu'elle avait les cheveux noirs. De toutes les personnes au courant de mes capacités à capter des choses venues d'ailleurs, Patty était la plus convaincue de leur réalité. Nous avions envisagé la possibilité de nous servir de ces dons pour l'achat de tickets gagnants, à la loterie ou aux courses de chevaux (à supposer que quelqu'un nous y emmène). Je lui avais néanmoins expliqué que ce don ne me venait pas à la commande. Je n'étais pas une diseuse de bonne aventure. Je ressemblais plutôt à un opérateur radio sur ondes courtes, attrapant des fréquences au hasard. Ces dons se manifestaient de façon imprévisible, indépendante de ma volonté. Ils pouvaient aussi ne pas se manifester.

Maintenant, j'allais essayer de me servir de mes capacités afin de localiser l'assassin de Charlene Gray et faire en sorte qu'il se retrouve derrière les barreaux – mais probablement, et surtout, j'étais mue par le désir de prouver à notre père quelles filles formidables nous étions. Bien entendu, il m'aimait – il nous aimait –, même si nous étions incapables de l'aider à résoudre son affaire. Nous voulions pourtant devenir ses assistantes, ses acolytes, son arme secrète. Il se pouvait que nous ne vivions plus jamais avec lui. Mais nous étions irremplaçables.

Dans nos parages, les seuls crimes dont on entendait généralement parler – qui, de toute façon, tombaient sous le coup de la loi – étaient la conduite en état d'ivresse ou le vol à l'étalage. Depuis le début de sa carrière, mon père avait été confronté à de nombreux meurtres – et une fois, à l'époque où il était simple flic, il avait chopé une balle en intervenant dans une dispute familiale : le mari braquait un revolver sur la tête de sa femme, qui tenait dans ses bras leur bébé hurleur.

Mais, dans la plupart des cas, ces crimes concernaient des personnes qui se connaissaient déjà, qui ne maîtrisaient plus la situation pour une raison ou une autre. Parce que ces histoires de meurtre m'intéressaient – plus tard, devenue écrivain, je soulignerais combien il est important de comprendre le fonctionnement du cerveau d'un criminel –, j'avais suivi ce qu'on rapportait, l'été précédent, au sujet d'assassinats de femmes à New York par un homme qui se surnommait lui-même le « Fils de Sam ». Pendant plusieurs semaines, semblait-il, les gens avaient eu si peur qu'ils ne sortaient plus de chez eux la nuit.

« Si tu avais été sur l'affaire, avais-je dit à mon père, tu l'aurais attrapé. » Pour Patty et moi, il était le détective le plus intelligent d'Amérique. Du monde, probablement.

« Ça ne dépend pas toujours du policier, remarquait-il. Parfois on tient un meurtrier qui ne lâche rien. David Berkowitz était comme ça. Vous savez ce qui l'a perdu, finalement ? Un ticket de parking.

– Tu aurais inventé quelque chose. Tu trouves toujours quelque chose.

– Je vais vous dire. Les types de la brigade criminelle de New York, ça a dû les rendre cinglés de ne pas pouvoir mettre la main sur cette bête. Tous ces cadavres de femmes. Pour un flic, c'est ce qu'il y a de pire. »

Un jour, nous étions petites, notre père nous avait emmenées dans le quartier de North Beach où il avait grandi. Il nous avait montré l'endroit où se tenait le salon de coiffure de son père, l'appartement qu'ils occupaient, la fenêtre où sa mère mettait le linge à sécher, les bars qu'il fréquentait jeune homme. C'était avant que sa mère les ait quittés. Les laissant tous les deux, juste lui et son papa.

Il semblait différent dans ce voisinage. Arpentant Columbus Street d'un pas énergique, presque fébrile. Les gens le connaissaient, et pas seulement les femmes. Un vieux couple l'avait salué en italien.

« Seigneur, que j'aime cet endroit, nous disait-il. Les gens qui m'ont connu quand j'étais jeune, ils croiraient jamais que je vis dans un patelin où on ne peut même pas acheter des *cannoli* corrects. »

Ne sachant pas ce que c'était, nous nous sommes tues.

À notre retour, nous nous sommes arrêtés sur une aire de repos, au sud du Golden Gate Bridge. Le tenant chacune par la main, nous avons traversé le pont. « Qui aurait imaginé de peindre un pont en rouge ? s'exclama notre père. C'est ce qui est génial avec cette ville. Ça et un million d'autres choses. Je devrais vous y conduire plus souvent. »

Mais il ne l'a quasiment jamais fait, excepté les quelques nuits où il nous a emmenées dormir sur le lit pliant de son appartement, après le divorce.

Du temps qu'il était flic à San Francisco, il avait affronté des situations effrayantes. Séparé de notre mère, il avait accepté ce poste à la brigade criminelle du Marin County, mais nous savions, Patty et moi, qu'il regrettait l'excitation de la grande ville.

Par conséquent, avoir une réelle affaire de meurtre sur les bras, c'était, en quelque sorte, une bonne chose. Même si la victime était une femme, jeune de surcroît, j'entendis à sa voix quand il nous annonça la nouvelle au téléphone qu'il était tout ragaillardi. Enfin, l'occasion se présentait de montrer ce dont il était capable.

Quelque part, non loin de notre maison, un homme s'était tapi dans les buissons, attendant une fille, guère plus âgée que ma sœur et moi – pour la violer. Prêt à tuer pour ça. Peut-être s'y trouvait-il toujours. À moins qu'il ne soit revenu chez lui, tranquillement, persuadé de s'en être tiré. Étendu dans une chaise longue, genre le transat de Helen, à regarder les informations sur le meurtre à la télévision, se félicitant d'être si malin.

Sauf que, maintenant, quelqu'un lui collait aux fesses : notre père – brun de peau, rusé comme un renard, agile comme un jaguar – dans sa veste de cuir noir qu'il ne quittait jamais, même par grosse chaleur. Je me le représentais, cigarette à la main, étudiant chaque indice ou possible piste, plaques d'immatriculation et marques de voiture, interrogeant probablement le petit ami actuel de Charlene, ou les ex, questionnant les employés de stations-service et les randonneurs qui auraient pu traverser la zone à l'heure du meurtre, analysant les plâtres des empreintes relevées tout autour de la scène du crime. Mais surtout, et bien qu'il n'ait jamais été du genre marcheur, arpentant continuellement les chemins, aller-retour, aller-retour, à la recherche de tout et n'importe quoi – une brindille cassée, une fibre de tissu – qui le mettraient sur la trace du tueur. Je n'en doutais pas une seconde, mon père le trouverait.

Deux jours après la découverte du corps, Patty et moi avons grimpé jusqu'à un certain endroit, un affleurement rocheux à mi-chemin du sommet, espérant que je pourrais y communier avec l'esprit de la morte et découvrir ainsi des informations. Patty tenait une boîte de conserve, dont nous avions ôté le fond et le couvercle. Malgré sa peur du feu, mais toujours prête à suivre mes instructions, elle enfonça la boîte dans le sol et la remplit d'herbe sèche pendant que je frottais une allumette. Ne disposant que d'un répertoire limité pour une telle cérémonie, elle entonna un verset du gospel « Kumbaya ».

En position de lotus, yeux fermés et doigts serrés comme je l'avais vu faire dans la série télé que Jennifer Pollack regardait parfois – *Lilias Yoga and You* – j'inspirai profondément. Puis expirai lentement. Inspirer, expirer.

Je humais l'odeur d'herbe brûlée, j'entendais le souffle plus léger de ma sœur. Au-dessus de nos têtes, les pépiements d'oiseaux, plus haut sur la piste, le faible murmure de voix masculines (des policiers probablement, pas très loin en réalité, mais hors de vue).

Je restai ainsi, un long moment. Mais cette fois-ci, aucune image ne surgissait. Mon cerveau me faisait presque mal, tellement je me concentrais.

La fille noue ses chaussures, emplit une bouteille d'eau, se met en marche. La fille s'arrête pour se vaporiser une lotion antimoustiques, ajuste la courroie de sa gourde. L'homme s'approche. Demande l'heure ? Demande s'il peut lui emprunter sa lotion. Elle fouille dans son sac.

La fille s'assoit sur un rocher. Sort une barre chocolatée. Boit à sa gourde. Se rend compte qu'elle a envie d'uriner. Se dirige vers le poste des rangers. Voit l'homme.

Qui, peut-être, mâchait du chewing-gum. Tout le temps qu'il lui fit son affaire, sa mâchoire n'arrêta pas de bouger. Si ça se trouve, mâchonner de la gomme, ça lui délasse l'esprit.

« Vous en voulez un ? propose-t-il. À la cannelle. Mon parfum favori. »

Un jour, longtemps auparavant, j'avais trouvé dans la chambre de nos parents un livre intitulé *Le Plaisir du sexe*, avec des dessins d'hommes et de femmes nus accouplés. Le livre avait disparu après le départ de notre père, mais maintenant j'essayais de faire surgir une de ces images qui m'aiderait à préciser ma vision. Sans l'aspect plaisir. Résultat nul.

De nouveau, le chewing-gum. Son affaire terminée, il voudrait s'en débarrasser. À force de la mâcher, la chique prend mauvais goût. La fille morte, il n'en aurait plus besoin. Ce mauvais goût dans la bouche.

« Il faut qu'on aille au poste des rangers », ai-je dit à ma sœur.

C'était à une demi-heure de montée, et le soleil tapait dur, mais Patty ne rouspéta pas. Même quand elle me demanda si j'avais des M&M's dans ma poche et que j'avouai les avoir oubliés.

Normalement, nous aurions dû croiser des randonneurs, ce jour-là il n'y en avait aucun. En arrivant au poste des gardes, nous avons remarqué un policier qui crachotait dans sa radio, mais aucun autre signe d'enquête en cours.

« Si tu en as marre de ton chewing-gum et que tu veuilles t'en débarrasser ici, par exemple, sans polluer, qu'est-ce que tu en fais ?

– Tu le jettes dans les toilettes ? suggéra Patty.

– Possible. Moi, je le collerais sous la fontaine d'eau potable. »

Je me penchai, passai mes doigts sous la cuvette de métal, ne trouvai rien, mais Patty me fit remarquer l'autre fontaine, près des toilettes pour hommes. (Évidemment, le tueur y serait allé lui aussi.)

Ce fut au tour de Patty de chercher, je lus sur son visage qu'elle palpait quelque chose. Elle me tendit une chique de couleur grisâtre, ce qui était logique. Seules les filles aiment les couleurs fraise ou raisin. Je l'enveloppai dans un vieux papier de chewing-gum qui traînait dans ma poche.

« Bon boulot, dis-je. Maintenant, lave-toi les mains. »

Après quoi, nous sommes redescendues. Le soleil commençait à décliner, embrasant le flanc de la montagne, et les coquelicots étaient fanés. Quelque part à mi-chemin, ma sœur s'est arrêtée et agenouillée, comme je l'avais vue faire des centaines de fois. Elle examinait la boulette de régurgitation d'une chouette.

Elle prit dans ses mains le petit tas sec, brun grisâtre, et le brisa, révélant des restes de pelage et de minuscules fragments d'os. Du bout des doigts, elle en retira un poil, plus fin qu'un cil.

« Une souris », dit-elle, l'air à la fois intéressée et déçue.

« Il a attendu qu'elle soit morte pour la violer, déclarai-je. Il a peur des filles. C'est pourquoi il doit les tuer d'abord. »

Cette fois-ci, je n'avais même pas eu besoin de faire un effort. L'image m'était apparue, aussi nette que les fragments de squelette de la souris dans la paume de ma sœur. *Des mains d'homme – doigts épais et boudinés – retirant la chemise par-dessus la tête ballante, ouvrant la fermeture Éclair du pantalon. S'enfouissant dans les poils pubiens.* Je n'y tenais pas, mais je vis aussi la suite.

J'entendais l'homme respirer, à la façon des personnes âgées, ou trop grosses, de celles qui souffrent d'emphysème ou d'asthme. Ou qui sont simplement essoufflées.

Des ongles propres, comme manucurés. La peau douce de quelqu'un qui n'a pas l'habitude du travail manuel ni de la vie en plein air. Il était passé à l'endroit même où nous nous trouvions.

Nous avons continué de marcher en silence – moi serrant la chique de gomme dans ma poche, ma sœur son propre trésor : les minuscules bouts d'os de la souris enrobés de poils.

Cela faisait des semaines que nous avions prévu de passer le week-end du 4 juillet[1] avec notre père en ville : voir *Alien*, puis aller dîner. Le jeudi précédant ce long week-end, il téléphona pour nous dire qu'il fallait tout annuler. Pour cause de problèmes au boulot. Il ne mentionna pas le meurtre, mais nous avons compris.

On continuait de le voir à la télévision, et chaque jour le *Marin Independent Journal*, que Patty distribuait à domicile dans le quartier, publiait l'une ou l'autre de ses déclarations.

Star de cinéma à nos yeux, notre père était désormais une célébrité dans tout le comté et au-delà, dans toute la baie. Il avait toujours l'air si courageux et rassurant sur son podium durant les conférences de presse, accueillant toutes les questions. Lui et son équipe, disait-il, faisaient le maximum pour localiser le tueur. Quiconque ayant une information susceptible de les aider (il avait aperçu un individu suspect ce jour-là dans la montagne, le souvenir lui revenait de la marque d'une voiture garée en bordure de chemin) devait appeler la ligne prioritaire de la brigade criminelle. Il s'assurerait personnellement que la moindre piste soit suivie.

Nous découpions sa photo dans le journal et la punaisions sur le tableau dans notre chambre, à côté de celles des stars de cinéma et des musiciens de rock. Nous écoutions les informations sur notre transistor, attendant le commentaire du détective Torricelli sur l'évolution de l'affaire. Notre père était devenu le héros du comté. Tout le monde connaissait notre nom.

Il y avait une piscine en plein air au centre de loisirs, à environ trois kilomètres de chez nous. Nous ne possédions pas de laissez-passer comme la plupart des jeunes du voisinage, mais il était facile de se faufiler : il suffisait d'attendre qu'un groupe de

1. Fête de l'Indépendance. (*Toutes les notes sont de la Traductrice.*)

gens arrive au même moment. N'appartenant pas à la catégorie de jeunes qui s'y donnaient rendez-vous et nous sentant exclues, nous n'y allions pas souvent. Néanmoins, la température, cette semaine-là, avait avoisiné les 33 degrés en permanence, et la police avait barré l'accès à la montagne, derrière chez nous.

Nous avons donc pédalé jusqu'à la piscine. Dans l'intention de barboter ou, plus vraisemblablement, de parfaire notre bronzage. Malgré la chaleur, je gardais une chemise par-dessus mon maillot, pour cause de poitrine désespérément plate.

Nous venions juste d'étaler nos serviettes quand, à notre étonnement, nous vîmes s'amener Alison Kerwin. Elle s'assit par terre à côté de moi, un esquimau glacé à la main.

« J'ai vu ton père à la télé hier soir, me dit-elle. Il est super. »

Je l'ai remerciée, tout en jugeant idiot de remercier quelqu'un parce qu'il trouve formidable un membre de votre famille. Comme si vous y étiez pour quelque chose.

« Je suppose qu'il te raconte tous les détails macabres qu'ils mettent pas dans les journaux. » Elle était là, avec ses lunettes de soleil et son bikini. Et moi, je détestais mon maillot une pièce d'occasion donné à ma mère par une de ses collègues de la compagnie d'assurances. Je regardais aussi les ongles de pied d'Alison, au vernis argenté. Du travail de pro, à ce qu'il paraissait. C'était la seconde fois qu'elle me parlait depuis le meurtre. Avant cela, elle n'avait admis mon existence que la semaine où elle avait eu la charge de vérifier les passes de sortie des élèves.

« Il y avait des traces de morsures sur son cou, dis-je. Et il l'a amputée d'un doigt. » Des mots qui sortirent de ma bouche, comme ça. Sans la moindre vision. Une pure invention, mais dictée par la chanson où figurait le nom d'Alison. Le passage sur les doigts dans le gâteau de mariage, que ma sœur et moi ne comprenions pas.

Pour lors, Patty me regarda, mais ne dit rien. Sachant qu'elle ne me trahirait jamais, je me reprochais d'autant plus de céder à de mauvais sentiments : l'embarras d'être vue en sa compagnie. Le souhait de la voir ailleurs.

« Mais n'en parle à personne, ajoutai-je. Ils ne veulent pas le publier dans les journaux. Ça pourrait créer de la panique. »

Alison hocha la tête. « Est-ce que tu veux venir chez moi tout à l'heure ? Ou est-ce qu'il faut que tu la surveilles ? » Elle pointait le menton vers Patty, qui écoutait de toutes ses oreilles, mine de rien.

Alison habitait un quartier résidentiel proche du terrain de golf, un endroit appelé la Brèche du Paon. Pour rentrer à la maison en quittant la piscine, Patty devrait traverser toute seule le pont de l'autoroute, ce qui la terrorisait.

Alison se leva. « Il y aura peut-être des garçons chez moi. Teddy Bascom probablement. Tu sais où j'habite ?

– Ma sœur se débrouille très bien toute seule. »

Patty entendit et ne dit rien.

Teddy Bascom était le plus branché des garçons de notre classe. L'un des meilleurs joueurs de basket – l'un des plus flamboyants en tout cas –, sa renommée lui venant surtout du karaté, qu'il avait pratiqué en compétition à l'échelon de l'État, et qui lui avait valu un trophée et des félicitations publiques à l'école. Sa voix avait déjà mué, et quand il levait les bras pour faire un panier, on voyait les poils de ses aisselles.

En sixième, je l'avais eu comme partenaire en cours de sciences naturelles pour une expérience sur les drosophiles, et je me rappelais encore ses commentaires sur l'accouplement chez les mouches, qui m'avaient étrangement excitée.

« J'pourrais le tuer d'un seul coup de pied », avait-il dit à propos de Mr Long, notre professeur de sciences nat. C'était pendant qu'on travaillait – que *je* travaillais – à notre expérience sur la drosophile, et Mr Long l'avait accusé de n'avoir rien fait d'autre que de mettre son nom sur le compte-rendu, ce qui était exact, mais ce dont je me fichais complètement.

Cette occasion exceptée, je n'avais jamais respiré le même air que lui.

L'après-midi en question au centre de loisirs, je ne me suis pas mouillé les cheveux en prévision de ma nouvelle rencontre avec Teddy Bascom. Patty avait voulu jouer à Marco Polo avec moi dans l'eau, mais j'avais dit que j'étais pas d'humeur. Allongée sur ma serviette, après le départ d'Alison et des autres, je faisais semblant d'être plongée dans *Le Lys de Brooklyn*, de Betty Smith.

« Je crois que je vais faire un saut chez Alison, ai-je lancé.

– Je pensais qu'on retournerait chercher des indices dans la montagne », a dit Patty. Nous avions rangé la chique de gomme trouvée lors de notre expédition précédente dans une boîte à bijoux, ainsi qu'un carnet de notes intitulé : « Enquête criminelle ». Quand nous aurions accumulé suffisamment de preuves, nous donnerions le tout à notre père.

« Tu peux vraiment pas faire quelque chose toute seule ? » J'étais méchante, et je le savais.

Patty qui ne me reprochait jamais rien – chien fidèle qui suit son maître sous une tempête de neige même si ça signifie qu'il va mourir de froid, ou pénètre dans un bâtiment enflammé pour le sauver ou mourir à ses côtés –, Patty serra les lèvres comme elle le faisait parfois, et pas seulement pour cacher le chevauchement de ses dents.

« Tu n'as rien à craindre, lui dis-je. Maman sera à la maison dans deux heures. » Comme si c'était une bonne raison. Malheureuse, ma sœur partit sans un mot.

Les Kerwin possédaient un réfrigérateur avec distributeur de glaçons et un garde-manger plein de bouteilles de sodas. Le lit d'Alison était surmonté d'un baldaquin, et sur la coiffeuse il y avait des tas de produits de maquillage ainsi qu'un de ces arbustes en fer auquel pendaient des boucles d'oreilles. Mais c'est dans la salle de jeux que nous nous sommes installés, avec ses poufs en polystyrène, une table de ping-pong et un vrai juke-box chargé de

45-tours. Les garçons étaient accoudés au juke-box qu'ils bourraient de jetons, les filles assises sur le canapé.

« Ça doit être terriblement excitant d'avoir un père détective », dit l'une d'entre elles – une dénommée Sage dont le père possédait une usine de boîtes de carton ondulé. « Comme si tu vivais une série télé.

– Est-ce qu'il porte un revolver sous ses vêtements ? Même quand il est à la maison ? demanda Alison.

– Les étuis sous l'aisselle, c'est juste pour les films télé, ai-je précisé. Les vrais officiers de police portent leur arme attachée à la cheville.

– Au moins, tu es sûre d'être en sécurité, renchérit une certaine Soleil[1] – la meilleure amie d'Alison. Le tueur n'osera pas s'attaquer à la fille du détective chargé de l'enquête.

– C'est pas certain, remarqua Alison. Il pourrait la prendre en otage pour faire une déclaration. Du genre : "N'essayez pas de me poursuivre. Je tiens votre gosse." »

Je dis que ça ne m'inquiétait pas du tout. Je n'allais pas avouer que j'avais beaucoup plus peur d'elles, les filles, et de commettre un impair, ce qui était quasi inévitable.

« Est-ce que ton père croit que le type est toujours dans les parages ? » demanda Soleil. Quand elle avait débarqué dans notre classe, en septième, j'avais mal prononcé son nom, alors que tout le monde savait que c'était le mot français pour *Sun*.

« C'est juste une question de temps avant qu'il frappe de nouveau, affirmai-je. Une fois qu'ils ont goûté au sang, ils en redemandent. »

---

1. En français dans le texte.

Trois semaines après la disparition de Charlene Gray, une fille de vingt-trois ans, nommée Vivian Cole, emprunta en fin d'après-midi un sentier sur l'autre versant du mont Tamalpais afin d'aller cueillir des fleurs sauvages pour son herbier. On retrouva son corps près d'un ruisseau sur la piste Matt Davis. Patty et moi avons appris la nouvelle par Helen, qui sortait sa poubelle.

« Votre père doit être sacrément occupé ces temps-ci, nous dit-elle. Tout le monde compte sur lui pour coincer cet abominable type. »

Le comté n'avait pas encore absorbé la nouvelle que Daniella Carville et Sammi Raynor, amies intimes depuis l'école primaire et sur le point d'entrer en dernière année de lycée, disparurent quelque part entre le parking où elles avaient laissé leurs vélos et le sommet de la crête du Bolinas, où le frère de l'une d'elles les avait précédées, afin de préparer un pique-nique auquel elles ne participeraient jamais. C'était la deuxième semaine d'août, et il faisait une chaleur terrible.

On les découvrit quelques heures plus tard, juste après le coucher du soleil – étranglées (et violées, sans aucun doute), les yeux recouverts du ruban adhésif désormais habituel, dans la même position de suppliantes que Charlene Gray et Vivian Cole. Cette dernière information, nous l'avons apprise pendant la conférence de presse tenue, une fois de plus, par notre père, quand un journaliste claironna : « Pourquoi croyez-vous qu'il les oblige à s'agenouiller ? » Comme s'il y avait une raison.

Cette conférence-là, j'ai réussi à la voir à la télévision. Je gardais Karl Jr Pollack, pendant que ses parents passaient l'après-midi en ville. En découvrant que Karl Pollack ne conservait plus de paquet de préservatifs dans le tiroir de sa table de nuit, que, sur la porte du frigo, était collé un graphique de courbe de température pour les sept dernières semaines et que traînait sur le plan de travail une carte de rendez-vous dans un cabinet médical, illustrée d'une photo de bébé souriant – j'en avais conclu que Jennifer Pollack essayait d'avoir un autre enfant.

Je préparais le déjeuner de Karl Jr quand le téléphone a sonné : c'était la mère de Jennifer qui appelait pour dire à sa fille d'allumer la télé. Je me nommai, et j'eus l'impression qu'elle me connaissait.

« Qu'est-ce que tu fabriques ? Ton père parle à la télé, juste en ce moment, à propos des récents meurtres. Deux autres filles mortes sur les pistes, incroyable, non ? J'espère vraiment que ton père a des indices sérieux pour arrêter ce fou avant qu'il frappe encore. »

Ils n'avaient aucun suspect, mais la presse avait baptisé le meurtrier : l'Étrangleur du crépuscule.

Déjà le premier meurtre avait atterré la population. Il ne faut donc pas s'étonner que la nouvelle de trois assassinats supplémentaires en moins de six semaines ait plongé tout le comté dans un état de panique. Les mères (sauf la nôtre) conduisaient en voiture leurs enfants à la piscine plutôt que de les laisser prendre leur vélo et, quasiment du jour au lendemain, plus personne n'emprunta les chemins de randonnée derrière notre maison.

Si on avait pu espérer que l'assassinat de Charlene Gray était l'œuvre d'un meurtrier isolé, désormais on ne pouvait douter qu'un tueur en série hantait la montagne *et* le réseau de chemins qui serpentait au-delà, sur plus de cent cinquante kilomètres.

Les médias, évidemment, s'en donnaient à cœur joie. Certes, les meurtres avaient pu être commis à n'importe quelle heure, mais baptiser le tueur l'« Étrangleur du crépuscule » renforçait le caractère poignant de l'affaire, qui était en train de virer au scandale.

Le visage de mon père pendant les conférences de presse et surtout le son de sa voix prouvaient le niveau de pression qui s'exerçait sur lui. Il était là, à l'écran – l'air grave et déterminé, toujours aussi beau, cheveux noir de jais, pattes de bonne longueur, ses grandes mains agrippant le micro. Aussi abominables qu'aient été les faits, ils me rendaient encore plus heureuse d'être sa fille – indépendamment de la soudaine hausse de statut social que cela me valait auprès de gens comme Alison Kerwin et ses semblables.

En cours d'arts appliqués, l'année précédente, j'avais fabriqué un médaillon portant les mots *Le meilleur papa du monde*, avec un trou par lequel j'avais passé un cordon de soie, et je le lui avais offert pour la fête des Pères. D'un certain point de vue, il n'était peut-être pas le meilleur papa du monde, mais il m'avait promis de porter mon cadeau tous les jours. Maintenant, sur l'écran, il me semblait voir l'ombre du médaillon sous sa chemise. J'aimais penser que, le matin devant son miroir, au moment de partir travailler, il nouait le cordon autour de son cou. Mon père magicien, qui saurait trouver bientôt l'assassin.

« En mon nom, et en celui de chaque membre de notre brigade, je promets à la population du Marin County de n'avoir aucun repos tant que l'auteur de ces crimes ne sera pas déféré à la justice. Nous le trouverons et nous veillerons à ce qu'il reste à jamais sous les verrous, de façon que les femmes de ce comté et quiconque se soucie d'elles – c'est-à-dire tout le monde – puissent dormir à nouveau sur leurs deux oreilles. »

Les questions affluèrent, innombrables. Avec quelle arme ces crimes étaient-ils commis ? Quelqu'un avait-il aujourd'hui remarqué un suspect dans la montagne ? Le tueur laissait-il des indices – empreintes de pied, pièce de vêtement ? Y avait-il un lien entre la première victime et les deux dernières ?

Aucun lien sinon qu'il s'agissait de filles jeunes et – d'après les photos affichées à l'écran – jolies, avec des cheveux noirs.

Un journaliste demanda comment les gens de Marin County pouvaient se sentir en sécurité, avec un tueur en série en liberté. Mon père répondit que des policiers surveillaient tous les chemins de randonnée. « Si vous voulez profiter de ces chemins, déplacez-vous en groupe, de préférence en compagnie d'un homme. Nous avons affaire à un individu impitoyable, qui agit seul, d'après les premières constatations.

– Étant donné que quatre filles ont été assassinées en l'espace de quelques semaines, intervint une femme, nous devons poser la question : la police prend-elle ces crimes suffisamment au sérieux ?

– J'ai moi-même deux filles, rétorqua mon père, et personne n'a besoin de me rappeler l'urgence qu'il y a à coincer ce type et à rétablir la sécurité dans la montagne. »

C'était de nous – Patty et moi – qu'il parlait à la télévision. J'en rayonnais d'orgueil. De tous les officiers de police – de tous les inspecteurs même –, c'est notre père qu'on avait choisi pour rassurer la population, là, à la télévision, parce qu'il était le plus fort et le meilleur. Et il n'appartenait qu'à nous.

Ils placèrent des pancartes à tous les points de départ des pistes : FERMÉ SUR ORDRE DU DÉPARTEMENT DE LA POLICE

CRIMINELLE. AVIS AUX RANDONNEURS : SI VOUS PASSEZ OUTRE, C'EST À VOS RISQUES ET PÉRILS.

Mais ce n'était pas une piste qui reliait la Cité de la Splendeur matinale à la montagne. La montagne était là, dans notre cour. Comment pouvions-nous rester à l'écart ? Surtout maintenant qu'il se passait enfin quelque chose d'excitant.

Les photos de jeunesse de ma mère montrent une jolie femme, svelte, aux chevilles fines et aux cheveux bruns bouclés. Étant donné l'attirance irrésistible de la beauté sur mon père, qui, par ailleurs, avait le don de déceler du charme dans chaque femme qu'il croisait, il n'est pas étonnant qu'il ait engagé la conversation avec elle le premier soir de leur rencontre. Il travaillait alors avec une équipe de la voirie et était en train de réparer une fondrière quand il la vit approcher sur son vieux vélo à pignon fixe. Elle laissa tomber ses lunettes, qu'il ramassa. Ramassa et nettoya.

Elle revenait de son endroit favori – qui l'est demeuré –, la bibliothèque. Elle avait vingt et un ans et n'avait encore jamais embrassé un garçon. Depuis trois ans, elle économisait de l'argent pour aller en fac. Notre père avait vingt-cinq ans et exerçait deux boulots tout en suivant les cours du soir de l'école de police. De but en blanc, sur le trottoir, tenant encore ses lunettes, il s'était mis à chanter pour elle.

Dès qu'il sut son prénom, Lillian, il en fit une chanson.

Leur liaison n'aurait duré que quelques semaines si ma mère n'était tombée enceinte. En réalité, leur histoire devait déjà être terminée quand elle découvrit sa grossesse. Je sais qu'elle a pris le bus, alors, pour se rendre chez lui, et que c'est le père italien qui a ouvert la porte. Elle s'est présentée. Malgré sa timidité, son sens de la loyauté l'obligeait toujours à mettre les gens face à leur responsabilité.

Notre père ne se déroba pas. Le mariage – à l'église pour ne pas froisser les parents, mais une petite cérémonie avec petit budget – eut lieu fin novembre 1963. Le lendemain de l'assassinat de Kennedy, ce qui n'était pas prévu. À cette date, la mère de mon père s'était tirée depuis des années ; son père devait mourir le printemps suivant, d'une crise cardiaque. Ma grand-mère du côté maternel, qui gardait une photo de JFK sur sa table de nuit, se mit en noir et pleura pendant toute la cérémonie.

« J'ignore sur quoi elle pleurait exactement, nous racontait notre mère. Sur l'ensemble probablement. »

Notre mère, elle, avait gardé les yeux secs. « Je n'avais jamais eu confiance en cet homme », disait-elle, faisant référence à Kennedy je suppose, encore que la remarque eût pu s'interpréter autrement. Avant même que sortent toutes les histoires de sexe de Kennedy, elle les avait flairées. Elle conservait une forte sympathie pour Jackie, avec qui elle disait s'identifier, même si on pouvait difficilement imaginer deux femmes ayant si peu de points communs.

Enceinte, ma mère dut abandonner son projet de fac. Trois mois plus tard, elle fit une fausse couche.

Nos parents auraient pu se séparer alors, mais quelque chose avait changé. Sous l'effet du choc et du chagrin, ils en oubliaient leurs rêves d'université et de carrière de grand détective, ils ne pensaient plus qu'à avoir un autre enfant.

Ma mère s'inscrivit dans un cours de secrétariat et trouva un job de dactylographe. Notre père obtint son diplôme de l'école de police et fut enrôlé à peu près au moment où ma mère retomba enceinte, de moi. D'après les photos de cette époque – une où on les voit tous les deux dans un téléphérique, une autre où elle apparaît vêtue d'une robe de grossesse et lui, souriant, qui lui pose la main sur le ventre –, je pense que c'est la période où ils ont été vraiment heureux ensemble.

L'un de mes premiers souvenirs a trait à mon père, si beau dans son uniforme – le badge rutilant, les chaussures étincelantes, la casquette qu'il pose sur ma tête, fait pirouetter sur un doigt, ou qu'il lance en l'air et récupère sans effort apparent. Cet uniforme, pourtant, dont il a toujours souhaité se débarrasser pour revêtir des vêtements ordinaires et devenir inspecteur.

Des vêtements ordinaires : l'expression s'applique difficilement à mon père. Même à l'époque où il touchait un très bas salaire, il se rendait régulièrement chez un tailleur. Il fallait que sa veste de cuir noir mette en valeur ses larges épaules, sa taille et ses hanches étroites, que la chemise soit en très bon coton, voire en soie. Ses pantalons étaient toujours parfaitement repassés (la seule tâche domestique qu'il exerçait, en dehors de la cuisine), ses cheveux noirs lustrés, qu'il coupait lui-même – un talent hérité de son père.

Je ne garde aucun souvenir de la naissance de ma sœur, survenue alors que je n'avais que deux ans. C'est à cette époque que nous sommes partis vivre dans le Marin County, Cité de la Splendeur matinale. Le paysage de mon enfance. Le merveilleux pont rouge – le Golden Gate – qui enjambe les eaux sombres et bouillonnantes de la baie de San Francisco. D'un côté, la ville scintillante, de l'autre, la montagne.

La ville, d'où semblaient pouvoir surgir tous les dangers, cependant que notre flanc de montagne demeurait un havre de torpeur et de sécurité. Cet été 1979, tout a changé.

Le fait d'être marié à notre mère – en ces temps où il l'était encore – n'a jamais empêché notre père de manifester de l'intérêt pour d'autres femmes. Pis encore. Il n'essayait pas de le cacher. Il ne voyait pas ce qu'il y avait de honteux à goûter le charme du sexe opposé. Il était ainsi, et nous devions l'accepter. L'aimer pour cela même.

Quand nous sortions avec lui, nous tombions toujours sur des dames que nous n'avions encore jamais vues, qui semblaient bien le connaître ou se l'imaginaient.

Un jour, dans la rue – nous l'accompagnions à son bureau –, une femme l'avait pris pour Dean Martin (en tout cas, elle l'avait prétendu ; ce n'était peut-être qu'un moyen d'engager la conversation). Oubliant la présence d'une petite fille en tenue de scoute qui tenait cet homme par la main, elle s'était lancée dans une longue histoire d'où il ressortait qu'elle l'avait vu – lui Dean – ainsi que Sammy et Frank, un jour à Las Vegas à l'occasion d'un voyage d'anniversaire avec son mari. À présent, ils étaient divorcés, avait-elle ajouté – jetant sur mon père ce regard que je connaissais bien. Qu'il avait lui aussi.

Il la laissa énumérer tous les détails de son séjour au Sands, donnant l'impression, comme toujours, que personne ne lui avait encore raconté une histoire aussi passionnante que celle-ci. Mon père n'était pas du genre à interrompre une femme. Quand elle eut fini, il lui demanda si elle-même était dans le show-business.

« Je me disais que vous étiez peut-être danseuse. Quelque chose dans la façon dont vous vous tenez. Il n'y a rien de plus séduisant chez une femme qu'un beau maintien. »

On ne pouvait que le croire. Même quand il ne disait rien de plus que ce qu'aurait dit probablement n'importe qui, vous ne doutiez pas de sa sincérité. Il entrait dans n'importe quel bar et tombait sur quelqu'un qu'il connaissait, ou sinon, dont il ferait connaissance en moins de cinq minutes. Les hommes lui payaient des verres et lui offraient des cigarettes. Les femmes l'adoraient tout bonnement. Parce qu'il était beau, mais pour quelque chose d'autre aussi. Indubitablement, c'était un homme qui aimait les femmes, une espèce plus rare qu'on ne l'imagine.

Néanmoins, une femme entre toutes occupait une place à part, que ni Patty ni moi ne pouvions définir précisément.

La première fois que nous avions entendu son nom – un cri plaintif comme celui d'un animal blessé, qui nous avait fait trembler dans nos lits – c'était la nuit où notre mère avait enjoint à notre père de partir.

« Et ne reviens pas », avait-elle hurlé.

Il n'était pas revenu.

Margaret Ann. Une année avait dû s'écouler depuis cette nuit, une année pendant laquelle ce nom n'avait plus jamais été prononcé. Et soudain il réapparut.

Un samedi. Un de ces samedis où notre père venait nous chercher dans son Alfa, qu'il avait achetée à un copain de sa brigade dont la femme venait d'accoucher. La voiture à deux places était devenue soudain très incommode. Mais pas pour notre père : il nous installait, ma sœur et moi, sur le siège passager, et bouclait la ceinture autour de nous deux. Nous étions suffisamment maigrelettes pour cela.

Ce jour-là, donc, il nous avait emmenées à la plage et nous avions joué aux boules. (Quel père aurait fait un truc pareil ? Seulement le nôtre.) Puis nous avions pris le chemin du retour. Nous étions sur l'autoroute, il venait de mettre la cassette de *Volare*.

Placée tout près de lui, côté levier de changement de vitesses, je humais son after-shave et jouais avec les poils épais de ses bras.

« J'ai pensé qu'on pourrait s'arrêter chez Margaret Ann en rentrant. » Il disait cela comme si nous la connaissions de toute éternité. Pas besoin d'explication. *Margaret Ann.*

Ce que je ressentis alors devait ressembler à ce qu'éprouve une souris juste avant que, du haut de la montagne, un faucon s'abatte sur elle.

Margaret Ann habitait un immeuble locatif au bord d'un lagon, municipalité de Corte Madera. Il y avait une piscine et un court de tennis, j'en conclus qu'elle devait être riche. Ce jour-là, elle portait une robe et des talons hauts, même en plein milieu de journée, et elle embaumait la fleur de jasmin.

Elle avait préparé notre arrivée : des biscuits dans une assiette, des verres de Kool-Aid (arôme synthétique) avec des pailles recourbées en plastique de couleur, celles que notre mère refusait de nous laisser acheter parce que c'était du gaspillage, disait-elle.

Margaret Ann était très jolie – mince, des cheveux noirs qui descendaient dans son dos, ce que les mères de nos copines ne se permettaient jamais. Dans la voiture, en venant, notre père nous avait interdit de lui demander si elle avait des enfants.

« C'est un point douloureux pour elle. Elle n'en a pas. »

Elle possédait néanmoins une collection de poupées, exposées dans une vitrine du living, plus une boîte à musique qui jouait l'air du *Docteur Jivago* (nous apprit-elle), un citronnier donnant de vrais fruits, et un petit chien, produit de deux races qui n'auraient jamais dû se mélanger, dont les poils tachetés devaient boucher son aspirateur. Tout le temps que nous sommes restés, Patty garda le chien sur ses genoux, naturellement.

« Elle a tes yeux, Tony », dit Margaret Ann en pointant le menton dans ma direction. Nous étions assis autour de la table. Elle versa trois cuillerées de sucre dans la tasse de café de notre père, sans même lui poser la question.

Nous avons joué aux cartes et j'ai gagné, avec l'impression que Mary Ann n'avait pas vraiment essayé de me battre. Elle nous a proposé de nous faire les mains et a sorti un petit plateau d'argent avec quatre flacons de vernis à ongles de couleur différente. J'aurais voulu qu'elle m'en mette, mais je me suis dit que ça passerait mal avec notre mère.

« Pas de vernis », ai-je ordonné à Patty. Ma sœur a semblé déçue, mais n'a pas rouspété.

« Les filles, a dit Mary Ann, vous pouvez prendre chacune une poupée, si vous voulez. » Nous les avions déjà examinées de près, de si près que le souffle de Patty avait embué la vitrine. « Prenez tout votre temps. Choisissez celle qui vous plaît. »

Sur quoi mon père et elle sont partis dans une autre pièce, d'où nous parvint de la musique, une voix de femme éraillée par la fumée. Nous avons été longues à choisir. J'hésitais entre une danseuse espagnole avec des chaussures dorées mal attachées et une bergère accompagnée d'un minuscule mouton. Patty aimait le baigneur, alors que je lui faisais miroiter ce que nous rapporterait la vente de vêtements de poupées. Ensuite, nous avons regardé des dessins animés à la télévision. Assises dans une causeuse mauve avec des coussins de dentelle brodée. Enfin mon père et Mary Ann ont réapparu, il était temps de partir. Au moment de nous séparer, Mary Ann nous a serrées très longtemps dans ses bras.

Dans la voiture, notre père a aspiré une profonde bouffée de sa Lucky.

« Qu'est-ce que vous pensez de Mary Ann ?

– Elle est bien.

– Pas aussi jolie que maman », a dit Patty, même si nous savions tous que ce n'était pas vrai.

« Elle vous aime beaucoup, a-t-il ajouté. Ça a dû la rendre un peu triste de voir deux grandes filles comme vous, elle qui n'en a pas. Mais heureuse aussi que vous soyez venues.

– Elle est gentille », ai-je admis, un fait non contestable. Du coup, je me suis sentie déloyale envers notre mère, qui ne nous servait jamais de Kool-Aid.

« On pourrait commencer à la voir plus souvent, bientôt, a repris notre père. Si vous en êtes d'accord. »

Dans la voiture, Patty s'amusait avec son baigneur, enlevant la couche, la remettant, l'enlevant de nouveau, des dizaines de fois. C'était le début du Velcro, me semble-t-il, elle n'en avait encore jamais vu. Je me demandais ce que notre mère allait dire des poupées.

« La prochaine fois, a remarqué Patty, elle pourrait nous donner des biscuits à la crème glacée. On n'en a jamais à la maison. »

J'avais raison, bien entendu. À peine avions-nous mis le pied sur les marches que notre mère repérait les poupées. Contrairement à son habitude, elle nous attendait à l'extérieur, devant la porte.

« Allez dans votre chambre, dit-elle. Il faut que je parle à votre père. »

Naturellement, nous les avons entendus.

« Ne dépasse pas les bornes, Anthony. Fais ce que tu veux, mais ne mêle pas mes filles à tes manigances.

– Je veux que ma vie change. Et la tienne aussi devrait changer. Je désire épouser Margaret Ann. »

Les silences de notre mère : plus effrayants que des mots.

Puis : « Fais-le, et nos filles ne s'en remettront jamais. »

Jusque-là, notre père nous avait semblé ignorer la peur. Mais le fait était là. Il avait peur de notre mère. Et encore plus de nous perdre, ma sœur et moi.

Je lui téléphonai le lendemain matin, chez lui en ville, mais il n'était pas là. Maintenant, je savais où il se trouvait.

J'avais préparé le message que je laisserais sur le répondeur.

« Si tu as d'autres enfants que Patty et moi, je ne te parlerai plus jamais. »

L'Étrangleur du crépuscule avait fait merveille pour mon statut social. Les invitations d'Alison, sporadiques au début, se régularisèrent, bientôt il fut entendu sans avoir besoin de le préciser que je les retrouvais, elle et ses copines, à la piscine presque tous les après-midi – et que je les accompagnais ensuite chez l'une ou chez l'autre. On écoutait des tubes à la radio (« My Sharona », toutes les vingt minutes, en alternance avec « Bad Girls » de Donna Summer et « Do You Think I'm Sexy ? » de Rod Stewart). Nous lisions nos horoscopes, faisions des essais de maquillage, mais nous finissions toujours par parler des meurtres. Je me sentais obligée – un défi un peu lourd mais intéressant pour quelqu'un qui envisageait de devenir écrivain – de fournir des bribes d'informations à vous glacer les sangs, que seules une poignée de détectives et moi-même connaissions. (Les filles devaient jurer de garder le secret.)

« Il lui a maquillé les lèvres après l'avoir tuée. »

« Il a laissé un chaton mort à côté d'elle. Et un serpent vivant. »

« Il a dit qu'il se rendrait si Olivia Newton-John venait à San Francisco et acceptait de coucher avec lui. »

Parfois, Teddy Bascom débarquait et, bien qu'il ne fît guère attention à moi, me trouver dans la même pièce que lui suffisait à mon bonheur.

« Je crois que tu lui plais », m'avait dit Alison. Je n'arrivais pas à me sortir ces mots de la tête, d'ailleurs je n'y tenais pas.

Ma sœur cessa d'aller à la piscine avec moi. « À quoi ça me sert ? Tu me parles pas quand je suis là.

– Je me dis que c'est bien de se faire des amis. Tu pourrais essayer toi aussi. »

Nous savions toutes les deux qu'elle refuserait. En mon absence, Patty passait ses après-midi à s'entraîner au basket ou à découper des photos qu'elle collait dans son album : « Mes chiens favoris. » Notre voisine, Mrs Gunnerson, l'avait engagée pour jouer à *Candyland* avec sa fille, Clara, handicapée mentale. Elle laissait Clara gagner.

Sur Alison et ses semblables, Patty tenait des propos acerbes et – même si elle n'en disait rien – je connaissais la piètre opinion qu'elle avait de Teddy Bascom. Elle affirmait qu'au basket, c'était un sale joueur. Écartant toujours les autres sur le terrain, et monopolisant le ballon au lieu de le passer, vantard aussi, prétendant qu'à l'occasion d'un tournoi de karaté, un talent-scout l'avait repéré et lui avait conseillé d'aller à Hollywood faire des essais photo. Qu'il pouvait être le prochain Bruce Lee.

Elle n'arrêtait pas de me tarabuster.

« Je n'arrive pas à croire que tu passes tout ce temps avec ces débiles. Tu vois pas que c'est une bande de crétins ? »

Est-ce que je m'imaginais que l'empressement d'Alison envers moi s'expliquait autrement que par la soudaine célébrité de notre père à la télévision ? J'avais admis que ce devait être la seule raison. Quant à Teddy Bascom, même s'il occupait une part significative de mes pensées, j'avais concédé également que ce n'était probablement pas un type bien.

Pourtant, les visites chez Alison cet été-là ont constitué le pivot de ma vie. Afin qu'elle continue de m'inviter, j'inventais sans cesse des détails sur l'enquête, prétendument fournis par mon père, qui en réalité ne nous en parlait quasiment jamais.

« Le type a laissé un Bisounours sur la scène du crime. Il avait retiré tout le rembourrage. »

« Avant de quitter la scène du crime, il a pissé. »

« Il a bu le sang de la fille. »

Cet été-là, j'ai tenu tous les après-midi le rôle de la fille de treize ans dans le vent et populaire, mais, dès que je rentrais à la maison et que je retrouvais Patty, nous redevenions les gamines bizarres et un peu foldingues que nous étions d'habitude, et je finissais par admettre que les idées de jeux de ma sœur et les aventures que nous concoctions ensemble étaient beaucoup plus intéressantes que les activités d'Alison et ses amis.

De but en blanc, Patty me posa la question : si être une fille populaire signifiait attendre sans bouger que sèche son vernis à ongles, ou écouter Teddy Bascom décrire le moindre de ses mouvements au karaté, si être impopulaire permettait de choisir entre se balancer à une liane pendant à une branche d'arbousier, dévaler la montagne en roulés-boulés, ou traînasser avec sa sœur dans la cabine rouillée d'un camion avec un sac de crackers et un cahier où écrire des histoires pour les lire ensuite à haute voix – faisant rire sa sœur si fort qu'on l'entendait probablement du bas de la montagne –, alors qu'y avait-il de si génial à être populaire ? Ou de si affreux à ne pas l'être ?

Mais j'ai choisi Alison – une fille qui fauchait du vernis à ongles à l'étalage et dessinait de méchantes caricatures d'un garçon de notre classe chez qui les forceps avaient laissé un creux de chaque côté de la tête, une fille qui ne ratait pas une occasion de se moquer de ma sœur. Une de ces filles dotées d'une mère jolie et normale, qui n'allait pas tout le temps à la bibliothèque, ne fumait pas dans sa chambre, d'ailleurs ne restait pas dans sa chambre (parce qu'elle préparait le dîner dans la cuisine, comme toutes les mères normales). Et il s'en trouvait toujours une pour me ramener chez moi en fin d'après-midi.

Ma sœur attendait mon retour sur les marches de la maison. « Je pensais que tu ne reviendrais jamais », disait-elle. Elle ne piquait jamais de crise. Semblait juste heureuse de me voir.

« Suppose qu'on prenne le bus pour le Golden Gate samedi prochain et qu'on lance des bouteilles du haut du pont avec des messages dedans ? » suggérait-elle. On pouvait aussi coller des affichettes dans le voisinage, proposant nos services de clowns pour des fêtes d'anniversaire. Ou bien acheter deux ballons gonflés à l'hélium, laisser l'hélium nous remplir la bouche et appeler des gens au téléphone. (Ce que nous leur dirions était un détail secondaire, encore à préciser.) Autre possibilité : présenter notre candidature au *Supermarket Sweepstakes* – un show télé dans lequel les équipes de concurrents cavalaient dans tout le magasin, empilant dans leur Caddie le maximum de produits alimentaires, le but étant d'atteindre le montant le plus élevé au passage en caisse. Si nous étions sélectionnées, la quantité de provisions ainsi récoltées permettrait à notre mère de ne pas se soucier des factures d'épicerie pendant un an. Sans oublier l'argent que rapporterait le prix en cas de victoire.

Et, bien entendu, nous avions toujours la montagne, interdite d'accès depuis les meurtres, mais avions-nous jamais tenu compte d'avertissements de ce genre ? Tous les trois ou quatre jours, nous montions avec notre boîte en fer, allumions notre petit feu, Patty entamait sa chanson, nous fermions les yeux et nous psalmodions. J'attendais une vision. Ce qui ne nous empêchait pas de chercher des preuves solides.

« Suppose qu'on se tire en douce avec nos lampes de poche le week-end prochain après que maman sera couchée et qu'on aille camper près de l'endroit où il a tué les filles la dernière fois, proposa Patty un jour.

– Et ensuite ?

– Tu pourrais emporter ton appareil et prendre des photos.

– Et si l'assassin est là et qu'il nous voie ?

– On ferait pas de bruit.

– Maman nous tuerait.

– Et alors ?

– C'est ça qui serait drôle. » Mais la véritable raison qui m'empêchait de jouer les guetteurs avec ma sœur était l'invitation d'Alison à passer la nuit chez elle. Je n'étais plus seulement l'amie de filles dans le vent, j'étais une des leurs.

« Je t'ai jamais vue comme ça, dit Patty. Qu'est-ce qui t'est arrivé ?

– Tu ne peux pas comprendre. Tu n'es pas encore adolescente.

– Si tu es devenue si adolescente que ça » – le ton qu'elle employa et que je ne me souvenais pas de lui avoir jamais entendu prouvait, si besoin en était, combien elle se sentait abandonnée par la personne qu'elle aimait le plus au monde –, « pourquoi tu n'as pas encore tes règles ? »

Voilà, ça y était. Mon gros, mon honteux secret et la question que je me posais quotidiennement. Je m'abstins de lui balancer quelque chose à propos de ses dents.

« Je ne voulais pas dire ça », s'excusa-t-elle. Elle semblait abasourdie, horrifiée. De toute notre vie, c'était la première fois que ma sœur me sortait une méchanceté.

Pourtant la question était bien celle-là, aussi brûlante pour moi que l'identité de l'Étrangleur du crépuscule : ma crainte de ne jamais devenir une femme. Ma terreur de le devenir.

La fin août nous apporta une nouvelle vague de chaleur. Karl Pollack, rentré tôt de son travail, était assis sur l'herbe, torse nu, observant Karl Jr gigoter sous le tourniquet d'arrosage. Les Gunnerson préparaient un barbecue et, plus bas dans la rue, Mr Marcello lavait sa voiture.

Installée sur le perron, je feuilletais le numéro de rentrée des classes de *Seventeen* – des pages pleines de tous les vêtements qu'Alison porterait cet automne et moi pas. Patty faisait rebondir son ballon de basket dans l'allée. C'est alors que nous avons aperçu la chienne de Mr Armitage, galopant avec quelque chose dans sa gueule qui ressemblait à une patte de poulet, ou peut-être une chaussure.

Une seconde plus tard, déboula Mr Armitage à sa poursuite. Courir n'était pas son truc, aussi était-il à bout de souffle – la distance entre lui et le petit chien ne cessait d'augmenter.

Quelque part aux abords de la maison de Helen, le chien disparut, Mr Armitage demeura interdit, se comprimant la poitrine. Un instant, j'ai cru qu'il allait éclater en sanglots.

Deux années s'étaient écoulées depuis que nous l'avions pour la dernière fois mentionné dans notre album, après quoi Patty et moi avions cessé de nous intéresser aux allées et venues de cette maisonnée, sauf pour noter quelques remarques de Patty à propos du chien. Nous avions abouti à la conclusion que Mrs Armitage n'habitait plus là.

« J'ai besoin de votre aide », dit-il, haletant. Il se mêlait si peu à la population de la Cité que c'était la première fois que je l'entendais parler.

« J'ai ouvert la porte pour aller jeter les ordures et Petra s'est échappée. Je ne dois pas la quitter des yeux, elle ne connaît pas le chemin de la maison. C'est surtout les coyotes qui me font peur. »

Patty ne prit pas le temps de réfléchir. Elle détala. Galopa en direction de la montagne. Sans qu'on ait eu le temps de lui rappeler qu'elle n'était pas censée aller là-bas. Mr Pollack se releva d'un bond, ainsi que Mrs Gunnerson. Mais Patty était déjà loin.

Même sans motif, ma sœur courait vite. Ce jour-là, elle fila comme le vent. Cinq minutes plus tard – moins probablement –, elle revint, tenant Petra dans ses bras.

« Je ne sais comment te remercier, lui dit Mr Armitage.

– Je sentais son cœur battre contre ma poitrine. » De mauvaise grâce, elle rendait la chienne à son propriétaire. « Elle avait peur. Elle voulait rentrer, mais elle ne savait pas comment.

– Je tiens à t'exprimer ma gratitude. » Mr Armitage avait sorti son portefeuille et lui tendait un billet de dix dollars. Comme si Patty allait accepter d'être payée pour avoir sauvé un animal.

« Je peux peut-être l'emmener promener de temps en temps ?

– Personne d'autre que moi n'a jamais sorti Petra. » Aucune mention de Mrs Armitage. « Mais pourquoi ne viendrais-tu pas chez moi demain, je nous ferai des sodas glacés et des cookies au beurre de cacahuète, et nous en parlerons. Petra apprendra à mieux te connaître. Qui sait, tu pourrais la sortir parfois pendant que je suis au travail. Si ça t'intéresse ? »

Question évidemment superflue.

« Nous discuterons de ça sérieusement. Cette petite chienne est tout pour moi. »

Le lendemain, Patty se rendit chez notre voisin pour apprendre à mieux connaître Petra. Et Mr Armitage lui-même.

La perspective de voir ma sœur pénétrer dans cette maison, combinée au mystère de la disparition de Mrs Armitage, me donna l'envie de reprendre l'enquête sur « La mystérieuse vie d'Albert Armitage ». Teddy Bascom et l'Étrangleur du crépuscule occupaient l'essentiel de mes pensées dernièrement, mais l'affaire Armitage semblait offrir de plus grandes chances de solution. La scène du crime se déployait à deux pas, au cœur même de la Cité de la Splendeur matinale.

Les photos que j'avais prises de Mr Armitage avec mon Polaroïd ne nous avaient guère éclairées sur son caractère. En dehors du fait qu'il préférait le pavé blanc à l'herbe et qu'il possédait un chien, la seule information sérieuse que nous avions glanée sur lui, nous l'avions déduite du magnet qu'il avait offert aux Pollack et que j'avais vu en faisant du baby-sitting : il représentait la salle de bal de l'école de danse où il enseignait. À présent, nous allions peut-être pouvoir approfondir les choses de la façon la plus directe – en lui posant des questions.

Patty était la personne idéale pour ce job. Les gens lui faisaient confiance, non sans raison. Il y avait en elle un je ne sais quoi qui empêchait de l'imaginer manquant à ses promesses.

Comme d'habitude je lui dévoilai mon plan. Quand Mr Armitage lui ouvrirait la porte, elle lui expliquerait qu'elle préparait un rapport pour l'école et qu'elle souhaitait l'interviewer. Évidemment, le hic était là : en période de vacances scolaires, quel rapport pouvait-elle rédiger (devoir de vacances, suggérai-je) qui nécessitât un entretien avec Mr Armitage ? Nous en savions si peu sur lui qu'il était difficile d'inventer un sujet. Une étude sur les gens qui arrachent l'herbe dans leur jardin pour la remplacer par des dalles ? Sur les gens qui prennent le bus pour aller travailler ?

Ce fut Patty qui trouva la solution. Elle lui dirait qu'elle préparait un devoir sur les chiens. Sur les petits chiens, plus précisément. Et une fois dans la place, elle poserait les questions nécessaires. Date et lieu de naissance. Quel était le nom de ses parents, où travaillait-il, avait-il des hobbies ? Où avait-il rencontré sa femme, c'était quand son anniversaire et, bien sûr, comment s'appelait-elle ?

Là, nous abordions l'objet même de notre enquête : Mrs Armitage. Mais en mêlant ces questions à d'autres, j'estimais que nous courions moins de risque d'alarmer Mr Armitage. (C'est en gros ce que je faisais en achetant des serviettes hygiéniques au drugstore – même si je n'avais encore jamais eu de règles, je m'y préparais. En même temps que les serviettes hygiéniques, je mettais trois autres articles dans mon Caddie – des pinces à cheveux, des caboches, un crayon –, articles bon marché, puisque l'argent était toujours un problème, mais suffisamment divers pour que la caissière (ou le caissier) ne prête pas attention à la marchandise compromettante.)

« Il faut que je pose des questions sur Petra, me rappela Patty. C'est le sujet de mon devoir. »

Puisque c'était elle la fondue de chiens, à elle de dire ce qu'elle souhaitait savoir. Il y avait tant de choses à découvrir. Les préférences alimentaires, le jouet favori. Est-ce que Petra aimait qu'on la lave ? Avait-elle été châtrée et, sinon, aurait-elle des chiots un jour ? Il était difficile d'imaginer qu'une si petite chienne puisse avoir des chiots mais, si le cas se présentait, ils seraient évidemment adorables. Et Patty pourrait demander à notre mère la permission d'en avoir un. Tout en connaissant d'avance la réponse.

« Tu rêves, lui dis-je. Revenons à notre sujet : demande-lui (à Mr Armitage) pourquoi il aime mieux les petits chiens que les gros. Et si ça coûte bien moins cher, étant donné qu'ils mangent probablement beaucoup moins. Mais il faut que la conversation tourne autour de Mrs Armitage sans qu'il s'en doute. »

Patty devait prendre des notes pour son prétendu devoir, mais rien qui évoque directement la mystérieuse disparition de cette femme. Au cas où Mr Armitage viendrait à se méfier de ma sœur et voudrait regarder son carnet, il fallait qu'il ne trouve que des trucs du genre date de naissance (la sienne) et travail (le sien). Tout ce qu'il dirait au sujet de sa femme, Patty devait le mémoriser pour le noter plus tard, une fois à la maison.

En réalité, cette idée d'interview ne l'emballait pas. « C'est comme si je fouinais dans ses affaires.

– Évidemment que tu fouines. C'est ce que font les détectives. »

À contrecœur, elle accomplit sa mission. Frappa à la porte – comme nous l'avions fait tant de fois quand nous jouions à sonner aux portes, sauf qu'elle ne se sauva pas quand Mr Armitage vint ouvrir. Et elle entra dans la maison.

Il lui offrit un soda crème glacée avec des cookies aux raisins secs faits maison. Il lui montra sa collection de chiens en porcelaine – de toutes les tailles et de toutes les races. En réalité, lui expliqua-t-il, il aimait les grands chiens, mais comme il retournait deux fois par an chez lui dans l'Ohio pour voir ses parents et qu'il refusait de laisser son animal dans un chenil, il lui en fallait un suffisamment petit pour qu'il puisse l'emmener en avion.

Au cours de la conversation, Patty découvrit une autre chose, bien plus étonnante. Dans le living, il y avait la photo encadrée d'un danseur, beau jeune homme, torse nu et en collant, tenant une femme au-dessus de sa tête. Patty lui ayant demandé s'il était un fan de ballets, Mr Armitage lui apprit que c'était lui qui figurait sur la photo : durant sa jeunesse, dans l'Ohio, il avait appartenu pendant plusieurs années à une compagnie de danse de Cincinnati.

« Comme tu vois – il se tapotait l'estomac –, je ne danse presque plus, mais j'adore les spectacles du ballet de San Francisco. »

Ce premier entretien avec Mr Armitage dura si longtemps que je commençai à m'inquiéter. Enfin, Patty émergea de la maison. Elle se pencha presque jusqu'au sol pour embrasser la petite chienne. Selon Mr Armitage, il était très rare que Petra lèche ainsi le visage de quelqu'un et remue autant la queue.

« À bientôt, cria-t-il à Patty qui s'éloignait. Content d'avoir pu t'aider. »

Plus tard – tandis que je transcrivais les découvertes de ma sœur dans notre cahier et que je scotchais quelques poils du chien collés à son pantalon sur une page intitulée « Échantillon de poil du Chien du Sujet » –, Patty me dit qu'elle espérait mieux connaître notre voisin.

« Je crois que c'est quelqu'un dans mon genre. Timide avec les gens, mais pas avec les chiens.

– Et sa femme ? Tu ne lui as pas posé de questions ?

– Ça s'est pas trouvé. Il m'a montré le tour qu'il a appris à Petra. Quand il met le disque d'un chanteur d'opéra, elle chante avec. Elle chante pas vraiment, mais elle se dresse sur ses pattes arrière et fait des bruits.

– Tu étais censée le questionner sur sa femme…

– Je crois que c'est un sujet douloureux. En dehors de ça, il a l'air tout à fait réglo. Amical et joyeux.

– Certaines personnes ont un côté sombre. Il n'y aurait pas de côté sombre s'il n'y en avait pas de brillant. C'est celui-là qu'il t'a montré.

– Et si c'était *ton* côté sombre qui critique Mr Armitage ? Après tout, il t'a jamais fait de mal. »

C'était un de ces après-midi que je passais à traîner chez Alison. Elle et sa mère s'étaient rendues en ville le week-end précédent – c'est-à-dire à San Francisco –, elles avaient dormi à l'hôtel et fait du shopping pour la rentrée, et maintenant Alison allait nous montrer tous ses nouveaux vêtements, peut-être même nous permettre d'en essayer quelques-uns. Ce qui signifiait que je laissais Patty de nouveau seule.

Et comme ma sœur ne se plaignait pas, j'avais doublement mauvaise conscience. Je lui répétais : « Tu devrais te faire de nouveaux amis, il y a plein de gosses de ta classe qui aimeraient t'inviter », en réalité je n'en étais pas sûre.

Quand nous n'étions que toutes les deux, Patty pouvait se révéler la personne la plus drôle du monde, mais sa timidité en présence des autres constituait un vrai handicap. Sur le terrain de basket, courant après le ballon, elle se déchaînait, sinon, dès qu'il y avait du monde, elle n'ouvrait quasiment pas la bouche.

Cet après-midi-là, en revenant de chez Alison – munie d'un sac Bloomingdale rempli de vêtements qu'elle ne voulait plus porter –, je ne trouvai pas trace de ma sœur. Ni sur les marches devant la maison où elle avait l'habitude de m'attendre, ni derrière, ni dans notre chambre. Son vélo était dans l'allée, ainsi que son ballon de basket.

Je commençais à m'inquiéter quand je l'aperçus, venant du bout de la rue, le côté en cul-de-sac. L'air aussi euphorique que le jour où notre père, l'année précédente, était arrivé juste à temps pour la voir réussir un formidable panier.

À cause de sa haute taille, Patty avait tendance à marcher épaules tombantes et tête baissée, ce que notre père, convaincu de l'importance d'un bon maintien, lui reprochait continuellement. Ce jour-là, elle marchait comme un mannequin défilant sur un podium, sauf que ce qu'elle présentait, ce n'était pas des vêtements, mais Petra.

La petite chienne avait six ans, une tache noire en forme de cœur sur la face et un malheureux bout de queue, résultat d'une mauvaise taille réalisée au chenil quand elle n'était encore qu'un chiot. De ce fait, Mr Armitage l'avait eue à prix réduit, mais pour lui, elle était sans prix.

Engagée pour la sortir au tarif de cinquante cents, Patty effectuait sa première journée, à l'essai. Essai vite transformé. Pour chacun (Mr Armitage, Patty et Petra), il fut évident qu'ils avaient trouvé l'arrangement idéal.

Au bout de quelques jours, je rappelai à Patty notre projet d'accumuler des données sur la Vie mystérieuse d'Albert Armitage. Mais elle préférait désormais, quand elle inscrivait quelque chose dans notre cahier, noter une attitude particulièrement adorable de Petra ou un fait peu connu sur les Jack Russell.

Et elle se prenait également d'affection pour Mr Armitage. Alors que je demeurais obsédée par la disparition de sa femme, ma sœur semblait mettre cette histoire de côté au profit d'une amitié forgée par leur mutuelle passion pour Petra.

Patty souleva même un jour, brièvement, l'idée romantique de présenter Mr Armitage à notre mère, mais dut admettre l'impossibilité d'un rapport de ce type. En réalité, ce qu'elle voulait, c'était assurer la présence éternelle de Petra dans notre vie.

À l'exception du jour où il le mentionna, l'année de son départ de la maison, plus jamais je n'ai entendu notre père parler de mariage avec Margaret Ann, mais l'existence de cette femme, ce qu'elle signifiait pour lui, demeurait toujours à l'arrière-plan. Dans ma tête résonnait le bruit rapide des bottines de mon père dans l'escalier menant à l'appartement de Margaret Ann le jour où il nous avait présentées, laissant à Patty le soin d'appuyer sur la sonnette. Je le revoyais se passer un peigne dans les cheveux en attendant qu'elle vienne ouvrir, sauf que la première chose qu'elle avait faite avait été de le décoiffer.

Il ne nous a ramenées chez elle que trois ou quatre fois. « N'en parlez pas à votre mère ! » recommandait-il en se garant en face de l'appartement. Ciel bleu, une jardinière de pétunias, par la fenêtre la vue de la piscine miroitante où je nous imaginais tous les quatre – Patty et moi, notre père et Margaret Ann – sautant du plongeoir, sirotant des verres agrémentés d'ombrelles de papier.

Elle nous avait taillé des robes assorties, avec exactement le tissu que nous aimions : coton léger turquoise imprimé de chatons jaunes. De grandes poches, une large ceinture qui se terminait par un gigantesque nœud dans le dos, qui nous faisait ressembler à un paquet-cadeau.

« Qu'est-ce qu'elles sont censées faire de ça, Maggie ? » feignit de s'étonner notre père. Mais il souriait. Lorsqu'il était près d'elle, son visage changeait d'expression. Même Patty, qui en temps ordinaire détestait porter une robe, avait l'air heureuse.

« Je n'ai pas pu m'en empêcher, dit Margaret Ann. J'ai vu le modèle, et ça m'a paru tellement drôle. »

En partant, nous avons rangé les robes dans la penderie, à côté des vêtements de Margaret Ann, si différents de ceux de notre mère. Nous ne les avons portées qu'en deux autres occasions, ces robes. La fois où notre père et Margaret Ann nous ont emmenées au golf miniature de Santa Rosa, et pour un brunch à l'hôtel Flamingo, où nous avons nagé dans la piscine – elle en bikini blanc, notre père ressemblant à Rock Hudson, affirmait-elle –, et nous nous sommes tellement gavées de pâtisseries qu'au retour, Patty a été malade dans la voiture, et a vomi sur sa robe et sur celle de Margaret Ann. Blanche comme le bikini.

« Ce n'est rien, ma chérie, dit-elle à Patty qui s'excusait. Les robes, ça ne compte pas. Seuls les gens comptent.

– N'en parlez pas à votre mère », recommanda notre père. Comme si nous ne le savions pas.

La fin août nous valut aussi un nouveau meurtre. C'est un garde forestier occupé à débroussailler sur une piste qui découvrit le corps : Sally Jansen, vingt-neuf ans. Journaliste indépendante, elle était venue de Sacramento pour prendre des photos de la montagne, dans l'espoir de vendre à un magazine une histoire sur l'Étrangleur du crépuscule. On trouva son appareil photo à côté d'elle, chargé, avec des clichés de son cadavre. Pris par le tueur, à l'évidence, qui, comme les fois précédentes, n'avait laissé aucune empreinte digitale.

Cinq meurtres. Pas de traces. (Cela, je le savais par notre père qui avait téléphoné pour annuler de nouveau notre rencontre du week-end.)

« Tu as de quoi bientôt arrêter l'assassin ? » avais-je demandé.

À l'autre bout de la ligne, je l'entendis souffler. Exhaler la fumée de sa Lucky, probablement.

« Ce type est très futé. »

Puis : « Quand tout sera fini, je vous emmènerai ta sœur et toi en Italie.

– Rien que nous trois ?

– Oui. »

Après ce cinquième meurtre, nous avons vu notre père encore moins qu'auparavant, sauf à la télévision. Il passa à la maison juste avant le long week-end du Labor Day – une de ces brèves apparitions que notre mère comparait à celles de vedettes dans un film. « Avec le concours de... », dit le générique. Nous eûmes droit chacune à un cadeau : un blouson Adidas pour Patty, un collier pour moi.

« C'est un peu stressant ces derniers temps au boulot, dit-il – son unique référence à l'affaire –, mais vous devez savoir que même si je ne viens pas, je pense toujours à vous deux. »

« Comme ça, tu seras très chicos sur le terrain de basket, Patty Chou », dit-il aussi en remontant la fermeture Éclair du blouson.

« Quant à toi, Farrah – il me tendait la boîte contenant le collier –, tu vas découvrir cette année comme tu es belle. Tu as un de ces visages qui ont besoin d'un peu de temps pour s'affirmer. Mais ça vient. Si un garçon veut sortir avec toi, il faudra qu'il me parle d'abord. Il va bientôt y en avoir une flopée. Alors ne perds pas ton temps avec quelqu'un qui ne le mérite pas. »

Mon père n'avait jamais entendu le nom de Teddy Bascom. Alors comment savait-il ?

L'école redémarra. Nous portions nos nouvelles tenues spécial-rentrée-des-classes, achetées en solde chez JCPenney. Notre mère avait absolument voulu couper la frange de Patty, si courte maintenant qu'elle évoquait celle d'un tapis de table, révélant une grande plage rose sur le front. En se voyant dans la glace, Patty pleura.

« C'est pas grave, lui dis-je. Ça repoussera. » Mais, comme je ne laissais jamais ma mère s'approcher de moi avec des ciseaux, Patty savait ce que j'en pensais vraiment.

Malgré la coupe de cheveux de Patty et mon jean d'occasion, nous fûmes très entourées la première journée de classe. En tout cas, moi. Partie en vacances au lac Tahoe avec ses parents,

Alison Kerwin était en manque d'informations depuis le dernier meurtre. Dès le premier cours, elle me fit dire que je devais absolument m'asseoir à côté d'elle au déjeuner. Considérant mon ancienne place à la cafétéria, j'étais nettement montée en grade.

Elle voulut savoir si mon père disposait de nouveaux indices. « Même si c'est top secret, personne ne soufflera mot. Juré craché.

– Du genre des marques de morsures, intervint Soleil. Et les collants. » Or ces trucs-là, je n'en avais parlé qu'à Alison. Pour le juré craché, elle repasserait.

« Je ne sais pas, ai-je répondu. Notre père nous a fait promettre de ne parler à personne de ces choses.

– Ça a un rapport avec le sexe, hein ? demanda Alison. Des choses horriblement dégoûtantes qu'il a faites à ses victimes avant de les étrangler ?

– Disons qu'au moment où il a tué la dernière, elle devait souhaiter être déjà morte. » Parfois les détails que vous taisez terrifient plus que si vous les révéliez. Sans compter que, tout active qu'était mon imagination, je commençais à manquer d'idées neuves.

Nous discutions beaucoup des garçons. La plus minuscule information glanée par l'une des filles sur un garçon que nous trouvions mignon, elle la partageait avec le groupe. Qu'il s'agisse de celui qui lorgnait sur l'une d'entre nous en particulier, ou de l'autre qui semblait s'être coupé en se rasant. Une opinion sur les socquettes que Vincent portait ce jour-là. Un rapport sur Larry Muldoon, un garçon à peu près aussi impopulaire que je l'avais été, dont la voix, alors qu'il répondait à Mrs Brennan pendant le cours d'histoire, avait déraillé d'une octave pour remonter ensuite, encore plus haut qu'avant. En m'entendant rire, vous n'auriez pas imaginé que, seulement quelques mois auparavant, c'était de moi que ces filles pouvaient se moquer.

De nos propres mortifications, nous ne discutions pas, bien que prêtant une certaine attention aux problèmes de peau d'Alison et à ses essais de produits censés les dissimuler. Elle en possédait un vaste échantillonnage.

« Teddy Bascom a décidé que c'était avec toi qu'il voulait sortir, m'apprit-elle ce jour-là à la cafétéria. Il dit que Heather a de trop grosses fesses, et que tu es plus sexy.

– Vous savez qui d'autre est sexy ? marmonna Soleil, mâchouillant sa salade de thon et pointant le doigt vers moi. Son père. Quand il est apparu aux infos hier soir, ma mère a dit que s'il laissait tomber son boulot de détective un jour, il pourrait avoir sa propre émission à la télé. Elle dit qu'il est aussi sexy que Paul Michael Glaser[1]. »

Je n'avais pas encore fini d'assimiler les informations concernant Teddy, et ce commentaire a suscité en moi un bizarre mélange d'émotions. Mi-orgueil, mi-gêne. Vous n'avez pas vraiment envie que vos amies trouvent votre père sexy. D'un autre côté, je reconnaissais que je n'aurais jamais été invitée à cette table ni à m'allonger sur le grand lit à baldaquin d'Alison avec les autres filles – et n'aurais pas non plus attiré l'attention de Teddy Bascom – sans mon père et l'affaire de l'Étrangleur du crépuscule.

Patty n'assistait jamais à ces discussions. À partir de la quatrième, classe où je venais d'entrer, les élèves déjeunaient dans une autre cafétéria, dans un autre bâtiment. Mais quand nous nous retrouvions après l'école, attendant le bus, je voyais bien qu'elle avait du mal à l'encaisser. Pas furieuse, juste l'air déçu et triste. Comme un chien qu'on frappe et qui, malgré tout, rapporte le caillou.

Dans le bus, je m'asseyais avec Alison et Soleil. Nous allions chez elles ou chez Heather, où nous rejoignaient en général d'autres jeunes. Chez Alison, allongées sur son lit, nous écoutions des disques, essayions des vêtements, regardions la télé portable qui trônait sur sa commode. Nous mangions des crackers

1. Acteur, interprète de Starsky dans la série télévisée *Starsky et Hutch*.

au beurre de cacahuète ou des *nachos* – alors même que les filles se prétendaient toujours au régime –, et parfois, Alison commandait des pizzas qu'on nous livrait, et dont le coût était prélevé sur le compte de ses parents.

Vers l'heure du dîner, une mère me ramenait en voiture à la maison. (Du moins vers leur heure, car la nôtre – la mienne et celle de Patty – était flexible voire inexistante.) Et ces mères tenaient autant que leurs filles à entendre parler de notre père et de l'affaire.

« Dis à ton père que nous pensons tous bien à lui, me souffla une fois Mrs Kerwin. Je dors mieux en sachant qu'il est sur la piste de ce monstre. »

Je demandais toujours qu'on me dépose au coin de ma rue afin qu'on ne voie pas notre cour à l'herbe pelée, et la porte du garage cassée. « Je vais marcher, disais-je, comme ça je relèverai le courrier. »

Patty m'attendait dans l'allée, que notre mère soit ou ne soit pas là, tapant sur son ballon de basket, dans ses vieilles chaussures éculées.

J'aurais préféré qu'elle m'assomme de reproches ou me dise des choses méchantes. Mais non. À part me demander quel était l'animal domestique d'Alison, elle ne me posait aucune question concernant cette maison et ce que nous y faisions.

« J'aurais cru qu'ils avaient un chien, remarqua-t-elle, quand je lui parlai de l'aquarium géant dans le living. Genre caniche ou setter irlandais. Pure race. »

Ma sœur penchait plutôt pour les clébards, mais les Kerwin auraient pu au moins avoir un caniche.

Peu importe. Ce qui comptait essentiellement dans ma vie à ce moment-là, c'était d'avoir mérité l'approbation de Teddy Bascom. La question de savoir s'il méritait la mienne ne me traversait même pas l'esprit.

Cet automne-là, effrayés par le rappel quotidien dans les journaux des cinq meurtres non résolus et la présence au départ des pistes de panneaux d'avertissement, les randonneurs se firent encore plus rares. Mais il était impossible de boucler toute la région. Semblable à un virus mutant, le tueur semblait ajuster son *modus operandi* à ses victimes potentielles tout comme la brigade criminelle avait changé de méthode depuis les derniers meurtres. Mais l'Étrangleur du crépuscule avait étendu son champ d'action.

Le corps de la sixième victime, Willa DePaul, fut découvert à Phoenix Lake la troisième semaine de septembre. Plus âgée que les précédentes – trente-six ans –, elle avait elle aussi de longs cheveux noirs, elle était jolie, et c'est en fin de journée qu'on la trouva.

« Je lui avais dit de ne pas aller là-bas », raconta son mari dans une interview radiophonique diffusée cinq jours plus tard. « Elle prétendait que Buster avait besoin d'exercice. »

Le chien était revenu seul, il geignait. C'est ainsi que la police sut qu'il fallait partir à la recherche de Willa.

Les journaux ne donnaient pas beaucoup de détails sur ce que le tueur lui avait fait subir, sauf un reporter qui affirma que le corps avait été trouvé « dans une position semblable à celle des précédentes victimes » et que l'assassin avait utilisé du « ruban isolant » – phrase qui, pour ma sœur et moi, signifiait qu'il lui avait bandé les yeux avec du ruban adhésif. Le compte-rendu évoquait, sans autre précision, « des détails sur la position des victimes quand on les découvrait », notre père ayant expliqué au journaliste qu'il ne pouvait se montrer plus explicite pendant le déroulement de l'enquête. Selon une source – anonyme – de la brigade criminelle, le tueur dépouillait les corps d'un certain article vestimentaire (qu'on n'avait pas le droit de citer), tel une sorte de souvenir.

Une fois de plus, j'ai essayé de faire surgir des visions, mais les images qui m'apparaissaient étaient trop vagues pour servir d'indices ; je me demandais même si elles n'étaient pas le produit de mon esprit, comme les histoires que j'inventais pour Alison et ses amis. Je voyais un homme penché sur le corps inerte d'une femme. J'imaginais entendre sa respiration lente et pénible. Je m'efforçais de visualiser l'article vestimentaire – chemisier ? slip ? soutien-gorge ? – en vain. Rien ne venait, que j'aurais pu offrir à mon père pour l'aider dans son enquête.

Sachant combien il était occupé, je ne lui téléphonais plus au bureau – et je n'aimais pas l'appeler chez lui, de peur de tomber sur Margaret Ann, ou plutôt me doutant que, plus vraisemblablement, personne ne répondrait. Je détestais imaginer mon père dans l'appartement d'une belle femme embaumant le jasmin. De ses quelques passages ultrarapides chez nous, je gardais l'impression que l'affaire lui tapait sérieusement sur les nerfs.

Une image alors m'est apparue, de mon père et non du tueur. Je le vis assis dans la montagne, près du corps de Willa DePaul. Se passant les doigts dans les cheveux. Par respect pour la victime, il n'allume pas de cigarette. Plus tard, il en allumera. Des tas.

Je le vois dans sa veste de cuir noir arpenter la scène du crime à la recherche d'indices. Aller-retour, aller-retour. Il me semble savoir ce qu'il pense.

Toute sa vie, il s'est voulu protecteur des femmes, or les femmes n'arrêtent pas de se faire tuer malgré sa surveillance. (*Quatre… cinq… six…*) Et malgré tous ses efforts, il n'est pas plus avancé qu'en juin, quand il observait le corps de la première victime. Ça le ronge. Ça transparaît sur son visage. Je le sens. Mais cette perception ne va pas m'aider à lui apporter le soutien dont il a besoin pour capturer l'Étrangleur. Pour cela, il faut que je voie le visage du tueur.

Dans mon lit, fixant les lattes du sommier de ma sœur au-dessus de moi, je me suis efforcée de le convoquer. Mon cerveau ne m'a fourni qu'un écran blanc, rappelant celui de notre téléviseur. Juste de la neige quand on l'allumait.

À la maison, la nuit, j'étais obsédée par l'affaire : l'urgence de la capture de l'assassin. Le visage de mon père, interviewé à la télé, tendu et angoissé.

Dans la journée, à l'école, je ne pensais qu'à Teddy Bascom. En cours de géométrie, mon regard balayait la salle et se fixait sur lui, assis à la manière des garçons, jambes écartées – renflement offert à tous. Je l'observais, cheveux longs sur la nuque, et plus je l'observais, plus je savais : lui me regardait à peine. Et ne me voyait pas du tout.

Je n'avais toujours pas mes règles, et j'étais toujours aussi plate. Mais le sexe régnait autour de moi, partie intégrante du monde autant que l'air – dans le vestiaire de la piscine, dans la salle de jeux d'Alison, dans la chambre de Karl et Jennifer Pollack, quand je faisais du baby-sitting et que, assise sur le lit, je les imaginais en train de concevoir un autre bébé.

Les images se mélangeaient : aux joyeux dessins animés d'œufs et de sperme de notre cours de sciences naturelles se superposaient les planches effrayantes mais fascinantes du livre, *La Joie du sexe*, trouvé si longtemps auparavant dans la chambre de mes parents. (L'homme barbu. La femme aux aisselles poilues. Le pénis que je regardais malgré moi.)

Sexe-partie intégrante du monde autant que l'air, ou que la pollution de l'air. Non plus l'image qu'en donnait le dessin animé du cours – une chose précieuse, belle et intime. Mais une chose laide et toxique, qui s'étalait à la une des journaux que ma sœur distribuait tous les après-midi. Le sexe était dangereux – voire mortel. Et, ironie terrible, cela se passait à l'endroit que j'aimais le plus au monde – la montagne.

Depuis la fin de leur mariage, au fil des années, les rapports de mes parents avaient évolué bizarrement. Ce n'était pas exactement de l'amitié, mais de temps à autre, tard le soir – en rentrant du travail –, mon père s'arrêtait chez nous et ils s'installaient dans la cuisine pour fumer et parler. Les vieilles blessures n'étaient sûrement pas cicatrisées – le nom de Margaret Ann planait, non formulé, entre eux – mais ils avaient atteint un stade de camaraderie. Peut-être comme deux soldats épuisés qui ont fait la guerre côte à côte dans les tranchées, et qui, n'ayant aucune envie de revivre les anciennes batailles, trouvent un certain réconfort dans le simple fait de savoir qu'ils ont été jeunes ensemble et qu'ensemble ils ont traversé les mêmes carnages. Même si, dans le cas de mes parents, la blessure de ma mère lui avait été infligée par son mari.

L'époque où elle ne pouvait même pas le regarder était révolue. Effet du temps, d'autres épreuves peut-être. Il faut bien dire aussi qu'elle n'avait pas grand monde à qui parler – personne, en réalité. Et peut-être parce que, de tous ceux qui le connaissaient, elle était la seule à ne pas le prendre pour un héros, mon père éprouvait-il un certain soulagement à pouvoir parler librement de ce qu'il ressentait comme son impuissance, son incapacité à localiser l'assassin qui terrorisait le comté.

Cet automne-là, il vint davantage. Pas en fin d'après-midi, mais la nuit, quand Patty et moi étions couchées, sans autre raison apparente que se décharger du fardeau de l'affaire. Il pouvait être minuit passé, pour ma mère cela n'avait pas d'importance. Elle n'allait nulle part sauf à son travail, semblait toujours réveillée, n'éteignait jamais la lumière.

Ils nous croyaient endormies, ce qui était en général le cas de Patty, alors que les lourds soupirs de mon père me réveillaient. S'ensuivait le rituel des cigarettes, des glaçons dans les verres, le clic du briquet.

« Tu as l'air fatigué », lui disait-elle. Un instant, je me berçais de l'idée qu'ils étaient toujours mariés, que les voix venaient de leur chambre à coucher au lieu de la cuisine où, accoudés au plan de travail en Formica, ils buvaient leur whisky dans des verres à jus de fruit.

« Cette affaire me tape sur les nerfs », avouait-il. Comme si nous ne le savions pas.

Accroupie derrière la porte de ma chambre, j'écoutais. J'espérais qu'il en dirait plus sur le déroulement de l'enquête, pas tant pour en régaler Alison et sa cour à la cafétéria que pour être au courant. Moi toute seule.

« Une fois qu'il les a déshabillées, il plie leurs vêtements à côté de leur cadavre », répéta-t-il un soir.

Clic du briquet. Une autre Lucky.

« Quand nous les trouvons, elles n'ont sur elles que leurs chaussures. Cette saloperie de ruban adhésif sur les yeux. Je ne devrais pas en parler, mais parfois j'en ai besoin.

– Tu peux tout me raconter, dit ma mère. Simplement, je ne veux pas que les filles l'entendent.

– Il y a une chose que nous ne divulguons pas, à la brigade. Tu sais quel est l'unique truc que le type emporte avec lui, après ? Leurs lacets de chaussures. »

Silence de ma mère. Il ne demande que son écoute.

« Comme s'il voulait un souvenir. Un petit truc qui les lui rappelle. Et moi, je suis là comme un imbécile, à chercher le seul type du comté à posséder une foutue collection de lacets de chaussures. »

Octobre arriva. On retarda les horloges d'une heure, si bien que la nuit tomba plus tôt. Vers la fin de l'après-midi, Cité de la Splendeur matinale, par les fenêtres des maisons – toutes sauf celle de Mr Armitage –, on voyait scintiller la lueur bleue des écrans de télé au moment où chaque famille allumait son poste pour apprendre les dernières nouvelles sur l'Étrangleur.

Ce soir-là, Patty était en train de distribuer ses journaux. Normalement, j'aurais dû me trouver chez Alison, mais, l'école finie, les filles étaient parties avec la mère de l'une d'elles chez un pédicure en ville, après quoi elles dîneraient au Pier 41. J'avais prétexté une occupation, la vraie raison étant bien entendu le manque d'argent. Allongée sur mon lit, je feuilletais la biographie d'Amelia Earhart que j'avais déjà lue deux fois, quand j'entendis le bruit familier de l'Alfa s'arrêtant devant la maison. Mon père en sortit, genre apparition d'une star dans *L'Île fantastique*. Comme toujours, rien qu'à le voir, je sentis mon cœur se dilater.

Je le regardai claquer la portière de la voiture, arpenter le chemin vers la maison de sa démarche aisée, naturelle, se passant la main dans les cheveux.

« Ta sœur est là ?

– Elle distribue les journaux.

– Je n'ai qu'une minute. J'ai pensé que ça me ferait du bien de vous voir. Ça me remonterait le moral. »

Il s'assit à côté de moi. « Tu sais que je vous aimerai toujours. Rien ne me fera changer. C'est fixé en moi. »

Un instant, j'ai cru qu'il allait m'annoncer quelque chose. Il répéta simplement : « Quoi qu'il arrive, je veux que tu le saches. Vous serez toujours mes petites filles.

– Je sais.
– Parfois, je fous tout en l'air.
– Pas vraiment. Pas trop.
– Je ne vous quitterai jamais. »
Puis il repartit.

Deux semaines avant Halloween, Alison donna une fête. Dans la salle de jeux, sur le pouf en vinyle jaune – la radio diffusant « My Sharona » comme d'habitude – Teddy Bascom m'embrassa.

Je m'étais attendue à quelque chose de plus génial que ça. Si peu que j'en sache sur le sujet, j'ai eu le sentiment qu'il existait des manières d'embrasser meilleures que celles de Teddy, qui jouait de sa langue un max, vous la coinçait contre les gencives, genre séance chez le dentiste, sauf qu'après vous ne crachiez pas. J'avais aussi l'impression que le baiser n'était qu'une partie de l'affaire, destiné à m'occuper l'esprit pendant que la main de Teddy se faufilait sous ma chemise. En vérité, ce qui m'occupait, c'était la honte à la pensée du peu de chose qu'il allait trouver à cet endroit. Je laissai se dérouler le processus, tout en gardant les yeux fixés sur le mur. Sur l'affiche de *Grease.*

Bientôt, nous avons fait ça, Teddy et moi, presque quotidiennement, surtout dans la salle de jeux d'Alison, mais aussi derrière l'école à la sortie des classes, près du terrain de basket, bref, partout où j'avais des chances de tomber sur lui.

À l'époque, je ne voyais pas de différence entre le fait qu'un garçon s'intéressait vraiment à moi ou qu'il avait simplement le désir de poser la main sur ma poitrine, sur n'importe quelle poitrine. Désormais, trois après-midi par semaine, après l'école, je me rendais chez Alison ou bien j'allais regarder Teddy jouer au basket. Parfois, ma sœur m'accompagnait. Ce qu'elle voulait, c'était jouer, mais, bien qu'elle fût capable d'égaler certains de ces garçons – feintant le défenseur, puis plongeant sous son bras pour sauter et faire un panier –, jamais ils ne l'invitaient à se joindre à eux.

Surtout pas Teddy. Qui manifestait une confiance en soi, une assurance et un mépris des besoins d'autrui supérieurs à ceux des garçons de son âge. Mais j'aimais son détachement arrogant, surtout qu'en m'ayant choisie pour petite amie – du moins pour la fille avec qui il sortait –, il me conférait un peu de cette arrogance.

À sa façon de se comporter, on devinait que, quoi qu'il advienne, il serait capable de se débrouiller. Je ne connaissais qu'une autre personne affichant le même comportement : mon père. Mais alors que cette maîtrise de soi traduisait chez lui un désir de protection, chez Teddy elle paraissait émaner d'un désir de vaincre.

Drôle d'idée, d'ailleurs, de vouloir les comparer. Apparemment, Teddy ne voyait pas l'intérêt de me faire croire que j'étais unique ou belle. De me faire croire quoi que ce soit, en réalité. En sa compagnie, vous aviez toujours le sentiment désagréable qu'il se passait quelque chose que vous ne compreniez pas. Des secrets. Et vous aviez envie d'être celle qui les découvrirait. Comme il ne répondait pas quand vous lui posiez une question, vous vous imaginiez qu'il avait la tête pleine de trucs importants, alors que cela signifiait simplement qu'il ne voulait pas qu'on l'embête.

À moins que le simple fait que vous attendiez une réponse de sa part ne lui parût une raison suffisante de la refuser. L'idée m'était venue que ce qui satisfaisait Teddy Bascom, c'était de dominer les autres. Moins il traitait quelqu'un avec ménagement (moi, par exemple), plus il affermissait son pouvoir. La vocation de Teddy Bascom dans la vie, s'il en avait une, c'était de se faire plaisir.

Et nous partagions ce but, lui et moi : rendre Teddy heureux.

Avant les meurtres, en classe de cinquième, notre professeur d'anglais nous avait proposé un sujet de devoir qui m'avait inspiré le désir de rendre une bonne copie, pour une fois. Nous devions choisir une personne que nous admirions et l'interviewer sur son travail. En partie, sans aucun doute, parce que ce serait le moyen de passer quelque temps avec lui, je choisis mon père.

Je lui dis que je voulais en apprendre davantage sur la façon de mener une enquête pour homicide. Sujet si vaste qu'il suggéra de le limiter à la façon dont se mène l'interrogatoire d'un suspect. Mon père avait la réputation d'être le membre de la brigade criminelle du comté qui savait le mieux obtenir les aveux d'un suspect.

Pour réaliser l'interview, il m'emmena chez Marin Joe. J'avais pris un magnétophone portatif.

« Ainsi, détective Torricelli », commençai-je. Je m'efforçais d'imiter une vedette de la télévision, Barbara Walters peut-être. « Je crois comprendre que vous êtes un expert de l'interrogatoire. Pouvez-vous me dire pourquoi c'est un aspect si important du travail des policiers ?

– À vos ordres, Miss… Miss ? Quel est votre nom, déjà ?

– Torricelli. » Mon père me faisait toujours rire.

« Quelle coïncidence ! Peut-être avons-nous des ancêtres communs, là-bas dans notre ancien pays ?

– C'est possible. Maintenant, en ce qui concerne ces interrogatoires…

– Oui, oui. Je sais que vous êtes une personne très occupée, je ne veux pas vous faire perdre votre temps. Donc, vous passez des semaines et des mois à traquer le criminel. Des centaines d'heures, et voilà que vous le pincez. Mais ne croyez pas une seconde que vous êtes tiré d'affaire. Il vous manque un élément crucial. La confession.

« Vous n'imaginez pas combien de fois, dans les cas que j'ai étudiés, un ou une coupable ont été relâchés – libres de terroriser de nouveau la communauté – pour la simple raison que l'enquêteur n'avait pas réussi à leur faire avouer leurs crimes.

– Pourquoi les gens admettraient-ils leur culpabilité ? Puisqu'ils savent qu'ils seront libérés rien qu'en gardant la bouche fermée ?

– C'est la nature humaine. Tous les pauvres types auxquels j'ai eu affaire étaient fiers de leurs crimes. Ils savent qu'ils ont enfreint la loi et que la société veut les punir pour ça. Ils savent probablement que c'est mal. Mais ils ressemblent à ces chiens qui laissent une crotte sur le tapis et veulent vous la montrer. Comme si c'était un exploit. Ces types sont fiers de retenir votre attention. On désire les écouter. Ça leur donne une raison de continuer à parler.

« Vous connaissez ces punks qui tracent des graffitis sur les immeubles, ou sur les ponts, ou sur n'importe quoi ? Et qui signent de leur nom ? Eh bien, c'est pareil. Ils font quelque chose qu'on leur dit de ne pas faire. Alors pourquoi la signature ? *L'orgueil.* Ou plutôt l'arrogance. »

Mener un interrogatoire, ajouta mon père, n'était pourtant pas une partie de plaisir. Loin de là. La plupart des criminels auxquels il avait eu affaire étaient de futés enfoirés – pardonnez le terme. Un meurtrier ne veut pas passer le reste de ses jours derrière les barreaux juste parce qu'il s'est vanté, c'est plus fort que lui, d'avoir buté son bookmaker ou d'avoir descendu sa mère parce qu'elle lui a répété pour la énième fois de ramasser ses chaussettes. Voilà pourquoi un bon interrogatoire nécessite un peu de psychologie.

« Donc, première chose : on conduit ce taré dans la salle et on le fait asseoir sur un banc. Rien de confortable. Rien de sympathique. Mon boulot consiste à déstabiliser en permanence ce pédo de mes deux. Qu'il n'oublie jamais qui dirige.

« Le banc doit être dur. L'éclairage compte aussi. Brillant. Métallique. L'acoustique dans les salles d'interrogatoire, c'est dingue, et c'est ce qu'on veut. Chaque clic de briquet, le type l'entend. Le raclement de votre chaise sur le plancher, ça le rend givré. »

Un changement se produisit alors chez mon père. Des mots lui échappèrent qu'il n'aurait jamais dits devant ma sœur et moi. Il était dans un autre monde. La salle d'interrogatoire probablement.

« Chaque détective a son style. Mais il y a une chose que nous savons tous : il faut déstabiliser le type, serrer les boulons. Peut-être le menotter à sa chaise. Peut-être allumer une cigarette ou deux sous ses yeux, sachant qu'il meurt d'envie d'en griller une. Il veut aller pisser, il doit demander la permission. Peut-être tu acceptes, peut-être pas.

« Ah, et puis il y a quelque chose que j'ai pris soin de faire avant d'amener ce trou du cul dans la salle… »

Trou du cul. J'ai fait sauter ça dans mon devoir, mais c'est le mot qu'il a utilisé.

« C'est une petite pièce, mais je la remplis, du sol au plafond, sur les quatre murs peut-être, de classeurs. Sur chaque classeur, j'écris en majuscules le nom de la victime. Ou de ses victimes. Comme si nous avions tant de preuves contre lui, qu'il faut un mur de dossiers pour les ranger. Il pète de trouille. »

« Qu'y avait-il en réalité dans ces classeurs ? ai-je demandé à mon père.

– Que dalle. Nous pouvons très bien ne rien avoir sur ce type. On lui embrouille la cervelle. Mais maintenant il transpire.

– Est-ce que ce n'est pas illégal ? C'est du mensonge.

– Puis-je vous rappeler ce qu'il a fait, pourquoi il se retrouve dans cette pièce ? Nous parlons d'une ordure qui a violé une femme ou l'a égorgée. A vidé son chargeur sur un pauvre bougre pour piquer les billets d'un et de cinq dollars dans sa caisse. Et si je heurte sa sensibilité, j'assume…

« Je peux décider de lui prendre sa ceinture. Ou ses lacets de chaussures. Et peut-être, si au bout de quelques heures il ne coopère pas, d'aller manger un bon steak en le laissant assis là, menotté à son banc. Et me taper une bonne tarte, tant que j'y suis. Rien ne me presse. Le type n'ira nulle part ailleurs. Et s'il mouille son pantalon, ou pire, ça n'est pas mon problème. »

Il était parti, je n'avais même plus besoin de lui poser des questions.

« Quand je reviens, il est comme un chat qui griffe pour qu'on le laisse sortir. Raide dingue. Il ne sait pas s'il doit piquer une crise ou remonter sa montre, qu'il n'a pas. Il sent les odeurs de viande sur ta veste, et les odeurs de tabac. Il lui faut une cigarette, et je ne la lui donne pas.

« Et là, je deviens gentil. Je fais demi-tour. Je suis son frère. Son copain. Mais attention, c'est toujours moi qui dirige. S'il me fait plaisir, je suis gentil. Maintenant, il veut mon approbation. Surtout qu'il aperçoit le paquet de Lucky dans ma poche.

« Tu pratiques un sport à l'école, mon pote ? je lui demande. Bien que, rien qu'à le voir – ventre mou, épaules tombantes –, je sois sûr que le terrain de base-ball qu'il a approché de plus près, c'est la buvette. Moi, je suis celui qui y jouait avant à la fac. Je suis le costaud à la veste en cuir.

« C'est peut-être à ce moment que je lui pose la main sur l'épaule. Je l'appelle par son prénom, pas par le diminutif. Nous sommes entre hommes. »

Je demandai à mon père s'il lui arrivait de hurler après ces criminels. Est-ce qu'il pouvait devenir fou de colère ?

« Hurler ne sert à rien. Vous voulez savoir la vérité sur le personnage ? Tout petit, il s'est fait taper par sa mère plus que vous ne le frapperez jamais. C'est pas difficile de briser son armure. Peut-être que, au bout d'un long moment, je lui offre une cigarette.

J'ai mon Zippo sur moi, mon briquet spécial, juste pour ça, et je la lui allume, comme entre vieux copains. Alors il pense : "Ce détective, il m'en veut pas tant que ça, après tout."

« Alors, je lui dis : "Écoute, mon vieux, je te comprends. Un regard sur cette fille, et on voit que c'était une allumeuse. Elle l'a probablement cherché." »

Je me rappelle son visage pendant qu'il me racontait tout cela. Il n'avait pas remarqué que le restaurant était quasiment vide. La foule du déjeuner partie depuis longtemps. La serveuse près de la caisse, lisant son horoscope.

« Je lui fais la cour. Comme avec une fille qu'on ramasse dans un bar. C'est de la séduction. Juste d'une autre sorte. »

Mon père semblait être dans ce que j'aurais pu appeler un état de transe, si j'avais connu le mot à l'époque.

« "Dis-moi ce qui s'est passé". Je chuchote à mon type. Assez près pour qu'il sente mon souffle sur son visage. Qu'il hume l'odeur du whisky que j'ai bu, peut-être. Qu'il souhaite en boire lui aussi.

« Tu vas te sentir bien mieux quand tu auras dit la vérité. Un joli cul comme cette fille, qui pourrait te reprocher d'avoir voulu en tâter un peu ?

« À ce moment-là, il reconnaît – ouais, p't-être bien qu'il lui a allumé une cigarette. Qu'il lui a payé un verre, mais ça s'est arrêté là. Il lui a touché les cheveux aussi. Y a pas de loi qui l'empêche. Et même s'il lui a mis la main sur la nuque. Les gens font ça. Même le président. Pas Jimmy Carter, mais en tout cas JFK. »

Et mon père continue. « Une fois que vous l'avez amené à admettre qu'il y a eu un contact physique, il est cuit. Il a franchi une ligne. Et même s'il se dédit, il sait que c'est trop tard.

« Tout ce qu'il peut faire, c'est rejeter la responsabilité sur la victime, et il ne s'en prive pas.

« "Elle m'en a fait baver, dit-il. Elle m'a dragué. Elle m'a insulté. Elle hurlait, c'est à ne pas y croire. Elle me crevait le tympan, mec."

« C'est pourquoi il est devenu un peu brutal. Juste pour la faire taire. Normal, non ? »

C'est à ce moment de l'interview que mon père est redescendu sur terre – avec, devant lui, son bol de tiramisu à demi entamé, le cendrier plein de mégots, et la serveuse disant : "Pas d'addition, cette fois-ci, Tony", et moi qui enregistrais tout cela sur mon magnétophone.

« Et voilà comment on mène un interrogatoire, Farrah. »

C'était la nuit. Patty respirait doucement au-dessus de ma tête, Cat Stevens chantait « Oh baby, it's a wild world », moi allongée dans le noir. Le moment où les images commençaient à m'envahir, de plus en plus souvent.

Je pensais à ce que le prof avait dit au cours de gym : que des filles pouvaient être dispensées parce qu'elles avaient mal au ventre. Sur quoi j'avais affirmé que c'était mon cas. Sachant que j'allais devoir me rappeler la date de ce mensonge, puisque je n'avais toujours pas les fichues règles qui rendraient inutiles cet effort de mémoire. Me demandant si je souffrais d'une maladie qui empêche les menstruations. Leucémie ou tumeur au cerveau.

Je pensais à mon père, et comme il avait l'air maigre sur la photo du journal, ce jour-là. Je pensais à Teddy Bascom, aux filles assassinées – au fœtus de daim, aux vautours, aux chevaux en train de copuler.

Puis j'ai essayé de penser à quelque chose d'agréable. L'image m'est venue de mon père assis sur le canapé, ma sœur et moi pelotonnées de chaque côté, en train de regarder un épisode de *Rockford Files*, et de notre mère sur le seuil de la pièce, avec un bol plein de pop-corn, l'air presque heureux pour une fois. L'image de Margaret Ann qui ouvrait la vitrine remplie de poupées et disait : « Prenez celle que vous voulez. » Je voulais m'attarder sur cette scène, mais l'image s'est déplacée pour se fixer sur une autre séquence : la mauvaise partie de l'histoire. Ma mère découvrant la clé de l'appartement de Margaret Ann. Mon père franchissant la porte avec sa valise. Le bruit de la voiture qui démarre. Les feux arrière qui s'éloignent.

Tes filles ne s'en remettront jamais.

Ensuite, ces images se sont effacées, remplacées par une autre, qui n'était guère plus réconfortante. L'Étrangleur du crépuscule m'est apparu.

Je me trouvais dans une voiture. Pas celle de notre père, ni celle de notre mère même si elle avait l'air aussi déglinguée.

Sur le plancher traînaient des emballages de fast food et un porte-clés en plastique représentant un corps de femme nu – sans la tête – avec d'énormes seins et, à l'endroit des tétons, de petites lumières rouges qui clignotaient quand on poussait un bouton.

De la place que j'occupais, un siège-baquet, je voyais les mains de l'homme enrouler un lacet de chaussure autour de son poignet. Le nouer, le dénouer. Avec l'extrémité dure du lacet, la partie renforcée de plastique, il se curait les dents.

Malgré la buée sur le pare-brise, j'arrivais à discerner le trottoir. Un jeune couple passait à ma hauteur, la main du garçon sur la poitrine de la fille, comme celle de Teddy Bascom se baladant sur la mienne, mais dans le cas actuel, le garçon avait quelque chose à palper.

Je savais à quoi pensait l'assassin. Qu'il n'arrivait jamais à poser ainsi la main sur une fille. Une fille vivante, en tout cas. Sans lui enrouler un bout de corde à piano autour du cou.

Le couple s'arrêta sous un réverbère et se mit à s'embrasser – pas à la manière dont Teddy Bascom m'embrassait. Un vrai baiser, passionné, le baiser de deux personnes folles l'une de l'autre, qui ont du mal à attendre de pouvoir se le prouver ailleurs que dans la rue. C'était peut-être même de l'amour.

Et le moment le plus dur pour l'homme qui se trouvait dans la voiture, totalement invisible à leurs yeux. Ne me demandez pas comment je le savais, mais le fait est là.

J'avais les lèvres sèches et crevassées, un goût amer dans la bouche comme si j'allais vomir. Je m'obligeai à penser à des choses agréables : le jean que j'avais repéré dans une vitrine et qu'il me faudrait deux nuits de baby-sitting supplémentaires pour pouvoir acheter. Soleil me disant qu'elle allait m'inviter chez elle à Sonoma et que nous monterions à cheval. Teddy Bascom jouant avec mes cheveux et murmurant (pure fantasmagorie) « Tu es si belle », alors qu'en réalité, c'était « Enlève ta chemise ».

Maintenant une main se glissait à l'intérieur d'un pantalon. Je la voyais bouger – les yeux de l'homme fixés sur le couple en train de s'embrasser. Plus vite. Puis un long soupir étouffé.

Il ouvrait la boîte à gants. En sortait un rouleau de ruban adhésif. Démarrait, la voiture reculait et prenait la direction de l'autoroute, réglait la radio sur une station locale. Une chanson de Kenny Rodgers. Dont je connaissais les paroles. Comment était-ce possible ?

Je voyais les pieds – l'un sur l'accélérateur – chaussés de mocassins noirs, bien cirés. Pas des chaussures de randonnée, mais je savais vers où se dirigeait la voiture. Les tours rouges au loin se découpant sous la lune. Il allait en direction du Golden Gate Bridge, vers la montagne, au nord.

La nuit suivante, nous avons fêté Halloween. Dans son costume de clown, ma sœur, étalée sur le plancher de notre chambre, triait ses bonbons. Moi, assise sur le perron, je regardais les traînards rentrer chez eux avec leurs sacs de friandises. D'un bout à l'autre de notre rue, les bougies vacillaient à l'intérieur des citrouilles, jetant une lueur orange sur les cours et les perrons de la Cité de la Splendeur matinale. J'entendis sonner le téléphone à l'intérieur. Des trois personnes vivant dans notre maison, j'étais la seule qu'on appelait.

« C'est Alison », dit Patty, avec une grimace.

Un autre meurtre avait été commis ce jour-là, le septième. Une dénommée Kelly Cunningham, coiffeuse de vingt-trois ans, qui s'était juré au Nouvel An de perdre vingt kilos en randonnant cinq jours par semaine, qu'il pleuve ou que le soleil brille, avait été trouvée violée et étranglée dans un bosquet d'eucalyptus près du pic est du mont Tamalpais, les yeux bandés avec du ruban adhésif, le papier d'une barre chocolatée abandonné sur le sol, à côté d'elle. Le reportage à la télé donnait peu de détails, me dit Alison, sauf une chose, que j'aurais devinée : elle était nue, à l'exception de ses chaussures. Sans lacets.

À ce stade, plus personne n'ignorait l'existence de l'Étrangleur du crépuscule. Le *San Francisco Chronicle* du lendemain matin se contenta de titrer : « *IL* a encore frappé. »

Un reporter du *Marin Independant* interviewait des habitants du comté – parents, enseignants, une conseillère municipale, chefs d'entreprise, un artiste –, et leur demandait l'impact qu'avaient eu ces meurtres sur leur existence ; en substance, il s'agissait de montrer que toute la population du Marin County vivait dans un état d'angoisse, sinon de terreur. « Que se passe-t-il, ici ? disait une femme. Je paie mes impôts. Où est la police quand on a besoin d'elle ? »

Une autre, dernière cliente en date de Kelly Cunningham, pleurait : « Question de poids, elle était plus qu'à mi-parcours de son objectif. Elle faisait du 42. Je lui ai même demandé si c'était raisonnable de continuer à courir dans la montagne, mais elle m'a dit qu'on ne peut pas arrêter de vivre. »

Sauf qu'elle avait arrêté.

Novembre. La police patrouillait les rues de notre quartier qui menaient principalement à la montagne et avait placé sous surveillance le parking où les randonneurs laissaient leur voiture. Chez les Pollack, un soir de baby-sitting, j'avais découvert un nouvel objet dans le tiroir de la table de chevet, où ils gardaient le lubrifiant anticonceptionnel et les préservatifs : un petit revolver rose. Sans aucun doute acheté par Karl pour Jennifer.

Les hippies avaient déserté la montagne, avec ou sans vêtements, et les randonneurs aussi. Chacune des filles avec lesquelles je déjeunais avait reçu en cadeau de ses parents un *beeper* – c'était avant l'ère des téléphones cellulaires – de façon que sa mère puisse venir la chercher si elle désirait se rendre au centre de loisirs ou au centre commercial.

Patty et moi n'avions pas de *beeper*. Comme auparavant, notre mère était soit à son travail, soit à la bibliothèque, soit dans sa chambre. Nous lui avions affirmé, ainsi qu'à notre père, que nous n'irions pas dans la montagne.

En vérité, nous n'avions pas peur de l'Étrangleur. La seule chose qui nous empêchait de vagabonder comme avant, c'était nos emplois du temps séparés. Je ne rentrais plus directement chez moi après l'école, et même pendant les week-ends, je me baladais avec les filles, ou bien nous allions assister à une rencontre de karaté de Teddy.

D'ailleurs, c'était plutôt Patty qui avait découvert des choses plus passionnantes à faire que de s'aventurer dans la montagne. Elle s'entraînait dur pour être admise dans l'équipe de basket de l'OCJ (Organisation catholique de la jeunesse), mais surtout ses journées étaient rythmées par les visites chez Mr Armitage, qui l'autorisait à entrer chez lui en son absence – la clé était cachée sous un pot de fleurs – pour jouer avec Petra ou l'emmener promener.

Et ses conversations avec moi tournaient autour du chien. « Tu sais quoi ? Petra ne se rend pas compte qu'elle est si petite. Quand on se promène et qu'on passe à côté d'un gros chien, genre golden retriever ou malamute de l'Alaska, elle aboie comme si elle me protégeait.

« Mr Armitage raconte qu'avant, elle l'accompagnait à ses cours de danse, parce qu'il ne voulait pas la laisser seule, mais qu'il a dû arrêter parce que ça la rendait folle de le voir danser avec des gens. Elle était jalouse.

« Je ne sais pas ce que je ferais si Mr Armitage s'en allait. Je crois que je pourrais pas supporter de ne plus voir Petra. Et Mr Armitage est si gentil. »

À quoi je rétorquais : « C'est quand même un drôle de zèbre. D'abord il avait une femme, maintenant il n'en a plus. Et c'est quoi, ce job qui consiste à apprendre à danser aux gens ?

– Tu sais ce que je crois ? C'est qu'on est tous des drôles de zèbres. Chez certaines personnes, on ne remarque pas leur bizarrerie, mais on en a tous une. »

Compte tenu des performances dans l'équipe féminine de sa classe – superbes passes, jeux de jambes et tirs au panier –, le comité de l'équipe junior, classes terminales, de l'Organisation catholique de la jeunesse avait autorisé Patty à passer des épreuves de sélection, ce qu'aucune fille de sixième n'avait obtenu avant elle. De plus, elle avait retenu l'attention de deux entraîneuses, dont l'une avait joué dans l'équipe de première division de l'Indiana. Trop âgée désormais pour faire une carrière professionnelle, elle estimait que, pour ma sœur, tout était possible.

« Basketteuse professionnelle, disait Patty. Mon rêve devenu réalité.

– L'Europe, peut-être. » Moi, je rêvais de voyager.

« Imagine, confiait-elle, jouer tous les jours avec les meilleures. »

J'aurais pu, à ce moment, dire combien j'étais heureuse moi aussi, que j'adorais voir mes nouveaux amis et rencontrer Teddy tous les jours. Mais je ne l'ai pas dit. Parce que ce n'était pas vrai.

En vérité, je trouvais Alison et sa clique très barbants. Si ringardes qu'étaient les activités inventées par ma sœur et moi, elles m'intéressaient beaucoup plus. Patty aimait les chiens, le basket-ball et s'aventurer dans la montagne. Alison adorait les chaussures, le vernis à ongles, se regarder dans la glace, et se balader au centre commercial.

Le plus rasoir de tous étant Teddy Bascom, que seuls intéressaient les pizzas, *Envahisseurs* – le jeu japonais – et le pelotage des filles. Sauf la fois où Patty m'avait interrogée sur le sujet, je ne m'étais pas demandé si j'aimais ou non l'embrasser. Je savais seulement que cela me conférait de la valeur et un statut social. Du simple fait que Teddy Bascom voulait m'embrasser, je me sentais importante.

« Pour moi, tu as toujours été importante », me dit Patty.

Des différentes maisons où se réunissait toute la bande, nous préférions celle d'Alison, sans nul doute parce que ses parents travaillaient en ville (l'un chirurgien esthétique, l'autre avocate), et qu'ils semblaient n'être jamais là.

Un jeu nous plaisait tout particulièrement, dénommé « Léger comme une plume, Raide comme une planche ». Il fallait être six, ce qui était le cas la plupart du temps.

Une personne s'allongeait sur le sol, et les autres se mettaient en cercle autour d'elle. Plus il faisait noir dans la pièce, mieux c'était : pas difficile, puisque nous fermions les stores vénitiens et n'allumions pas l'électricité.

Chacun d'entre nous glissait deux doigts sous le corps de la personne allongée. Ensuite, celui ou celle qui se tenait le plus près de la tête inventait une phrase sur la façon dont elle était morte. Par exemple : « Elle est morte dans un accident de voiture à l'âge de treize ans. » Ou bien : « Sa mère ne l'aimait pas, alors elle lui a fait manger de la mort-aux-rats. »

Ensuite, nous répétions la phrase sans arrêt. Ce rituel dans le noir, tandis que nous contemplions le corps inerte de notre camarade, nous faisait flipper.

J'ignorais quel genre de mort le groupe inventait avant le début des meurtres, puisqu'ils ne m'ont admise parmi eux qu'après, mais tout le temps que j'y ai joué, notre mode de décès préféré a été : zigouillée par l'Étrangleur du crépuscule.

« Ils se pelotaient, elle et son petit ami, alors le tueur s'est amené et les a étranglés tous les deux. Elle avait quatorze ans. »

« Elle avait douze ans, elle s'entraînait pour la sélection des pom-pom girls quand l'Étrangleur l'a violée et l'a tuée. Il a pris tous ses vêtements et l'a laissée juste avec ses pompons. »

Parfois, quand un garçon se mêlait au jeu, le scénario variait un peu : « Il faisait du stop pour aller au centre commercial et un type l'a pris, et il a remarqué le filin d'acier sur le siège, et le type a dit : "Maintenant, je dois te tuer." »

Après avoir répété ces phrases suffisamment longtemps, psalmodié en quelque sorte, nous entonnions le refrain : *Léger comme une plume, Raide comme une planche.*

Tant d'années plus tard, je ne comprends toujours pas ce qui se passait en réalité, mais le fait est là : ça marchait.

De nos deux doigts touchant le pseudo-cadavre au milieu du cercle, nous réussissions à le soulever du sol. Et il semblait ne rien peser.

Cela ne durait que quelques secondes, mais l'effet était à la fois stupéfiant et terrifiant. Après avoir reposé le corps par terre et allumé l'électricité, saisis d'un rire incontrôlable, nous nous étreignions en poussant des hurlements. Nous nous préparions des tacos ou nous ouvrions un paquet de chips, saisis d'une terrible fringale. Quelqu'un mettait un disque – plus c'était fort, mieux ça valait.

Un jour, j'ai raconté la séance à Patty.

« Fiche-moi la paix. Ces gens sont en train de te rendre cinglée. »

J'ai juré que c'était vrai. Une fois, j'avais tenu le rôle du cadavre. Personne ne m'avait laissée tomber. Je flottais.

« Si rien que d'embrasser un garçon, ça rend givré à ce point, je veux même pas penser à l'effet que ça fait quand on couche pour de bon », a conclu Patty.

J'ai lu un livre un jour sur le naufrage du *Titanic,* racontant comment des hommes abominables avaient éjecté femmes et enfants des canots de sauvetage pour sauter eux-mêmes dedans et échapper à la noyade. Je savais ce qu'aurait fait ma sœur : elle m'aurait laissé sa place.

Nous nous ressemblions, tout en étant différentes. Les gens m'estimaient la plus jolie – ce qui pour la plupart des sœurs aurait pu être source de ressentiment, mais pas pour Patty, qui semblait en tirer une source d'orgueil, comme de mes talents d'écrivain. Déjà, avant qu'une soudaine poussée de croissance lui permette de devenir une star du basket-ball, elle penchait pour le sport, et moi pour la lecture. Elle me taquinait parfois sur le temps que je passais devant la glace de notre chambre à m'examiner et à essayer des vêtements.

Comme j'étais autoritaire et qu'elle se pliait docilement à mes ordres, j'ai fixé très tôt les règles du jeu de l'école. Moi dans le rôle de l'institutrice, bien entendu.

Par ailleurs, je l'obligeais à s'asseoir par terre et à exécuter d'horribles tâches, à quoi elle obéissait sans rechigner. (*Déchire vingt feuilles de papier toilette et dessine un caca différent sur chacune d'elles. Écris cent fois la lettre A de la main gauche.* Le seul problème, dans ce cas, c'est qu'elle ne savait pas compter jusqu'à cent.) En jouant à l'école, elle apprit à lire jeune, s'empressant de dire, quand on l'en félicitait, que c'était grâce à moi.

Du temps que nos parents vivaient encore ensemble, je trouvai un jour sur la commode de mon père une paire de menottes, et l'idée me sembla intéressante d'attacher le poignet de Patty à ma cheville. Chose aussitôt faite, sans que j'aie pensé à vérifier où se trouvait la clé. Nous sommes restées dans cette drôle de position – Patty rampant derrière moi – jusqu'au retour de notre père.

« C'était pas si terrible, Rach, murmura-t-elle, après qu'il l'eut délivrée. J'ai imaginé que j'étais ton petit chien. »

Si on lui avait donné à choisir entre diverses activités (ce qui ne fut jamais le cas), elle aurait décidé, à une exception près, de ne jamais me quitter. Vu la façon dont nous grandissions – sans adultes sur le dos ni surveillance, sans même l'éducation douteuse fournie par la télévision –, nous étions plus mûres et indépendantes que les autres enfants, et pourtant d'une naïveté désespérante. Moi plus que ma sœur, bizarrement.

De nous deux, c'était Patty qui jetait un regard sans concession sur notre père et parlait de lui durement quand elle pensait qu'il faisait souffrir notre mère. Sur certaines choses – par exemple le fait qu'il conduisait une Alfa mais n'avait jamais assez d'argent pour permettre à Patty de se faire arranger les dents –, elle ne disait rien. Mais elle lui reprochait de plus en plus son incapacité à aider financièrement notre mère et, surtout, ses promesses réitérées de venir nous voir, qu'il ne tenait jamais. Tout en n'abandonnant pourtant pas l'espoir qu'il assisterait un jour, d'un bout à l'autre, à l'un de ses matchs de basket.

« Il est tellement occupé par son job, disais-je.

– Tu l'excuses tout le temps.

– Et toi, tu es méchante.

– Je l'aime, protesta-t-elle. Mais c'est un perdant. »

Après ça, nous ne nous sommes plus parlé de la journée. Mais c'est Patty qui a rompu le silence, cette nuit-là, dans notre chambre.

« On ne fait plus jamais ça, d'accord ? dit-elle.

– D'accord. »

Dans le noir, je ne pouvais voir son visage, mais il était implanté dans ma tête. Patty avait cette sorte d'yeux – une particularité qui doit porter un nom, mais je ne la connais pas – dont la pupille même entièrement dilatée demeure entourée d'un halo blanc, ce qui donnait l'impression, parfois, qu'elle vous perçait du regard. Elle semblait posséder la capacité de pénétrer jusqu'au cœur des choses.

« Je suis ta meilleure amie au monde, dit-elle.

– Je sais. »

Patty était devenue la vedette incontestée de son équipe junior. Avant-centre.

Cette nuit-là dans notre lit, avec Linda Ronstadt ne chantant que pour nous – *Certains disent qu'un cœur, c'est comme une roue ; si tu la tords, tu ne peux plus la réparer* –, j'ai raconté à Patty que Teddy Bascom m'avait ôté ma chemise et caressé les seins. Elle exigea de savoir l'effet que ça faisait.

« Est-ce que tu as voulu que Teddy te fasse ça ? Ou ce qui t'intéressait, c'était surtout de savoir si tu sentais quelque chose ? »

Question difficile, à laquelle j'ai longuement réfléchi.

« C'est sûr qu'il a du sex-appeal. Un truc que certains garçons dégagent, comme une odeur, une bonne odeur. Genre eau de Cologne. Je crois que papa en a, version adulte. »

Patty voulut des précisions. En matière de sex-appeal, elle manquait d'expérience, même si elle béait d'admiration devant Larry Bird – une réaction qu'on pouvait difficilement attribuer à la beauté du champion de basket.

« Ça te fait un drôle d'effet. Quelque part à l'intérieur de ton corps, à un endroit dont tu ignorais l'existence, comme quand tu entres dans une pièce et qu'elle s'éclaire brusquement. Tu ne t'y sens pas bien, mais tu veux pas la quitter.

– C'est pareil pour moi quand je fais un lancer franc. La peau commence à me picoter. Comme si le monde disparaissait et qu'il ne reste que moi et le panier. »

Je n'étais pas sûre de saisir le rapport, mais je décidai de ne pas approfondir.

« Tu crois que maman ressentait la même chose pour papa ? » demanda-t-elle.

Je pris mon temps pour répondre. Depuis que j'observais le comportement de mon père avec les femmes, je ne l'avais jamais imaginé en compagnie de notre mère. Jamais je ne pensais à nos parents en train de s'embrasser, à nos parents amoureux l'un de l'autre.

« Je suppose que oui, dis-je enfin. Regarde comme toutes les autres se comportent avec lui.

– Il l'a laissée tomber. Il n'a pas tenu sa promesse. »

J'avais toujours reproché à notre mère de n'avoir pas su le garder. D'avoir tout fait foirer. La perdante, c'était elle. Et voilà que ma sœur suggérait le contraire, mettant la faiblesse au compte de notre père.

« Il est comme ça, ai-je protesté. Le genre d'homme que tout le monde veut attirer. Tu aurais voulu quoi ? Qu'il reste à tondre la pelouse et à sortir les ordures ?

– Oui. C'est ce que j'aurais voulu. Les pères sont censés faire ça. Si un foyer, c'est l'endroit où nous vivions, alors oui, j'aurais voulu qu'il n'en décolle pas. »

Le lendemain de la Fête de l'armistice, une autre fille disparut. La huitième. Cette fois dans les bois de Muir, à quelques mètres du centre d'informations touristiques, mais dans un endroit envahi d'herbes où deux vieux séquoias s'étaient effondrés, permettant sans aucun doute au tueur de se tapir en attendant sa victime.

Elle s'appelait Naomi Berman – New-Yorkaise de dix-huit ans, arrivée la veille à San Francisco avec sa mère pour un entretien d'admission à Stanford qui devait avoir lieu le jour suivant. Elles profitaient de leur temps libre pour participer à une visite guidée du Marin County. C'était la dernière de la journée, le guide leur laissait quarante-cinq minutes pour explorer les bois de Muir, mais la mère y avait renoncé, le trajet en car lui ayant donné mal au cœur. Au bout d'une heure, ne voyant pas revenir Naomi, le guide avait alerté un garde forestier.

Une heure plus tard encore, un autre garde trouva le corps. Je ne posai pas la question, et sans doute personne ne m'aurait répondu, mais j'étais sûre qu'il l'avait trouvée nue, la bande adhésive sur les yeux, les chaussures sans lacets.

La nuit, j'eus une nouvelle vision. Celle d'une fille aux cheveux bruns, jupe retroussée et sans petite culotte, allongée sur un lit de mousse – un collier ressemblant à celui de Heather, l'amie d'Alison, enroulé autour d'une main, son appareil photo à côté d'elle. Et je vis autre chose, un peu à l'écart : un petit chien à l'encolure rouge, pissant contre un arbre.

Malgré tous mes efforts, le visage du tueur n'apparaissait jamais dans ces scènes, je ne voyais que ses mains, ses pieds, et dans l'horrible cas présent, je vis aussi son pénis. La plupart du temps, cependant, tant que le film se déroulait dans ma tête, l'image qui s'imposait était celle du visage d'une fille les yeux fixés sur l'homme qui allait la tuer. Image terrible, mais qui ne pouvait servir à mon père pour localiser le tueur.

Seule la présence de ce chien, peut-être… Si ça se trouve, le propriétaire de l'animal avait remarqué quelque chose. Si ça se trouve, c'était peut-être lui le tueur.

Je savais que ce serait difficile d'expliquer à mon père la signification de cette vision, néanmoins je me sentis obligée d'essayer. Je l'appelai à son bureau.

« Je voudrais parler à l'inspecteur Torricelli. Je suis sa fille. »

Une minute plus tard, je l'eus en ligne. « Farrah ! Tout va bien ?

– Il faut que je te parle. Il faut qu'on se voie quelque part où je pourrais te parler.

– Qu'est-ce qu'il y a ? Un problème de garçon ? Un garçon qui t'a fait du mal ?

– Je ne peux pas en parler au téléphone. Viens me chercher. »

Dix minutes plus tard, il s'arrêtait devant la maison, et me tenait la portière de la voiture ouverte, comme il faisait toujours. (« Le garçon qui t'ouvre pas la portière, tu le fous à la porte, disait-il. C'est ce qui se fait, ajoutait-il, vérifiant que mes doigts ne risquaient rien. N'oublie jamais jamais ça. »)

Pendant le trajet vers le restau de Joe, il ne dit rien. Nous attendions tous les deux de retrouver notre box.

Normalement, il aurait taillé une bavette avec la serveuse, se serait arrêté à quelques tables, saluant des gens qu'il connaissait ou qui le connaissaient. Ce jour-là, nous avons gagné directement notre coin. « Comme d'habitude », a-t-il commandé.

« Bon. » (La serveuse venait d'apporter son café et mon lait chocolaté.) « Raconte. »

Il ne réagit pas tout de suite. Mes histoires de visions, il les connaissait, bien sûr, mais jusqu'à présent, celles que je lui avais racontées n'avaient rien de particulièrement inquiétant. D'ailleurs, il était le seul, dans la famille, à soutenir que je ne possédais pas de dons extrasensoriels ou surnaturels. Juste un fort pouvoir d'observation combiné à une imagination au-dessus de la moyenne.

« J'ai eu des visions », lui dis-je. Depuis quelques mois, des images me venaient des filles assassinées. Parfois après les meurtres, parfois juste avant. Je ne voyais pas le tueur, mais l'expression du visage des filles au moment où elles le découvraient et comprenaient ce qu'il allait leur faire. Dans la toute dernière expérience, il y avait aussi un chien.

En bon détective qui suit toutes les pistes, mon père aurait dû demander plus de détails, et peut-être l'aurait-il fait si je n'avais pas été sa fille. Or il changea de visage. Une expression que je ne lui connaissais guère : dure, inflexible. Une porte pas simplement fermée – verrouillée. Si je ne l'avais pas si bien connu, j'aurais pu croire à de la colère, alors que c'était de l'inquiétude.

« Tu dois arrêter ça immédiatement, chérie, dit-il. Je ne veux plus jamais t'entendre parler de cette manière.

– Mais ça pourrait te donner des indications. Tu trouverais à qui le chien appartient. Peut-être que quelqu'un d'autre l'a vu ce jour-là.

– Découvrir l'Étrangleur du crépuscule, c'est mon job, pas le tien. Ton job, c'est d'être une gosse. Aller à l'école, avoir des amis. Découvrir les garçons, prudemment. Veiller sur ta mère et ta sœur.

– Tu ne comprends pas. Je sais des choses qui pourraient t'aider à résoudre l'affaire.

– Ça suffit, Farrah. Crois-moi, tu risques de te retrouver dans un sale pétrin. »

Il allume une Lucky et inhale profondément. « Ôte-toi cette saloperie de la tête. Elle pourrait te bouffer toute crue. »

Je ne manquais pas un jour d'école, mais j'avais la tête ailleurs. Mes notes, cette année-là – qui n'avaient jamais été remarquables –, tombèrent au-dessous de la moyenne.

Ma mère ne semblait pas s'en soucier. Elle avait, étant jeune, rêvé d'aller à l'université étudier l'anglais, ou peut-être passer des examens de bibliothécaire. Cette ambition, en tout cas, s'était évaporée depuis longtemps, et elle paraissait ne pas s'attendre à en trouver chez ses filles. Peut-être parce que l'idée que nous puissions désirer quelque chose qu'elle ne pouvait offrir la rendait trop triste, ou parce qu'elle était parvenue à la conclusion que ne rien espérer nous éviterait la déception de ne rien obtenir.

Ainsi, ni Patty ni moi, contrairement à nombre d'autres enfants, n'avons jamais subi la pression de nos parents en matière de résultats scolaires. Notre mère ne vérifiait pas nos devoirs, ne s'intéressait pas aux programmes. Elle adorait les livres, mais ne voyait apparemment pas de lien entre la lecture, le savoir et le fait de passer ses journées en classe. En l'occurrence, elle n'avait pas tort.

Les jours de remise des bulletins scolaires ne signifiaient pour nous ni angoisse ni triomphalisme, bien sûr. Nous imitions sa signature, encore que, si nous le lui avions demandé, elle eût signé sans rechigner et sans même examiner les notes et les commentaires qui les accompagnaient.

« Je sais qui vous êtes, disait-elle. Je n'ai pas besoin de l'apprendre par vos professeurs. »

Mon but principal, à l'école, c'était d'attirer le moins possible l'attention. Je ne montrais quasi jamais aux enseignants les histoires que j'écrivais, peu m'importait qu'on les remarque ou pas.

Alors, pourquoi est-ce que je tenais tant à gagner les faveurs de ce garçon, Teddy, qui ne me manifestait ni gentillesse ni, encore moins, intérêt ?

Notre relation, si on pouvait l'appeler ainsi, fonctionnait selon le principe de l'inertie. Au déjeuner, je m'asseyais avec Alison et ses amis – honneur que je savais pouvoir m'être retiré à n'importe quel moment – mais, si Teddy laissait entendre qu'il voulait que je m'asseye à côté de lui, j'obtempérais. Nous ne parlions pas.

Chaque jour, à la fin des cours, il m'attendait devant mon vestiaire et nous marchions jusqu'à l'arrêt du bus sans échanger plus de quelques mots. Désormais, je n'avais plus besoin de l'invitation d'Alison, il était entendu que nous allions tous chez elle, sauf si Teddy avait une séance d'entraînement, auquel cas il me disait à quelle heure elle commençait – inutile de demander si j'y assisterais, ça allait de soi. Il me posait la main au creux des reins, non par affection – comme mon père l'aurait fait – mais pour m'obliger à prendre la direction qu'il choisissait.

Il dirigeait. Je suivais.

« Qu'est-ce qui t'arrive ? s'inquiétait Patty. Tu es devenue un zombi, à cause d'un débile ? »

Comme je racontais tout à Patty, je lui avais confié que maintenant le déshabillage était quotidien. Teddy m'enlevait ma chemise. Et mon soutien-gorge – malgré l'absence de seins. Patty émit l'idée que ce type n'était pas un gentil. Je savais qu'elle avait raison.

Je continuai néanmoins à me rendre chez Alison tous les après-midi. Je refusais encore de passer à l'étape suivante, mais il me devenait de plus en plus difficile de garder mon pantalon. Quand le petit ami d'Alison, Chase, débarquait, ils disparaissaient dans la chambre ; elle en émergeait les cheveux en désordre et les lèvres gonflées. Dès l'arrivée des garçons, en général Soleil et Heather rentraient chez elles, ou filaient à la cuisine confectionner des petits gâteaux ou faire fondre des fromages pour les nachos. Ce qui me laissait seule avec Teddy dans la salle de jeux.

Disons que son comportement pouvait difficilement être qualifié de romantique. Mon père ne cessant de me seriner que j'étais belle, merveilleuse, parfaite : imaginez la déception. Teddy adoptait la méthode du droit au but.

« Eh, chérie », disait-il en s'installant sur le pouf. Tapotant son entrejambe pour indiquer ce qu'il voulait.

Je m'asseyais sur ses genoux. Il m'entourait du bras – geste de propriétaire uniquement. « Tu as vu mon tir à l'entraînement, pendant la première période ?

– C'était génial », affirmais-je. Je n'avais rien remarqué.

Sa main frottait mon semblant de sein gauche. De là, elle passait aux boutons de ma chemise. « Pourquoi tu l'enlèves pas ? »

Je m'exécutais. Au début, ce qui m'avait le plus inquiétée, c'était la réaction de Teddy quand il découvrirait mon ridicule soutien-gorge camisole. Acheté par ma mère, des mois auparavant, il convenait plus à une gamine de dix ans – une bande d'élasthanne enserrant le torse comme un bandage – qu'aux filles de mon âge.

Teddy ne s'attardait pas à ces détails. Geste mécanique, visage buté, déterminé, qui me rappelait Mr Pollack essayant de faire démarrer sa tondeuse, il dégrafait l'objet.

« Touche ici », disait-il, plaçant ma main sur le renflement de son pantalon. Je croyais comprendre qu'il s'agissait d'un privilège, mais je ne savais pas quoi faire après.

Je revoyais la pochette de l'album de Mick Jagger, *Sticky Fingers*, avec la fermeture Éclair qui nous amusait tant ma sœur et moi. Maintenant que j'avais la main sur une véritable fermeture Éclair, sous laquelle se dressait un véritable pénis, ça semblait beaucoup moins drôle.

Un jour, il prit un de mes tétons dans la bouche et le mâchonna sans faiblir. Silencieuse jusque-là, je poussai un cri.

« Tu bandes, hein, chérie ? » *Continue, n'arrête jamais,* disait la chanson. Je pensais à l'Étrangleur.

Comme je le craignais, Teddy ouvrit son pantalon, en sortit son pénis. Je ne voulais pas regarder.

« Viens. Mets ta main autour. »

La couvrant de la sienne, il la faisait bouger, de bas en haut. Il haletait, mais pas de la même façon que lorsqu'il jouait au basket. Sa main libre restait posée sur un mamelon. Puis il poussa un grognement, s'étala sur le pouf, immobile. Je sentis une odeur inconnue. Ma main était poisseuse et je ne savais pas où l'essuyer. Sur sa chemise, il n'aimerait probablement pas.

La première fois que son équipe junior universitaire avait joué à domicile, Patty avait annoncé à ses coéquipiers que notre père – il l'avait affirmé – serait là. Promesse non tenue.

Le match suivant, je la vis jeter des regards rapides vers les gradins, elle cherchait son visage. En vain. Ensuite, à chaque match, elle répétait qu'il était trop occupé pour pouvoir venir, mais elle ne cessa jamais de l'attendre.

Un jour, peu avant le début des meurtres, Patty et moi faisions du vélo dans le quartier quand nous sommes tombées sur l'Alfa au bleu électrique caractéristique, garée devant un immeuble, quelques centaines de mètres plus loin. C'est là qu'habitait Sal – le copain des années North Beach – qui dirigeait notre restaurant favori, Marin Joe, où notre père nous emmenait fêter nos anniversaires ou simplement parce que la journée lui semblait idéale pour manger un minestrone. Les deux hommes parlaient du bon vieux temps, tandis que notre père coupait les cheveux de Sal.

Apercevant la voiture, Patty s'était écriée, très excitée : « Papa va probablement venir nous voir après. Je parie qu'il nous emmènera manger un tiramisu. »

J'en étais moins sûre, mais je gardai mes doutes pour moi. Une fois à la maison, Patty s'était changée et l'avait attendu, assise sur les marches, avec son ballon de basket, pour le cas où il serait prêt à faire une partie sur le terrain des voisins Marcello. Elle n'abandonna son poste qu'à l'heure du dîner. Notre mère ne dit rien.

Peut-être parce qu'elle prit conscience de ses talents – les coaches d'autres écoles venaient la regarder jouer –, Patty commença à changer cette année-là, lentement, au fur et à mesure que les déceptions s'accumulaient. Elle continua d'adorer notre père, mais il ne fut plus jamais pour elle le superhéros qu'il demeurait pour moi. Patty le considérait plutôt comme un de ces épagneuls adorables qui, malgré vos réprimandes, continuent de pisser sur le tapis et de mâchonner la tapisserie.

C'était notre père qui nous avait fait découvrir la vieille carcasse du camion là-haut, sur la montagne. Il était revenu un jour du travail avec un paquet sous le bras, quelque chose d'important, nous avait-il dit. La randonnée n'avait jamais été son fort, mais il nous avait entraînées sur la piste, comme s'il n'y avait pas une minute à perdre, nous distribuant des morceaux de viande séchée quand nous (ou plutôt moi) commencions à donner des signes de faiblesse.

Qui sait comment il avait lui-même découvert ce camion ? Je me suis dit, bien plus tard, qu'il le devait peut-être à une femme. L'image m'était venue de lui et Margaret Ann, allongés sur ce qui restait de la banquette, buvant du vin au goulot en s'embrassant.

Le jour dont je parle, il nous y a emmenées délibérément. Après avoir débroussaillé tout autour, il a posé sa veste de cuir sur le capot et nous a hissées dans la cabine. Puis il a saisi le paquet, enveloppé d'un papier kraft, et a lentement dénoué la ficelle.

Révélant un pistolet. Pas du genre qui tire des balles, nous dit-il, mais un vrai néanmoins. Un pistolet à air comprimé. Avec, dans un petit sac en plastique, une centaine de cartouches.

« N'en parlez pas à votre mère, nous intima-t-il. Elle dirait que vous êtes trop jeunes. Et elle aurait raison. »

Il allait nous apprendre à tirer. Mieux valait apprendre selon les règles que d'essayer tout seul et de risquer de faire des dégâts.

Nous avons passé l'après-midi à tirer sur le camion. Notre père derrière nous, agenouillé pour que ses yeux soient à la hauteur des nôtres, nous aidant à garder le bras stable quand nous le levions pour presser la détente. Qui d'autre que lui aurait agi ainsi ? (Une fois, bien plus tard, installées dans la cabine, notre refuge favori, nous épierions, par les trous qui criblaient les portières, un couple en train de faire l'amour.)

« Avant de tirer, vous devez sentir vos battements de cœur, leur rythme, afin de stabiliser votre bras. Vous devez écouter votre respiration. Retenez-la avant de presser la détente. »

Quand j'y repense maintenant, je me dis qu'il savait probablement à ce stade qu'il ne vivrait plus longtemps avec nous. Notre mère ne l'avait pas encore chassé, mais il savait qu'il allait partir, et nous aussi, vraisemblablement. Peut-être éprouvait-il le besoin, avant cela, de nous donner quelque chose. Ce fut cette arme.

« C'est ta sœur qui va garder le revolver, dit-il à Patty. Jusqu'à ce que tu aies l'âge de le garder toi aussi. C'est elle qui décidera. »

Il nous apprit d'autres choses aussi. Ne jamais ranger chez soi une arme chargée. Ne jamais la prendre quand on est furieux ou bouleversé. Ne pas la montrer à nos amis, n'en parler à personne.

« On ne peut pas tuer quelqu'un avec ce genre de revolver. Mais on peut lui crever un œil. En tirant à courte portée, avec le bras bien ferme.

« L'expérience m'a prouvé, dit-il, comme s'il se parlait à lui-même, que les filles tirent mieux que les garçons. Parce qu'elles savent écouter, peut-être. Ou qu'elles veulent faire plaisir à leur papa. »

En la matière, il ne se trompait pas.

Avant de redescendre, il me confia le revolver, cartouches planquées dans la poche de mon blouson. Je rangeai l'arme au fond de notre penderie, un endroit que notre mère ne visitait jamais. Et nous n'en avons plus parlé.

Un dimanche matin, de bonne heure. Patty s'habille pour aller promener le chien, moi, sur ma couchette, j'écris dans mon cahier (ce que je ne faisais presque plus depuis que je traînais avec la bande d'Alison). Nous entendons de nouveau les hélicoptères survoler la montagne. En sortant de la maison, nous remarquons, sur le perron de Helen, le journal qu'elle n'a pas encore ramassé. En gros titre : « Randonneuse portée disparue. L'Étrangleur frappe encore. »

Dans l'après-midi, ils ont découvert le corps d'Annette Kostritsky – adolescente de seize ans, revenue chez elle, dans notre comté, le week-end précédent, après une année passée à l'étranger, et qui n'avait pas entendu parler des meurtres.

À côté d'elle, sur la piste Bolinas, gisait aussi le corps d'une fillette de neuf ans, trisomique, Bunny Simpson, dont Annette avait été la baby-sitter.

Nous étions fin novembre – cinq mois depuis le premier meurtre. Dix victimes, en comptant ces deux dernières. Désormais, personne ne se déplaçait dans Marin County sans éprouver un certain sentiment d'angoisse : celui que provoque le bourdonnement des lignes à haute tension ou les vents saisonniers de Santa Ana.

Le lendemain, chez Alison, étalées sur le lit, piochant dans un bol de pop-corn, nous avons discuté pendant une heure des douleurs des règles. Bizarrement, alors que je savais si bien inventer des histoires sur l'Étrangleur, j'étais incapable d'en imaginer sur ce sujet. À ce moment-là, et à mon grand soulagement, l'une d'entre nous a mis en marche le téléviseur portable rose d'Alison et, plein cadre sur l'écran, est apparu le visage de mon père.

L'état d'esprit des journalistes avait changé du tout au tout depuis la dernière conférence de presse. Un groupe de citoyens, brandissant des pancartes « Rendez-nous notre montagne », exprimait sa fureur devant l'échec de la police. Sur l'estrade, mon père expliquait qu'il demandait au gouverneur des fonds d'urgence afin de doubler le nombre de policiers patrouillant dans la montagne. En quelques semaines, depuis que Patty et moi l'avions vu pour la dernière fois, il avait vieilli : joues creusées, un espace entre son cou et le col de la chemise, comme s'il n'avait plus assez de chair ou de muscles pour le combler. Lui qui insistait tant sur l'importance d'un maintien bien droit se tenait courbé au-dessus du micro. À le voir maintenant, on avait du mal à s'imaginer que des gens avaient pu le confondre avec Dean Martin.

« Malgré tous nos avertissements, disait-il, des personnes continuent à vouloir s'aventurer sur les chemins, et nous manquons de personnel pour les protéger. Le territoire est trop grand. On ne peut pas être partout, ni tout fermer. »

Le ton de sa voix me fit frissonner. Presque défaitiste. Presque suppliant.

Toutefois, continua-t-il, ils possédaient un indice. Toujours pas de véritables témoins des crimes, mais une femme était venue leur donner la description d'un individu qu'elle avait remarqué près du lieu du dernier homicide, montant dans une Corona Toyota rouge. Il ne ressemblait pas à un randonneur et, dans ses yeux, il y avait une lueur étrange. « Comme s'il était affamé. » C'était la meilleure interprétation qui lui venait à l'esprit. Un dessinateur de la police travaillait avec elle à établir le portrait de ce suspect potentiel.

Le dessin parut dans la presse du lendemain. On le vit cloué sur tous les poteaux téléphoniques des environs. À l'école, quelqu'un l'avait scotché sur la porte du vestiaire des filles avec la légende : « Ça ne vous rappelle pas Mr Eddy ? » C'était le directeur de l'école. Une fille de ma classe d'anglais dit que le portrait ressemblait au petit ami de sa mère, qu'elle n'avait jamais aimé. Une autre clama que c'était l'homme qu'on voyait dans la pub pour la Maison des matelas. Une autre encore pensait que ce devait être le type chez qui elle avait fait du baby-sitting et qui, dans la voiture, en la raccompagnant chez elle, lui avait posé une main sur la cuisse.

Ce soir-là, par extraordinaire, notre père arriva à la maison avant que nous soyons couchées. Patty courut vers lui et, comme si elle avait encore sa taille d'enfant, lui sauta sur les bras. Un instant, je me suis demandé s'il allait pouvoir tenir sous le poids.

« À l'école, ils n'arrêtent pas de parler de l'Étrangleur, dit-elle.

– Réponds-leur qu'ils s'occupent de leurs devoirs, Patty chou. »

Je lui demandai s'il ne voulait pas entrer dire bonjour à maman. « Nous avons fait des biscuits. » Pas des biscuits normaux, parce que notre four était de nouveau cassé, mais nous avions inventé une recette qui ne nécessitait pas de cuisson. Des barres chocolatées mises à fondre sur la cuisinière, enrobées de noix de coco fournie par Jennifer Pollack.

« Je souhaiterais rester plus longtemps, soupira-t-il. Mais il faut que je retourne au boulot.

– Je sais que tu l'attraperas », lui cria Patty, quand il monta en voiture. Nous l'avons suivi des yeux jusqu'à ce qu'il disparaisse au tournant.

L'assassinat de Robin Burke se situe à cette période. Une routarde chevronnée de vingt-cinq ans. Corps découvert dans une partie boisée du parc, soixante-dix kilomètres au nord. Une preuve, s'il en fallait, qu'il était impossible de boucler l'ensemble du réseau de randonnée.

Pendant les vacances de Thanksgiving, Alison m'invita à passer le week-end dans la maison de ses parents à Tahoe. Je me sentais coupable d'abandonner Patty et ma mère, mais Patty devait disputer un match et ma mère n'était pas du genre à réclamer la compassion de quiconque.

« Je suis en pleine lecture, un livre formidable, dit-elle. Je vais prendre un bain et m'installer les jambes en l'air. C'est moi qui ai de la chance de ne pas devoir passer toute la journée à surveiller la cuisson d'une dinde. »

Ce que ne fit pas non plus Mrs Kerwin. Le repas tout entier, y compris la sauce aux airelles, lui fut livré en boîtes en plastique.

« C'est une telle aubaine, ces chefs professionnels. Non seulement ils cuisinent mieux que vous, mais ils vous livrent.

– Reconnaissons-le, la réputation de la dinde de grand-mère était un peu surfaite », approuva Mr Kerwin, en fourrant la sauce dans le micro-ondes.

La grand-mère d'Alison, Bernice, venue pour le week-end, vivait le reste de l'année en Floride. Maigre, la peau anormalement tendue, une version de la mère d'Alison qui serait passée trop souvent au séchoir à linge. Derrière son dos, Alison l'appelait « bœuf séché ».

Pendant le dîner, Bernice aborda le sujet de l'Étrangleur.

« Alors, Rachel, est-ce que tu as des tuyaux inédits sur l'enquête ? Toutes mes amies veulent savoir pourquoi ton père n'a pas encore arrêté ce monstre. Elles meurent de peur à l'idée que l'une d'elles pourrait être la suivante. »

J'ai failli lui dire qu'il était peu probable que le tueur choisisse pour prochaine victime de vieilles harpies comme elle et ses copines, dopées à la gym muscu, mais naturellement je ne l'ai pas fait. « Mon père travaille très très dur sur cette affaire. » Je me suis levée pour aider à desservir la table, espérant que quelqu'un passerait à un autre sujet de conversation. Bernice alluma une cigarette.

« Je dis simplement qu'il y a des gens, ici, qui pensent que la police devrait augmenter ses efforts. Je sais ce que moi je ressentirais s'il arrivait quelque chose à ma fille ou à ma petite-fille, Dieu nous en préserve.

– Ce qui fait froid dans le dos, c'est que ce type peut être n'importe qui, ajouta Alison. On peut passer à côté de lui dans la rue. Ça peut être le père de votre meilleure amie ou votre professeur.

– S'il vous plaît, changeons de sujet, intervint Mrs Kerwin. La bonne nouvelle, c'est le dessin du type réalisé par la police et cette femme qui croit avoir vu la Toyota rouge.

– Mon père suit la trace de toutes les Toyota rouges de plus de cinq ans d'âge immatriculées en Californie, au cas où l'une d'elles appartiendrait à quelqu'un déjà impliqué dans une affaire criminelle. » J'espérais que mon discours les impressionnerait.

Trente-quatre mille Toyota Corona rouges. Tel était le chiffre auquel ils étaient parvenus. Et vraisemblablement, la piste ne mènerait à rien, comme les précédentes.

Ce jour-là, nous pédalions en direction du centre de loisirs, quand nous avons croisé Alison. Patty allait passer les épreuves de sélection d'entrée dans l'équipe de l'OJC. Ses baskets étaient usés jusqu'à la corde, troués en plusieurs endroits, au point qu'un des joueurs d'une équipe adverse lui avait demandé si elle faisait ses courses à la décharge municipale. C'est alors que j'avais puisé dans mes économies, destinées à un jean neuf, pour lui acheter une bonne paire de baskets, qu'elle portait pour la première fois. Et nous tombions sur Alison, dans ce jean « chemin de fer » que je guignais.

« J'ai vu votre père à la télé hier soir, dit-elle. D'après mon père, ils pensent à le remplacer par quelqu'un d'autre, vu qu'il n'a pas encore arrêté l'Étrangleur.

– Ça va pas, la tête, protesta Patty. Tout le monde sait que notre père est le meilleur détective de Californie.

– Moi, ce que j'en dis… Je pensais juste que vous aimeriez savoir. »

En réalité, nous aussi avions vu notre père à la télé – vu, mais pas entendu puisque nous avions regardé sa conférence de presse par la fenêtre de Helen. Ensuite, allongées dans notre lit, nous en avions parlé. Le personnage qui paraissait à l'écran semblait hésitant, indécis, un comportement que je n'aurais auparavant jamais associé à la personnalité de notre père. Un instant, j'ai imaginé ce que pouvait ressentir le tueur s'il regardait l'émission – le spectacle inhabituel de l'inspecteur Torricelli épaules tombantes, visage aux rides soudain apparentes. Et le sentiment de triomphe que cela devait susciter chez l'assassin.

Ce soir-là, notre père ressemblait à un homme ordinaire, pas à un héros.

Ma sœur, elle, fut admise dans l'équipe de l'OJC.

Quelques jours plus tard, j'ai de nouveau éprouvé cette angoisse qui m'était familière depuis le début de l'Affaire, mais que maintenant je savais analyser : je redoutais les images qui allaient m'envahir tout en sachant que je ne devais pas résister si je voulais découvrir des indices sur l'identité du tueur.

Je voyais une jeune fille mince, cherchant à saisir quelque chose sur le sol, une pierre peut-être, et n'attrapant qu'une poignée de terre.

Elle se débattait. Un dernier sursaut, puis plus rien.

J'entendais le souffle de l'homme de plus en plus rapide. Je voyais sa main descendre vers la taille de la fille. Baisser le short, en dégager une jambe, baisser la petite culotte, révélant la ficelle d'un tampon hygiénique, sur laquelle il tire.

Ce qui se passe ensuite me fait enfouir mon visage dans l'oreiller. Je regarde pourtant et vois un pénis en action, chose que je n'ai encore vue que chez les chiens et chez les chevaux qui s'accouplent sur la colline.

Le corps de l'homme se soulève et retombe sur celui de la fille, comme s'il s'accordait au rythme d'un fond sonore. « My Sharona ». Bruit de batterie ou battement de cœur.

Plus vite, plus vite. *Ne t'arrête jamais… Donne-le-moi… Donne-le-moi…* C'est fini.

Je vois les doigts de l'homme déboutonner le corsage, faire glisser le tissu sur les épaules. Il retourne le corps flasque, la femme ne résiste pas. Très lentement, avec une sorte de révérence qu'il n'aurait jamais manifestée quand elle était vivante, il dégrafe le soutien-gorge et le lui enlève.

Il caresse la dentelle, pose le tissu contre sa joue. Je ne vois pas son visage, mais je l'entends respirer, un souffle lent, comme un long soupir.

Une autre fille avait disparu. Corps découvert dans les buissons en bordure d'un chemin longeant la côte, à quarante-cinq kilomètres au nord de Point Reyes. Le rayon d'action du tueur ne cessait de s'agrandir – ce qui ne donnait guère plus de chance de le circonscrire que d'endiguer un écoulement de pétrole ou les émanations dans l'atmosphère consécutives à un accident de centrale nucléaire, ce qui venait de vraiment se produire à celle de Three Mile Island.

Notre père travaillait vingt-quatre heures sur vingt-quatre. La brigade criminelle avait installé une ligne téléphonique d'assistance gratuite, que les gens inondaient de pseudo-renseignements concernant d'éventuels suspects, qui n'avaient débouché jusqu'à présent que sur de la frustration et de la lassitude. Quant à moi, j'avais retenu la leçon et me gardais de livrer à mon père les détails de mes visions de plus en plus fréquentes.

La nouvelle victime, la douzième, s'appelait Lexi Shaw. Athlète, spécialiste de la course de fond, elle avait dix-neuf ans. Elle courait pour Berkeley University, mais s'entraînait en vue du marathon de Boston, avec l'espoir d'être admise dans l'équipe olympique américaine. En apprenant qu'elle continuait à courir sur les chemins du Marin County, ses parents et son entraîneur l'avaient suppliée de s'en tenir aux pistes balisées autour de l'université, mais elle leur avait ri au nez.

« Même si quelqu'un essayait de m'emmerder, de toute façon je courrais plus vite que lui. » Sur quoi elle était partie se mettre en jambes, une fin d'après-midi de début décembre.

La nuit où son corps fut découvert, notre père était venu chez nous parler avec notre mère et nous embrasser. Installés dans la cuisine avec leurs paquets de cigarettes – leur rituel désormais –, ils nous croyaient endormies.

Bien entendu, nous ne l'étions pas. Blotties derrière la porte, nous entendions tout, à commencer par le cliquetis des glaçons dans leurs verres.

« Plus rien ne me touche vraiment, Lillian, disait-il. Pas de quoi se réjouir ; c'est le résultat de douze années de service. Mais en voyant le corps de cette fille, dans cette foutue position, toujours la même, ruban adhésif, chaussures sans lacets, j'ai eu envie de vomir.

« Elle était si maigrichonne. Pas un gramme de chair en trop, à cause du sport. Des petits bouts de seins, plutôt une poitrine de garçon. L'ordure lui a enlevé ses chaussures de course et les lui a attachées autour du cou, sans les lacets.

– Tu le trouveras un jour, lui assura notre mère pour le consoler. Tôt ou tard, il commettra une faute et laissera un indice.

– Tôt ou tard, peut-être, Lil. La question, c'est : combien d'autres filles il aura tuées entre-temps. Combien de fois je devrai frapper à la porte de pauvres gens et leur dire qu'ils n'ont plus de fille ? Ou, en tout cas, une de moins qu'avant.

« Je ne sais pas comment ces gens font pour continuer à mettre un pied devant l'autre. S'il s'agissait d'une de nos filles, je me jetterais du haut du pont. Après avoir étripé de mes propres mains celui qui aurait fait ça.

« Le problème, c'est que je dois le trouver d'abord. »

Ensuite, Patty et moi ne les avons plus entendus parler. Je les imaginais, assis dans l'obscurité, fumant leur cigarette.

Avec la nouvelle vague de meurtres, les conversations sur l'Étrangleur du crépuscule reprirent de plus belle à l'école. Nous étions obsédés par l'idée que, pendant que nous étions en classe, dans les vestiaires ou ailleurs, l'homme, tapi à quelques kilomètres de là, guettait le passage d'une femme qu'il ne connaissait pas, aux longs cheveux bruns, qui commettrait l'erreur fatale de lui parler. Ou qui ne courrait pas assez vite.

Peut-être la suivait-il, en réalité, pour la dépasser à un certain endroit. À moins que, la croisant sur le chemin, il ne l'arrête afin de lui montrer un faucon ou un lapin. Ou lui demander si elle avait une lotion antimoustiques dans son sac. Ou prétendre qu'il s'était foulé la cheville, moyennant quoi elle se pencherait pour regarder.

Je le voyais : il mâchait du chewing-gum et lui en offrait une tablette. Et s'il avait un chien ? Sans méfiance, la fille s'agenouillait pour le caresser. « Qu'il est mignon », disait-elle.

Grâce aux scènes qui se déroulaient dans ma tête la nuit, je savais comment les choses allaient se passer. *Such a dirty mind*, comme chantaient les Knack.

Mains dans les poches. Mains levées. Corde à piano autour du cou. *Adieu le monde*.

Doigts boudinés abaissant la petite culotte. Ouvrant la braguette.

Plus tard : ruban adhésif sur les paupières. Lacets de chaussures. Je le voyais descendre le chemin, mâchonnant l'extrémité d'un lacet. Sifflotant.

Plus tard encore. Assis devant un téléviseur, il regarde les informations. On parle de lui, une photo de la victime occupe tout l'écran.

Il est célèbre.

Pendant le déjeuner, à la cantine, on continuait de fantasmer. Suppose qu'il vienne la nuit et essaie d'entrer en passant par la fenêtre ? Qu'est-ce que tu ferais si tu le découvrais debout devant ton lit, s'amusant avec un bout de corde comme dans le jeu du croisillon, sauf qu'il abaisse les mains vers ton cou, et que tu veux hurler pour appeler tes parents et qu'aucun son ne sort ?

Ou si, en revenant de l'école – quelque part entre l'arrêt du bus et ta maison –, tu es accostée par un homme qui te demande son chemin, qui t'agrippe et te balance dans les buissons ? Ou alors il te dit qu'il mène une enquête sur une marque de shampooing et veut que tu répondes à quelques questions ? *Tchac, tu es eue.*

D'abord le sexe. Ensuite la mort.

Les conversations des garçons, en tout cas en présence des filles, prenaient une tournure différente, il était question d'héroïsme, de poursuite vigilante et de capture. Certains parlaient d'installer un groupe de surveillance dans la montagne. Dès qu'ils verraient le type, ils le reconnaîtraient à sa sale gueule. Ils lui sauteraient dessus, le saucissonneraient.

Les filles, en revanche, n'imaginaient pas de pouvoir affronter le tueur. Elles ne se voyaient qu'en victimes potentielles. À ce stade, n'importe quel homme, surtout s'il avait l'air bizarre, faisait figure de tueur. Un livreur de pizzas se retrouva dans cette catégorie.

« Vous avez vu le regard qu'il m'a jeté quand il m'a tendu la note ? demanda Soleil un soir chez Alison, après le départ du garçon. Comme s'il m'imaginait toute nue.

– Et cette acné sur son visage. Personne ne voudrait sortir avec lui. C'est probablement pour ça qu'il s'en est pris aux filles dans la montagne. Il était si désespéré, dit Heather.

– Ma mère m'a dit de ne jamais faire confiance à quelqu'un avec des oreilles dont les lobes sont collés au visage au lieu d'être détachés », ajouta une autre. Elle s'appelait Delia, et venait d'être admise dans notre groupe parce que Alison s'était entichée de son frère jumeau.. « Eh bien, le garçon a ce genre d'oreilles.

– Imaginez qu'il soit là, sur le seuil de la porte, pendant que je vais chercher un stylo, avec ce drôle de short et ses socquettes blanches ? » chuchota Alison. Sur quoi elle suggéra à Delia d'amener son frère, comme ça nous aurions un garçon pour nous protéger.

« Tu devrais parler du livreur à ton père, me dit-elle. Il pourrait organiser une filature ou autre chose. Ses empreintes seront sur la boîte de livraison.

– Et s'il avait versé un truc bizarre sur la pizza ? demanda Soleil.

– Comme du poison ?

– Pire. Ce genre de chose que font les garçons quand ils pensent au sexe. Il l'aurait fait gicler sur la pizza avant de l'apporter.

– Tu es dégueulasse », conclut Alison.

Nous avons quand même mangé la pizza. Mais nous avons fermé la porte à clé, sauf pour laisser entrer les garçons – Chase, Todd et Teddy, bien sûr.

« Les garçons sont arrivés », claironna Alison.

Comme si cela signifiait que nous ne risquions plus rien.

Patty et moi, à vélo, longions une rue que nous fréquentions peu, à l'écart de nos circuits habituels, quand nous l'avons remarquée : la voiture de notre père, garée le long du trottoir. Pas la Chevy banalisée de la police, mais l'Alfa.

C'était le milieu de l'après-midi. L'immeuble, de l'autre côté de la rue, ne ressemblait pas à celui où il nous avait conduites quelques années auparavant, pourtant j'ai pressenti que c'était là que Margaret Ann vivait maintenant. J'imaginais la pièce avec la vitrine aux poupées, le canapé mauve deux places, les coussins brodés, la boîte à musique.

Ici aussi il y avait une piscine, mais d'apparence plus miteuse que celle dont je me souvenais. Le genre d'endroit où les gens s'installent quand ils sont sur une pente descendante plutôt qu'ascendante.

« Allons voir si on le trouve, dit Patty.

– On pourrait frapper aux portes et prétendre qu'on est des scoutes et qu'on collecte des fonds pour la vente de charité. Ou simplement attendre qu'il sorte. »

Attendre en nous cachant, ça, nous savions faire. Mais je n'étais pas sûre de vouloir connaître ce que nous allions découvrir.

« Il travaille sûrement sur une affaire, dit Patty. On ne l'interromprait pas. Juste un petit bonjour.

– Tu te rappelles la femme qui nous a servi du thé dans des tasses en porcelaine ? Et les poupées ?

– Margaret Ann », murmura-t-elle. Pourtant, nous ne prononcions plus ce nom depuis longtemps.

Je revoyais l'expression sur son visage et sur celui de notre père quand ils avaient émergé de la chambre. Même si je n'arrêtais pas de penser à Teddy à longueur de journée, un tel désir, une telle soif de l'autre m'étaient étrangers, et il s'écoulerait bien des années avant que je ne l'éprouve.

« Nous devrions rentrer, ai-je dit à Patty. Peut-être qu'il passera chez nous après son rendez-vous ici. »

Mais nous savions toutes les deux qu'il ne le ferait pas.

La nuit qui suivit la découverte du corps de Paula Fernandez, j'ai rêvé de l'Étrangleur. N'ayant pas vu Alison à l'école ce jour-là, je n'avais pas connaissance des rares détails livrés à la presse, mais la scène s'imposait à moi, celle des ultimes instants de la nouvelle victime.

La randonnée n'était pas son truc, en réalité elle courait, dans le Samuel P. Taylor Park, après son chat qui avait sauté par la vitre de sa voiture pendant qu'elle faisait le plein d'essence. Infirmière, elle allait prendre son service de nuit dans une clinique de San Anselmo, et comptait déposer le chat chez le vétérinaire qui s'occuperait de lui le lendemain matin.

Dans mon rêve, Paula était sur le chemin, près de l'entrée du parc, en tenue d'infirmière rose et chaussures blanches. Elle portait un grand sac noir et une boîte de conserve pour chat, qu'elle avait ouverte dans l'espoir que l'odeur attirerait l'animal.

Au lieu de quoi, elle avait attiré l'Étrangleur.

De nouveau, allongée dans mon petit lit, entendant le souffle régulier de ma sœur au-dessus de moi, j'ai éprouvé l'horrible sensation. J'étais convaincue qu'en ces instants, si redoutés pourtant, j'avais en quelque sorte accès à des détails ignorés de toute la brigade criminelle du Marin County.

L'homme ne m'apparaissait que de dos, dissimulé dans un bosquet d'eucalyptus, près d'une table de pique-nique, un tapis de mousse tout autour. Des grenouilles coassant dans le ruisseau, et les derniers rayons du soleil à travers les branches.

Elle se demande s'il a vu le chat.

Minet, dit-il, gentil minet.

J'aime ton uniforme.

Je connaissais la suite, bien entendu. Si seulement ça pouvait ressembler à une scène de cinéma ou de série télé, une de celles que nous regardions, Patty et moi, enveloppées dans une couverture, à travers la fenêtre de Helen. Je voudrais pouvoir changer de chaîne. Voir n'importe quoi, sauf ça.

Elle a dû comprendre ce qui va se passer, à la lueur qui brille dans les yeux de l'homme peut-être, parce qu'elle se met à crier.

Madre mia. Santos viene.

D'autres mots en espagnol, mais je ne connais pas la langue.

J'aurais voulu sauter du lit, grimper l'échelle et me réfugier auprès de ma sœur. Dans cet état de demi-sommeil, une idée pourtant me taraudait : découvrir un indice chez cet homme, qui pourrait aider mon père à le localiser.

Des mocassins noirs. Des doigts épais serrant un filin d'acier. Des bruits d'animal, quelque part au milieu des feuilles. Le chat ? Ou peut-être un chien.

L'homme, dont je ne discerne toujours pas le visage, se penche sur la femme en tenue rose. Il respire fort. *My... my... my... Sharona.*

Le seul moyen d'arrêter tout cela serait de me réveiller, mais pas avant de le voir poser le ruban adhésif sur les yeux, plonger la main dans le sac de sa victime, en sortir le tube de rouge à lèvres et un chapelet.

Qu'il lui passe autour du cou. Avec le rouge à lèvres, il écrit sur la peau – un mot que j'ai lu griffonné sur un mur du passage souterrain de la N101, sans en comprendre le sens.

Puta.

La semaine précédant Noël, l'Étrangleur frappa de nouveau. La victime s'appelait Tanya Pope, âgée de vingt et un ans, institutrice stagiaire d'école primaire. Elle recueillait des spécimens de mousses destinés à des travaux pratiques avec ses élèves : la construction de miniserres – cadeaux pour leurs parents.

Nos voisins s'efforcèrent de maintenir l'ambiance festive. Sur toutes les façades des maisons, sauf la nôtre, gambadaient des pères Noël rutilants et des silhouettes de rennes, les fenêtres laissaient filtrer des bouffées de musique et apercevoir des sapins scintillants, sous lesquels s'accumulaient les cadeaux. Portant bonnet de père Noël et fausse ramure, les gens circulaient, criant « Joyeux Noël », offrant des sucres d'orge avant de rentrer prestement chez eux et de verrouiller leur porte.

Le samedi, Jennifer Pollack organisa une fête avec concert de chants de Noël. Il n'était pas question que notre mère s'y rende, mais Patty et moi, habillées de rouge et de vert (Patty affublée de son faux nez rouge), ne nous fîmes pas prier.

Chacun était censé apporter un cadeau – sans destinataire particulier et sous emballage anonyme. Après inspection de nos placards, Patty et moi avons opté pour un flacon de sels de bain découvert dans l'armoire à pharmacie et un cadre rose, cadeau d'entreprise reçu par notre mère, renfermant une photo de Jaclyn Smith, que nous avons remplacée par celle de Mick Jagger.

Chez les Pollack, chacun s'efforçait à la gaieté, mais il était bien difficile de ne pas penser à la jeune institutrice, morte pas loin de l'endroit où ma sœur et moi avions rencontré le couple nu. Karl Pollack servait une boisson appelée vin chaud et, pour les enfants, la même mixture sans alcool. Jennifer, vêtue d'un pull dont le devant s'ornait de baies de houx et de clochettes tintinnabulant à chaque mouvement, distribua les recueils de chants et les bonnets de père Noël.

« Alors que notre communauté est soumise à une telle tension, dit-elle, il nous a semblé que c'était le moment de vous annoncer que nous attendions un bébé. Nous ne souhaitions pas en faire toute une histoire, mais nous nous sommes dit qu'une bonne nouvelle ne serait pas de trop en cette période.

– Donc, Rachel, ajouta Karl à mon intention, prépare-toi pour un nouveau baby-sitting l'été prochain. »

Il tombait des cordes cette nuit-là, mais Mr Pollack avait déniché deux parapluies de golf sous lesquels nous nous sommes abritées pour remonter notre rue en chantant. Dans certaines maisons, les enfants en pyjama et les parents se tenaient sur le seuil pour nous écouter chanter. Helen, elle, nous tendit un paquet de biscuits de sa fabrication.

« Donnez-en à votre père, dit-elle. À en juger par ce qu'on voit à la télé, il a bien besoin de se remplumer. »

Depuis toujours, notre mère dressait un petit sapin argenté artificiel, qu'on décorait d'éléments hétéroclites de notre fabrication – un lutin taillé dans une pomme de pin (résultat de mon année chez les scouts), une étoile de Noël faite de bâtonnets (œuvre de Patty), et nos bibelots-premier-Noël-de-bébé. Cette année-là, elle renonça à la décoration, tout comme notre père faillit à la tradition de nous emmener en ville voir le grand sapin d'Union Square.

La semaine précédente, des manifestants s'étaient de nouveau rassemblés devant l'hôtel de ville, exigeant qu'on mette un terme à l'affaire de l'Étrangleur. (Croyaient-ils vraiment que ce n'était pas le but recherché par tous ?) Certaines pancartes mentionnaient même le nom de notre père, l'accusant en quelque sorte d'appartenir à une coalition antiféminine, qui laissait ces meurtres se commettre.

En l'observant, ce soir de Noël, agenouillé sur le sol à côté de nous pendant que nous suspendions nos chaussettes à l'arbre, j'ai eu l'impression qu'il écoutait des bruits : se pouvait-il que les cris des manifestants, les sanglots des mères à qui il annonçait l'assassinat de leur fille, les hurlements imaginés des victimes elles-mêmes le hantent en permanence ? Comme tournaient en boucle dans ma tête les images des meurtres ?

Mon père était un véritable romantique, le plus galant des hommes. S'il avait vécu dans l'Europe médiévale, il aurait été un chevalier. Le métier d'officier de police, c'est ce qui l'en rapprochait le plus.

À ce champion de la protection des femmes qu'il affirmait être, la progression continue du nombre des victimes et son impuissance à arrêter le meurtrier (impuissance, terme intéressant dans ce contexte – mais je ne l'ai compris évidemment que des années après) devaient être ce qui se rapprochait le plus de l'idée de l'enfer.

On était en janvier, Soleil et moi allongées sur le lit d'Alison regardions la télé (le poste rose) en mangeant des sandwichs au fromage grillé. Une émission d'information, construite sur le modèle d'un magazine de presse écrite, consacrait une heure entière à l'histoire des meurtres. Comme une sorte de collage, les visages apparaissaient à l'écran, au fur et à mesure qu'une voix sinistre annonçait leur nom et leur âge. Suivait un montage d'autres images et de séquences en super-8 les montrant enfants, à une fête d'anniversaire ou de fin d'année scolaire.

« Avez-vous la moindre idée de ce que l'on ressent quand un officier de police frappe à votre porte pour vous dire que votre fille a été découverte assassinée ? » Au premier abord, la femme semblait assez calme, mais la stridence de sa voix, une raideur anormale de la nuque, une certaine lueur dans les yeux – celle que produit l'irruption en plein soleil, au sortir d'une pièce plongée dans le noir – faisaient comprendre qu'elle allait se mettre à hurler. La caméra la révélait assise à une table jonchée de photographies de la jeune fille – Tanya Pope, la plus récente des victimes.

« Il est temps qu'on nous fournisse des fonctionnaires de police qui connaissent leur boulot. Six mois que ça dure, et ils n'ont pas progressé d'un pouce. »

« Ton père doit se sentir vachement mal, dit Alison, enfournant une autre boule de gomme sans sucre. Après tout, c'est lui le chargé de l'affaire.

– Le meurtrier ne laisse jamais d'indices. Sauf… sauf, ce qu'il dépose à l'intérieur des filles. » Je n'aurais jamais prononcé le mot sperme à voix haute.

Mes connaissances en matière de viol, je les tenais de ma lecture des journaux et, de plus en plus, de mes visions. Aux scènes de meurtre s'ajoutaient désormais les scènes de viol.

L'année précédente, notre prof de gym nous avait projeté un film intitulé : *Les Changements de notre corps* : des dessins animés montrant nos ovaires – ressemblant à deux pailles flexibles – et ce qui se passait dans l'utérus au cours du cycle menstruel. Sur fond de musique au rythme entraînant, on voyait le spermatozoïde et l'œuf se rencontrer comme de vieux amis dans un endroit anonyme, qui aurait pu être le hall de l'école, et fusionner pour produire quelque chose qui devenait un bébé.

Dès votre naissance, commentait la voix, *votre corps contient un trésor, un coffre plein d'œufs non fertilisés. La provision pour toute votre vie. Le fait d'avoir ses règles signifie que les œufs sont en mesure d'être fertilisés. Votre corps peut alors fabriquer un bébé.* »

Pour les filles de ma classe, les règles étaient une affaire résolue depuis belle lurette. Moi, je finissais par conclure qu'il y avait quelque chose de définitivement détraqué dans mon corps.

« Au moins, tu seras jamais une de ces filles mères à quatorze ans, disait Patty, s'efforçant comme d'habitude de voir le bon côté des choses. Si nous étions catholiques, tu pourrais t'engager chez les bonnes sœurs. D'ailleurs, j'ai jamais compris ce qu'il y a de si génial à avoir du sang dans sa culotte. Si tu veux savoir, tu es une veinarde. »

Ce que je savais, c'est que j'étais différente. Par une étrange coïncidence, quand la série de meurtres avait débuté, les filles ne parlaient que de leurs premières règles et, d'une certaine façon, ces deux drames – les assassinats et la particularité dont je souffrais – étaient liés dans mon esprit. Comme si la fertilité était porteuse de danger.

À ce stade de mon existence, je n'avais guère eu l'occasion d'observer de véritables relations de tendresse ou d'amour entre hommes et femmes, entre garçons et filles. Les Pollack avaient l'air de bien s'entendre, mais, comme dans les séries télé que nous regardions Patty et moi (à travers les vitres des voisins), leurs rapports semblaient fondés sur des questions domestiques : la maison, le jardin, leur fils – plus le travail et les courses au supermarché – sans aucune passion sous-jacente. Rien ne filtrait de leurs relations sexuelles, même si la nouvelle grossesse de Jennifer prouvait qu'ils en avaient.

À la fin de mon temps de baby-sitting, Karl me payait ce qu'il me devait, puis me raccompagnait à pied chez moi – trois maisons plus bas – et attendait sur le trottoir que j'aie refermé la porte avant de retourner chez lui. Comme à la fin d'une soirée avec son petit ami, me disais-je, du moins selon l'idée que je me faisais de ce genre de sortie, et sans le baiser d'adieu. Une fois, la main de Mr Pollack, en chassant un insecte, avait effleuré ma poitrine. (Mais peut-être qu'il n'y avait pas d'insecte, et qu'il avait juste voulu me toucher ?) J'avais eu alors la vision d'un Karl Pollack m'obligeant à lui faire face et se penchant pour m'embrasser sur les lèvres. Pas à la manière de Teddy Bascom, un baiser long et profond, que je me voyais lui rendre.

Ensuite, j'ai essayé d'imaginer ce qui se passait après son retour chez lui. Karl et Jennifer nus. Je voulais que la scène soit belle, pour une fois, mais mon cerveau ne me proposait rien de tel. Je ne voyais que des images de chevaux s'accouplant sur la colline et de coyotes en chasse. Je n'entendais que les grognements de Chase, le petit ami d'Alison, derrière la porte de la chambre ; et les halètements de Teddy, affalé sur le pouf et agrippant mes cheveux comme les rênes d'un poney. Peut-être qu'il s'agissait de gémissements de plaisir, mais ils auraient pu tout aussi bien être des plaintes de victimes.

Le centre de loisirs organisait une fête de la Saint-Valentin, Patty et moi avions décidé d'y faire un tour.

Un garçon de ma classe, Raymond – à qui je n'adressais jamais la parole – vendait du pop-corn, des brownies et des Rice Krispies roses. Il récoltait de l'argent pour se payer un voyage à Washington avec sa bande de scouts l'été prochain. J'espérais qu'il ne me remarquerait pas. Raté.

« Mon père m'a montré une lettre dans le journal d'aujourd'hui adressée au rédacteur en chef, me dit-il. La personne dit que ton père devrait être viré et remplacé par quelqu'un qui connaît son boulot. J'ai pensé qu'il fallait que tu le saches.

– Les gens sont débiles, dit Patty.

– Mon père pense qu'on devrait appeler le FBI, intervint un autre garçon, scout lui aussi, semblait-il. Au FBI, ils ont des ordinateurs et plein de trucs. Et de vrais experts pour les affaires criminelles. »

Je savais que Raymond me regardait. Louchait sur ma poitrine, en réalité. Sauf qu'il cherchait en vain l'élément essentiel, et pour cause : les seins.

« Ne laissez jamais un garçon vous emmerder. » Comment appliquer les conseils de notre père au cas présent ?

Ce fut ma sœur qui s'exprima, de cette voix ferme et rauque qui portait sur toute la cour de récréation quand elle le voulait. « Notre père pourrait écrabouiller le tien de son seul petit doigt, s'il le décidait. Va dire à ton père de se faire examiner la vue. »

Bien envoyé. Patty s'était-elle rappelé que le père de Raymond était ophtalmologiste, ou la réplique avait-elle jailli, comme souvent, spontanément ?

« Sûr. Et toi, est-ce qu'on t'a jamais dit d'aller te faire redresser les dents ? »

L'heure du déjeuner. J'étais assise en face d'Alison, qui picorait ses habituels légumes crus censés lui donner la maigreur des mannequins, ce qui pouvait marcher à condition de ne pas tremper chaque carotte dans une sauce au roquefort. Nous parlions du futur bal, et de la danse Sadie Hawkins, où ce sont les filles qui invitent les garçons. D'évidence, moi je devrais inviter Teddy Bascom, mais ce serait signifier que je le considérais comme mon amoureux – or, malgré tous nos tripotages, je n'étais pas sûre que le terme était adéquat.

« Ils ont trouvé des empreintes de pied après le dernier meurtre, ai-je lancé. Mon père pense qu'il va pouvoir dire quel genre de chaussures porte l'assassin. Le terrain était très boueux, mais les marques se voyaient encore. »

Pour une fois, c'était vrai. Je tenais le renseignement de mon père, passé nous voir la veille selon la routine désormais établie.

Je commençais à remarquer que mes bulletins d'informations sur le déroulement de l'enquête faisaient beaucoup moins d'effet qu'avant sur mes copines de classe. Et que mon père, en sa qualité de patron de la brigade criminelle, n'impressionnait plus grand monde.

« Cette empreinte de chaussure, c'est vraiment une bonne nouvelle », ai-je poursuivi, ma première annonce n'ayant suscité aucune réaction. Personne ne broncha.

J'ai regretté d'avoir parlé. Inventer des tuyaux sur l'enquête, ça ne me gênait pas, mais je me suis sentie coupable de révéler des faits vrais, des choses que mon père et moi avions partagées pendant un instant qui aurait dû n'appartenir qu'à nous.

La veille, il était venu dans notre chambre nous souhaiter une bonne nuit. Fini le temps où il nous chantait ses chansons favorites. Assis au bord de ma couchette, il était resté silencieux, un long moment. Ma sœur dormait, et je m'étais autorisée à lui demander – ce que je ne faisais généralement pas – comment évoluait l'affaire.

« Je ne vais pas te mentir, c'est très dur, ma puce. Mais peut-être qu'on a un coup de pot avec le dernier meurtre. »

C'est alors qu'il m'a parlé du moulage de l'empreinte de la chaussure, et dit que c'était leur première véritable piste depuis des semaines. « J'ai apporté pour toi et Patty un peu du plâtre qui a servi. Peut-être que ça pourrait vous amuser – faire un moulage de vos empreintes digitales, par exemple. Et le donner à votre vieux. Je le poserais sur mon bureau.

– Il fait quelle pointure de chaussures ? » (Il, c'est-à-dire le meurtrier, bien sûr.)

« Arrête de te triturer le cerveau avec ce salaud, Farrah. D'expérience, je peux te dire qu'une fois qu'il y est entré, il n'en sort plus. C'est mauvais pour la santé mentale. »

« Et alors, qu'est-ce que ton père a dit ensuite ? demanda Alison, plongeant une autre carotte dans la sauce au roquefort, l'air plus ennuyé qu'excité. Ils vont finir par l'attraper ? »

Ce fut plus fort que moi. « Une fois que ce type est entré dans ton cerveau, il n'en sort plus, ai-je lâché. C'est comme un virus.

– Ou comme dans le film *L'Exorciste*, intervint Soleil. On peut être possédé.

– Est-ce que ton père est possédé ? demanda Heather. Tu sais, avec les globes oculaires qui tournent sans arrêt et le truc visqueux qui lui sort de la bouche ?

– C'est un professionnel. Il sait comment empêcher que ça se produise, que ça fasse tout foirer. »

J'espérais que c'était vrai.

Notre père n'était pas possédé mais, quand arriva le mois de mars, il semblait avoir vieilli de dix ans. Pas seulement fatigué, mais las moralement, épuisé. Certains signes pouvaient passer inaperçus, sauf de Patty et moi, bien entendu : lourdeur des pas dans l'escalier, oubli du rituel de la Saint-Valentin, sa fête favorite, où il nous offrait un gardénia et une barre chocolatée. Une maigreur accentuée et, quand il lui arrivait de me conduire à l'école en voiture, je remarquais le cendrier débordant de mégots. Un jour, alors que nous roulions toit ouvert et vitres baissées en chantant « Volare » à tue-tête, il m'avait pris la main pour la réchauffer et j'avais remarqué ses doigts tachés de nicotine.

Une fois de plus, je le vis à la télévision, dans la salle de jeux d'Alison. Où nous attaquions la pizza qu'on venait de nous livrer.

Il n'y avait pas eu de nouveaux meurtres depuis plusieurs mois, probablement à cause de la saison des pluies, mais celle-ci touchant à sa fin et le tueur étant toujours en liberté, un certain nombre de citoyens pressait le gouvernement de renforcer la sécurité en montagne.

J'étais assise sur le pouf, et Heather m'appliquait du vernis sur les ongles de pied. Debout devant le micro, mon père ressemblait à un personnage de publicité – le bonhomme « d'avant » le produit rajeunissant miracle. Peau flasque, poches sous les yeux. Ce que je trouvais le plus inquiétant, c'était sa coiffure. Il se coupait toujours les cheveux lui-même très minutieusement – maintenant, on aurait dit qu'il avait saisi n'importe quelle paire de ciseaux qui traînait et avait taillé là-dedans sans même se regarder dans la glace.

« Et qu'est-ce qu'on fait si ce salaud continue de tuer des gens ? lança à la cantonade un garçon de notre bande, un dénommé Rich.

– Je me procure un revolver, dit Soleil.

– J'oblige mes parents à s'installer à L.A., dit Heather. De toute façon, le temps est meilleur là-bas.

– Peut-être qu'on pourrait former notre propre milice et patrouiller sur les pistes », proposa un autre débile.

Je me taisais. Qu'aurais-je pu dire ? Le plus terrible étant que, vu l'image qu'Anthony Torricelli donnait de lui-même désormais, j'en venais à souhaiter que personne ne sache qu'il était mon père.

Teddy Bascom avait décidé que le temps était venu d'aller jusqu'au bout. Il m'en fit part – sans romantisme, plutôt sur le mode : « allez, on y va » – un après-midi chez Alison, après notre habituelle séance d'échauffement : poitrine, main, humidité poisseuse.

« Alison et Chase le font, dit-il. Tout le monde le fait après être sorti ensemble aussi longtemps.

– Treize ans, c'est trop jeune. » Bientôt quatorze en réalité (et toujours pas de règles). J'aurais pu lui donner un tas d'autres raisons, et en particulier que je ne voulais pas baiser – que je ne voulais d'ailleurs pas non plus le reste, ces trucs que nous faisions ces derniers temps –, mais j'optai pour la simplicité.

« Ne pas aller jusqu'au bout est mauvais pour ma santé, insista Teddy. Ce qui se passe chez les garçons, c'est que s'ils sont trop frustrés, même s'ils éjaculent, ça peut leur bousiller les couilles. »

Je ne comprenais pas pourquoi il m'incombait de veiller au bon état des couilles de Teddy Bascom. Alors qu'il se préoccupait si peu de celui de mes seins ; je commençais à me demander si tout ce pelotage n'allait pas les étirer et les faner comme ceux de ma mère. Je n'ai pas non plus évoqué ce point et me suis contentée de répéter que treize ans, c'était trop jeune. Et puis, non en raison de l'effet éventuel des mots sur Teddy, mais du petit réconfort que cela m'apportait de les prononcer tout haut, j'ai ajouté : « Mon père ne voudrait pas que je le fasse.

– T'as pas besoin de le lui dire.

– Il le saurait. »

Et c'était vrai. Pas parce qu'il était détective, mais parce qu'il m'aimait et que, si peu présent qu'il fût, il remarquait les plus petites choses. Si je faisais l'amour avec Teddy Bascom, je savais que quelque chose allait changer chez moi et que mon père s'en apercevrait. « Qu'un garçon ose ne pas vous traiter en princesses, et il entendra parler de moi. »

Me rappelant ces paroles tandis que Teddy se vautrait sur moi, je me suis mise à pleurer.

« Oh, seigneur, soupira-t-il. Voilà les grandes eaux. »

Je ne sanglotais pas, je ne disais rien, mais les larmes dégoulinaient sur mes joues.

« Si je m'écoutais, dit-il, je te plaquerais là, sur-le-champ.

– Bonne idée. » Brusquement, je n'ai plus vu l'intérêt qu'il pouvait y avoir à passer mes après-midi sur un pouf avec un Teddy Bascom tirant sur mes pauvres petits boutons de seins tout en frottant son pénis contre mon jean. Et j'ai compris que j'en avais assez de cette salle de jeux, de Teddy, d'Alison et de ses amis. Je voulais être chez moi avec ma sœur.

« Eh bien, je m'en vais », ai-je dit.

Pour aller de la maison d'Alison à la nôtre, il fallait passer au-dessus de l'autoroute. À vélo, je mettais un quart d'heure, à pied, le trajet était nettement plus long, et il tombait des cordes.

Je ne résistai pas à l'envie d'appeler mon père. Ce fut une de ses adjointes qui me répondit et qui, en apprenant que j'étais sa fille, me le passa immédiatement. Je m'excusai de le déranger alors qu'il avait tant de travail.

« Qu'y a-t-il de plus important que d'aider une de mes filles quand elle a besoin de moi ? »

Je lui indiquai où je me trouvais. « J'arrive ! » dit-il.

« Qui t'a fait pleurer ? » Nous avons longé le parc où nous avions appris, Patty et moi, à monter à bicyclette, et où plus tard il nous avait emmenées pique-niquer avec Margaret Ann. Ce jour-là, il avait sorti le jeu de boules hérité de son père, Margaret Ann avait apporté la solution savonneuse pour faire des bulles, et elle nous avait appris une chanson française. C'est à la suite de cet après-midi que j'avais dit à mon père que je ne voulais plus la voir. Que je voulais que nous soyons tous les trois, comme avant.

Dans la voiture – de fonction – j'ai soupiré. « Si seulement tu pouvais t'arrêter de travailler de temps en temps.

– Dès que nous aurons pincé le tueur, je prends des vacances. Je vous emmène, ta sœur et toi, en Italie. »

D'autres pères auraient proposé Disneyland. Le nôtre, c'était Venise.

« Papa, tu n'as pas peur qu'un jour l'Étrangleur essaie de te tuer ?

– Je suis capable de me défendre, mon chou, et de défendre mes filles. » Il ne mentionna pas l'arme dans son étui attaché au mollet. De toute façon, sa simple présence, et non son revolver, suffisait à me procurer un sentiment de sécurité.

Je posai ma tête sur son épaule. La banquette de la voiture de fonction permettait cette position, rappelant l'époque où, dans notre vieux break, Patty et moi nous serrions contre lui. Il alluma une cigarette et me caressa les cheveux.

« Je suis désolé de la façon dont les choses se sont passées entre ta mère et moi. C'est une femme merveilleuse. Je n'ai jamais voulu la blesser, ni qui que ce soit d'autre. »

Et Margaret Ann ? aurais-je voulu demander. Mais c'était leur problème.

Néanmoins, je me rapprochai du sujet. « Tu crois que tu te remarieras un jour ?

– Quelle femme sensée voudrait épouser un vieux schnock comme moi ? De toute façon, je n'ai pas le temps d'être un mari. J'ai complètement loupé mon premier essai. Alors je me suis dit que je ferais mieux de laisser tomber avant de provoquer encore plus de dégâts.

– Nous, on va bien. » De toute façon, je n'allais pas lui dire le contraire.

Le silence en compagnie de mon père ne m'avait jamais gênée. Maintenant, assise à côté de lui, respirant son odeur – cigarette et after-shave –, observant ce visage, moins beau qu'il ne l'avait été, mais que j'aimais tant, l'idée m'a transpercée : et s'il allait mourir ?

Je ne pouvais imaginer le monde sans mon père.

Pour changer de sujet, je lui ai demandé pourquoi il avait voulu être policier. Un instant, j'ai imaginé ce qu'aurait été notre vie s'il avait exercé un autre boulot, s'il avait été un de ces pères avec porte-documents, qui rentrent tous les jours à cinq heures et demie. Qui collectionnent les timbres et jouent aux dames avec leurs enfants au lieu de les emmener voir deux James Bond à la file. Évidemment, ce n'aurait pas été la même personne. Donc, aucun intérêt.

« J'ai peut-être regardé trop de films, me dit-il. J'aimais l'idée de devenir un héros. Protéger les innocents. Sortir les femmes des griffes des salauds. Le seul inconvénient, c'est que pendant que tu t'occupes de sauver le monde, tu perds le contact avec ta famille. »

Il jeta sa cigarette et, pour une fois, n'en ralluma pas une autre aussitôt. Il me caressait la tête et, soudain, j'ai ressenti un coup sec, si bref que je n'ai pas eu le temps d'avoir mal.

Il était en train de fabriquer une araignée, comme du temps de mon enfance. Quand ce fut fini, il la posa sur mon bras – huit pattes duveteuses – à partir d'un seul de mes cheveux. Elle semblait vivante.

« Tu vas dire à ce merdeux, Farrah – ce garçon qui t'a fait pleurer, que, s'il s'avise de recommencer, il verra à quoi je ressemble. Dans ses cauchemars jusqu'à la fin de ses jours. »

Nous étions en avril, le temps aurait dû redevenir beau, mais chaque matin nous étions réveillés par le bruit de la pluie. Il semblait que, depuis décembre, le soleil avait à jamais déserté le ciel.

Par peur, probablement, mais sûrement aussi en raison du temps, plus personne ou presque ne s'aventurait dans la montagne. Depuis quatre mois, on n'avait pas découvert de nouveau cadavre – la plus longue période sans crime depuis le début des agressions.

Mais mon père demeurait sur le qui-vive – au contraire des autres, il ne pouvait même pas souhaiter la fin des pluies, sachant qu'avec le soleil les randonneurs reviendraient et, très probablement, le tueur.

Les mères des jeunes femmes assassinées avaient constitué un groupe appelé Mères pour la justice. Elles réclamaient l'envoi d'agents spéciaux. La majorité des crimes ayant eu lieu sur un territoire appartenant au réseau des parcs nationaux, le FBI était concerné. Récemment, quelques citoyens éminents, dont deux membres du conseil municipal, ainsi que le groupe Rendez-nous notre montagne, avaient exigé que la direction de l'enquête passe intégralement aux mains des policiers fédéraux. La brigade criminelle locale, avec à sa tête le détective Anthony Torricelli, manifestait depuis trop longtemps son incompétence.

Nous connaissions l'opinion de notre père sur le FBI : une clique de bureaucrates surpayés, dotés de jouets dernier cri, expédiés dans tout le pays et logés dans des hôtels hors de prix, qui n'armaient jamais leur flingue et ne mouillaient jamais leur chemise. Est-ce qu'un seul d'entre eux passerait sa journée à faire le tour des dépôts de voitures d'occasion en compagnie d'un auto-stoppeur de dix-neuf ans qui avait remarqué une Toyota rouge dernier modèle sur un parking proche de la scène d'un des derniers meurtres, avec l'espoir d'en repérer une semblable ? Est-ce que ces messieurs des forces spéciales resteraient assis sur un canapé avec la mère de Tanya Pope à regarder une par une les photos de sa fille bébé ? Iraient-ils visiter tous les magasins de chaussures à la recherche d'une semelle dont l'empreinte pourrait coller avec celle que, éventuellement – je dis bien éventuellement –, l'assassin aurait laissée ? Écouteraient-ils la cassette d'une gosse de huit ans, Kelly Cunningham, chantant « Side by Side » au concours des jeunes talents ?

Ces derniers temps, notre père passait à la maison presque chaque soir boire un verre avec notre mère. Ne pas se sentir obligé de lui faire du charme comme à toutes les autres – de toute façon, ça n'aurait pas marché – lui permettait peut-être de vivre, pour la seule et unique fois, une relation vraiment sincère avec une femme. Quant à ma mère, elle se mêlait si peu aux autres qu'elle trouvait probablement en lui ce qui se rapprochait le plus d'un(e) ami(e). Pour lui, le jour et la nuit semblaient être devenus interchangeables, et elle, de son côté, dormait si mal que peu lui importait l'heure à laquelle il débarquait.

Il s'arrêtait le soir avant de rentrer chez lui, ou peut-être sur le chemin de son bureau où il allait passer encore des heures à trier ses papiers. Il restait des milliers de Toyota rouges à localiser, sans compter un véhicule de marque différente – une Fiat verte au rétroviseur de laquelle pendait un de ces désodorisants en forme d'arbre, qu'on avait vue sortir en trombe du parking de Point Reyes le jour du meurtre.

« Tu devrais aller dormir, Anthony, lui disait ma mère.

– Je peux m'allonger, mais dormir, c'est une autre histoire. »

J'entendais le bruit de son briquet raclant la table. Et je l'écoutais tousser, de cette toux rauque à quoi on le reconnaissait désormais.

« Tu devrais aller voir un médecin, disait encore ma mère.

– Je ne pourrai rien faire tant que je n'entendrai pas le clap des menottes sur les poignets de cette ordure. Si un type a jamais mérité la chaise électrique, c'est bien lui. Peut-être qu'ensuite je serai de nouveau capable de vivre. Emmener les filles en Italie. Cuisiner un bon plat d'aubergines au parmesan.

– Tu pourrais aussi envisager de réduire ta consommation de cigarettes. Même si, en la matière, je ferais aussi bien de me taire. »

À l'école, mon statut social avait changé – pas en mieux – à la suite de ma rupture avec Teddy et de la fin simultanée de mes relations avec Alison, Soleil et leur bande. Je n'étais plus simplement invisible. On me fuyait carrément.

Être la fille de mon père m'avait valu la célébrité, désormais cela produisait l'effet opposé. Plus personne ne me parlait des apparitions de mon père à la télé. Plus personne ne disait qu'il ressemblait à Sean Connery, sûr et certain. De toute façon, je n'aurais entendu personne. Les déjeuners à la cafétéria, je les prenais seule.

Mais ce qui aggravait mon sentiment de malaise, c'était qu'Alison, Soleil et leur bande de copines, qui m'avaient comme par enchantement admise dans leur cercle, m'en avaient rejetée si rapidement et si totalement qu'elles semblaient ne même plus connaître mon nom. Je m'en étais rendu compte dès le lundi suivant ma rupture avec Teddy Bascom. Le regard que m'avait jeté

Alison au moment de l'appel avait suffi à me faire savoir quelle place je n'occuperais plus désormais à la cafétéria. Alison couchait avec son petit ami probablement depuis longtemps, et elle avait dû prendre mon refus de coucher avec Teddy (dont toute la classe était certainement informée) pour une condamnation de son comportement.

D'ailleurs, ce qu'on racontait sur les conditions de cette rupture n'avait probablement pas de rapport avec la réalité. Si peu habitué à ce qu'une fille lui dise qu'elle ne voulait plus de lui, Teddy avait dû se vanter d'être l'instigateur de notre séparation. Au prétexte que j'étais une fille dissolue. Une goulue. Bref, une traînée.

Quels que soient les racontars, le résultat était clair. L'école finie, je prenais le bus pour rentrer chez moi – où maintenant, par un ironique renversement de situation, l'absente se trouvait être ma sœur, partie s'entraîner au basket. Moi, j'avais du temps, et rien d'autre pour l'occuper que de penser à l'Étrangleur – et à mon corps, à qui je devais de me trouver dans cet état absurde : ni enfant ni femme. Je ne m'étais jamais sentie aussi seule.

Du temps que je passais tous mes après-midi chez Alison, je prenais rarement mon vélo. Un certain jour de ce mois d'avril, un des rares sans pluie, j'ai sorti mon vieux Schwinn, l'ai dépoussiéré, ai regonflé les pneus. Je suis partie sans destination précise. Juste histoire de pédaler.

Et je me suis retrouvée à la Brèche du Paon. J'avais grimpé une longue côte, longé ces maisons avec système d'arrosage automatique et pelouses d'un vert anormal entretenues par le jardinier mexicain. Ici les portes de garage s'ouvraient et se fermaient sans peine. Ici vivaient Alison, Soleil et leurs semblables.

J'ai longé le country club, le parcours de golf et une rangée de courts de tennis où des filles de mon âge en tenues ravissantes semblaient disputer un tournoi. Attablées non loin, abritées sous d'immenses parasols, les mères les observaient.

Naguère, j'avais envié ces filles – leurs tenues, leurs raquettes, leurs mères séduisantes et amicales (le contraire de la mienne) s'intéressant aux activités de leurs enfants, prêtes le moment venu à leur acheter des vêtements, à les conduire où elles le souhaitaient. J'avais essayé d'être l'une d'entre elles et, pendant un temps (à l'écœurement de ma sœur), je leur avais peut-être même ressemblé.

Je suis descendue de vélo pour assister à ce qui semblait être la fin d'un match, une fille marchant vers le filet pour serrer la main de l'autre, cependant que les mères rassemblaient leurs affaires, assortiment étonnant de casse-croûtes, lainages, lotion solaire, caméras pour filmer le match, boîtes de balles, plus des raquettes de secours, probablement.

Je remarquai une petite scène. La mère de la gagnante avait rangé les trois raquettes de secours dans le sac spécial. Sa fille arriva près d'elle et lui tendit la raquette avec laquelle elle venait de jouer. Sa mère lui tendit en échange une bouteille de Gatorade et son lainage. Elles se dirigèrent vers la sortie, la fille en tête, suivie de la mère – portant une petite glacière, son sac à main, les balles de tennis et le sac à raquettes. La fille ne portait que ses lunettes de soleil.

Il m'arriva alors quelque chose d'étrange : une soudaine flambée d'amour pour celle à qui je ne pensais pas souvent – ma propre mère, qu'on pouvait taxer de négligence, mais qui ne me disait jamais comment m'habiller, ne m'emmenait jamais chez le pédicure avec elle, ni n'essayait de me faire embaucher chez les pom-pom girls. En ce moment, elle devait se trouver à la bibliothèque, cherchant de nouveaux livres d'obscurs gourous indiens ou un recueil de poèmes de Sylvia Plath. Peu importait d'ailleurs. J'ai compris ce jour-là qu'en nous laissant libres de nos choix, ma sœur et moi, elle nous avait fait un grand cadeau. Patty et moi n'appartenions à personne qu'à nous-mêmes.

Le Noël précédent, j'avais reçu en présent une planche Ouija[1]. Bloquées par la pluie incessante, Patty et moi passions nos soirées dans la cuisine, assises de chaque côté de la table, nos doigts touchant les bords du pointeur en plastique, posant des questions sur la vie et sur le monde. Nous allumions des bougies quand les esprits se manifestaient.

Durant notre première séance, Patty avait réussi à établir un contact avec une famille nommée Fletcher qui était morte de faim en traversant le col de Donner (pendant la ruée vers l'Ouest au XIXe siècle) et avait fini par servir de nourriture aux occupants du chariot voisin – sujet qu'elle venait d'étudier en classe ! Quand Patty demanda à Mrs Fletcher si elle avait quelque chose à dire, elle obtint en réponse une série de consonnes qui semblaient – avec beaucoup d'imagination – signifier « la prochaine fois, rester à la maison ».

Au fil des semaines, nous avons abordé des sujets plus actuels : les performances de Patty au basket (son équipe gagnerait-elle le tournoi ?) et le sexe du futur bébé de Mrs Pollack. J'aurais aimé demander quand – et si – j'aurais mes règles, mais j'avais trop peur de la réponse. Patty voulut savoir si je me remettrais un jour avec Teddy Bascom.

Pas question. Lui crétin, nous dit le pointeur. Du moins, c'est ce que Patty crut comprendre.

« Est-ce que je jouerai un jour en ligue mondiale ? » demanda-t-elle.

TRVV. DRR. Travaille. Dur.

Le pointeur s'arrêta sur le mot *oui.*

1. Jeu de société imitant les séances de spiritisme. Il s'agit d'une planchette de bois sur laquelle figurent les lettres de l'alphabet latin, les dix chiffres arabes, ainsi que les termes « oui », « non et « au revoir ». *Ja* signifiant « oui » en allemand et en néerlandais.

Pour obtenir les meilleurs résultats, il fallait commencer par appeler les esprits, demander à quelqu'un de vous contacter depuis l'autre monde, l'endroit où résident les morts. Parfois, personne ne semblait disponible. Tous réquisitionnés par d'autres filles faisant la même chose que nous, probablement.

Une nuit, j'ai ressenti le besoin de sortir la planchette de toute urgence. Et, cette fois, nous avons trouvé un esprit d'humeur communicative.

Elle nous a dit s'appeler Zara. Et qu'elle était morte dans un accident de voiture une dizaine d'années auparavant, non loin de l'autoroute 101. Je lui ai demandé si elle avait entendu parler de l'Étrangleur du crépuscule.

Les messages de l'autre monde, si c'était de là qu'ils venaient, n'étaient jamais simples à décoder. Des lettres en surnombre ou en désordre, requérant de celui qui les recevait un grand effort d'interprétation.

Prévoyant le problème, j'avais équipé ma sœur d'un carnet et d'un crayon pour noter les lettres sur lesquelles le pointeur s'arrêtait. Cela aidait à comprendre ce que la personne de l'autre monde – Zara en l'occurrence – essayait de communiquer. Or ce qui nous parvint en réponse à cette première question était d'une clarté surprenante.

Le pointeur s'agita de nouveau pour se fixer sur le mot *oui*. L'esprit nous signifiait qu'il avait entendu parler de l'Étrangleur.

VVTTMMS CI VCCE MI MTNT. Victimes ici avec moi maintenant.

« Formidable nouvelle, dit Patty. Pouvons-nous vous demander qui les a tuées ? »

MCCHTHM. Méchant homme.

GRRSX.

Les trois premières lettres étaient un mystère, mais pas les deux dernières. *Sexe.* Il voulait du sexe.

« Pouvez-vous nous en dire plus ? ai-je demandé à mon tour. Quel âge a-t-il ? De quelle couleur sont ses cheveux ? Nous avons besoin de savoir pour que notre père puisse l'arrêter. »

CHHVV. Chauve.

VXXSX. TTEDT. Veut sexe. Se tient droit.

Les doigts de Patty touchaient les miens – son visage exprimait l'étonnement, signe de concentration chez elle.

Le pointeur se remit à bouger.

CHINE. CHINE. Patty n'eut même pas besoin de noter. J'avais compris.

Le pointeur avait épelé *chien*, évidemment. Et j'avais eu la vision d'un chien l'autre nuit. Dans les bois de Muir, où avait été tuée Naomi Berman.

Le pointeur ne bougea plus. Dans la cuisine obscure, nous respirions à peine.

« Qu'est-ce que tu crois que Zara a voulu dire ? demanda Patty. Peut-être qu'il va tuer un chien la prochaine fois ? »

Tout le monde s'étonnait que le tueur réussisse à ne pas susciter la méfiance des femmes. Pourquoi, en voyant un homme s'approcher sur la piste, après tous ces meurtres, ne s'enfuyaient-elles pas ?

Peut-être parce qu'il avait un chien. Un adorable chien.

C'était un vendredi soir – il pleuvait comme toujours – et l'équipe féminine de Patty allait disputer un match de championnat contre l'équipe de St Vincent. Un article paru dans le journal la veille de la compétition attirait l'attention sur ma sœur, le plus jeune membre et la meilleure marqueuse de l'équipe, « une joueuse à suivre », écrivait le reporter. Il indiquait aussi qui était son père. Désormais, notre nom était connu dans tout le comté, mais voir votre nom associé à une série de meurtres, il n'y avait pas de quoi se réjouir.

J'ai découpé l'article et l'ai punaisé sur notre tableau d'affichage, à côté de la photographie qui montrait ma sœur exécutant un formidable tir franc, les yeux écarquillés d'étonnement, comme si le ballon était magiquement entré dans le cerceau. J'aurais volontiers évité de découper le paragraphe final de l'article où était mentionné notre père, mais Patty l'avait déjà lu.

Il était admis, en règle générale, que notre mère n'assistait pas aux matchs, et Patty avait cessé d'espérer la présence de notre père. Aussi, comme souvent, ce fut Mr Armitage qui nous conduisit en voiture. Malgré ma conviction que cet homme était un drôle de zèbre, depuis le temps que Patty promenait sa chienne et qu'il l'invitait chez lui pour parler de Petra avec force sodas et petits gâteaux, une amitié s'était nouée entre eux.

À cause de l'importance du match, tous les élèves y assistaient, y compris Teddy Bascom, qui fit semblant de ne pas me voir. Lui et Violet, une copine d'Alison, se tenaient appuyés au mur, la main de l'un dans la poche de l'autre. Je m'en fichais.

En revanche, j'avais plus de mal à accepter la présence d'Alison et de sa bande – Soleil bien sûr, et Heather, et d'autres, toutes celles avec qui j'avais passé des heures à nous vernir réciproquement les ongles de pied et aux yeux de qui je n'existais plus.

« Comment ça va ? » ai-je demandé à Alison, en gagnant ma place dans les gradins. Je n'avais rien à leur dire. Mais pas question de me laisser démonter.

« Chouette jean », dit-elle. Non seulement il n'était pas neuf, mais même quand il l'était, il venait de chez K-Mart.

Je me suis assise à ma place habituelle, en haut des gradins, assez loin du terrain pour ne pas être contaminée par l'anxiété de ma sœur ni lui transmettre la mienne. L'insupportable pour Patty, c'était de se retrouver sur la ligne de touche, surtout s'il ne s'agissait pas simplement d'une pause mais d'une exclusion temporaire pour fautes et que, comme c'était le cas maintenant, son équipe avait douze points de retard. Elle crevait d'impatience. Si timide qu'elle parût d'habitude, sur le terrain ma sœur se comportait avec le ballon comme un chien féroce avec un os.

De ma place, je voyais, sur les gradins d'en face, une femme assise à la même hauteur que moi, apparemment seule. Et qui ne ressemblait pas à une mère de joueuses. Elle n'en avait pas la coiffure – ses cheveux tombaient librement sur ses épaules –, mais il y avait autre chose. Les mères concentrent leur attention sur leur enfant. Celle-ci gardait les yeux fixés sur la porte d'entrée du gymnase, comme si c'était là-bas qu'il se passait quelque chose d'important, et pas sur le terrain.

Le genre de personnes qui se remarque au milieu d'une foule. Il émanait d'elle une intensité, comme un champ de force, vous deviniez que sa présence en cet endroit signifiait beaucoup pour elle, mais pas pour les mêmes raisons que vous.

Ce n'est que vers la fin du match que je l'ai reconnue.

Plus de cinq années s'étaient écoulées. Margaret Ann, dont la vue suscitait chez notre père une expression de bonheur inégalée. Margaret Ann devant chez qui nous sommes passés ensuite sans jamais nous arrêter – il se contentait de lever les yeux vers sa fenêtre. La femme qui lui avait valu l'avertissement péremptoire de notre mère : s'il se remariait, ses filles ne s'en remettraient jamais.

J'avais cru à ces paroles.

Mon père aussi.

Margaret Ann était toujours aussi séduisante – même de loin, je m'en rendais compte –, mais elle portait des lunettes et avait un peu grossi. Elle était si mince, disait mon père, qu'il pouvait lui enserrer la taille de ses deux mains.

J'aurais parié que la raison de sa présence ici n'était pas sa passion pour le basket. Et qu'elle venait dans l'espoir d'y apercevoir mon père. Même pas pour lui parler, juste pour respirer le même air que lui. Il me suffisait de la regarder pour le pressentir.

Il arriva pendant le dernier quart d'heure du match, juste au moment où ma sœur effectuait un lancer franc, qu'elle réussit bien entendu, donnant à son équipe un point d'avance sur l'équipe adverse.

Elle qui avait tant guetté cet instant, je ne suis pas sûre qu'elle l'ait vu se glisser à sa place, tout en haut des gradins, au dernier rang. Et si quelqu'un dans l'assistance le reconnut, il n'en laissa rien paraître. Le détective Toricelli n'était plus qu'un père comme un autre, un homme aux traits tirés, un bouquet de fleurs posé sur ses genoux.

Margaret Ann le remarqua. Elle se raidit, se tapota les cheveux, enleva ses lunettes, les remit, prétendit ne s'intéresser qu'au match. Je me disais qu'en réalité elle devait prier. *Regarde par ici, Tony. Je suis là.*

Mais lui avait les yeux braqués sur le terrain où ma sœur se démenait comme une diablesse. Par deux fois en une minute, sur un rebond, elle avait marqué un panier, sans même que le ballon touche le bord du cerceau.

« Cette fille, c'est un as, dit l'homme assis à côté de moi.

– La fille du détective, d'après le journal, précisa sa femme.

– Elle pourrait donner des leçons à son père. Elle, elle sait attraper ce qu'elle veut. »

Le père en question, je l'observais – imaginant ce que Margaret Ann pouvait ressentir si, comme je le soupçonnais, elle ne l'avait pas vu depuis longtemps. Maigre, les cheveux gris, les épaules tombantes. L'air harassé.

Pourtant, je savais que rien de tout cela ne touchait Margaret Ann. Pour elle, mon père demeurait l'homme le plus séduisant du Marin County.

Mentalement, je l'adjurais : *Regarde, regarde, regarde. Il y a quelqu'un ici que tu aimes plus que tout au monde. Une femme qui croit toujours que tu peux décrocher la lune.*

Le signal retentit. Fin de partie. 78-65 pour les Warriors. Son bouquet de roses à la main, mon père se leva et descendit retrouver ma sœur. Une chose étrange se produisit alors. Son visage se figea comme s'il avait reçu un choc électrique. Le hasard avait voulu, peut-être, qu'il ait aperçu Margaret Ann. Mais quand je tâchai à mon tour de l'apercevoir, sa place sur les gradins était vide. Elle avait disparu.

Puis ce fut comme avant, le retour à la maison dans l'Alfa, ma sœur et moi tassées dans l'unique siège-baquet, Patty avec le bouquet sur les genoux parce qu'elle refusait de le poser sur le sol.

« Tu as fait un sacré match, Patty chou, dit-il.

– On joue autrement quand on sait que quelqu'un qu'on aime vous regarde. »

J'ai failli lâcher : « *À propos, tu ne devineras jamais qui j'ai aperçu parmi les spectateurs…* »

Et ensuite, quoi ? Il n'avait pas réussi à trouver une solution, cinq ans auparavant. Il la trouverait encore moins maintenant. Ça le rendrait juste un peu plus triste. Nous avons continué à rouler sans parler, avec le seul bruit des essuie-glaces : il pleuvait.

Nous étions fin avril. Le temps commençait juste à s'améliorer et, quand le soleil brillerait de nouveau, l'Étrangleur lui aussi réapparaîtrait. Selon toute probabilité.

De tradition, avril était aussi le mois où notre communauté commençait à préparer son spectacle musical annuel, le *Mountain Play*, qui se donnait l'été dans l'amphithéâtre de plein air, là-haut sur la montagne. On annonçait le programme aux environs de Pâques. Cette année-ci, la décision fut prise d'annuler toutes les représentations. Il était impensable qu'un spectacle joyeux de claquettes et de chansons braillées à tue-tête se déroule si près des lieux où tant de crimes avaient été perpétrés. Ce serait non seulement irrespectueux mais dangereux. Les randonneurs voulant assister au spectacle – encourageant de ce fait n'importe qui à s'aventurer sur les sentiers – iraient au-devant du danger.

Le tueur devait adorer cette agitation. Il l'adorait *effectivement.* Je le sentais, je savais qu'il guettait toutes les informations et que, après ces mois de pluie qui l'avaient tenu éloigné de son terrain de chasse, il bouillait d'impatience. Et qu'il devait frissonner de plaisir à entendre les journalistes détailler les efforts désespérés des agents fédéraux pour localiser le meurtrier, à voir la silhouette avachie du détective Anthony Torricelli et les photos granuleuses de ses victimes projetées sur les écrans, encore et encore.

Charlene Gray, Lexi Shaw, Naomi Berman, Kelly Cunningham, Willa DePaul.

En esprit, je voyais le tueur dans une cuisine, debout devant un four à micro-ondes, en train de manger du gâteau au chocolat à même l'emballage. Il consultait les prévisions météo, anticipant le jour où il allait repartir en chasse avec sa corde à piano.

Devant son écran de télé, il étudiait les visages de ses victimes, se rappelait leurs supplications cependant qu'il resserrait le filin autour de leur cou.

Il ouvrait un tiroir. En sortait l'un de ses précieux lacets. Se curait les dents avec l'une des extrémités. Je me le représentais comme un animal, le requin des *Dents de la mer* fendant les vagues. Ou un vautour, décrivant des cercles au-dessus de la montagne, repérant une petite bête morte et n'ayant plus qu'un seul objectif.

S'en emparer.

À ce moment-là, je me suis réveillée. J'ai allumé la lampe, retrouvé mon environnement familier : mon poster à sa place sur le mur, les roses de ma sœur dans leur pot, la photo de Patty et moi le jour où nous avions pris le funiculaire. Ma boîte à bijoux où j'avais rangé le bout de chewing-gum mâchouillé.

Il revenait.

Pour l'anniversaire de notre père – le super 4-0 disait la serveuse de chez Marin Joe –, Patty et moi lui avons fait un tiramisu.

Sans véritable recette, mais nous connaissions les ingrédients : boudoirs, mascarpone, chocolat râpé, une tonne de crème fouettée, que nous avons achetés au supermarché. Notre dessert terminé, nous l'avons couvert d'une feuille de papier d'alu et déposé dans le panier du vélo de Patty. Il y avait longtemps que nous n'étions allées rendre visite à notre père sur son lieu de travail.

De chez nous au centre administratif du comté, il y avait trois kilomètres, un trajet empruntant surtout la route nationale, au milieu des voitures filant à toute allure. Il faisait presque nuit quand nous sommes arrivées, mais le hall fourmillait de gens – hommes en costume quittant probablement le tribunal, fonctionnaires, simples citoyens venus consulter le cadastre ou payer leurs impôts. Et naturellement des policiers. Jadis, notre mère nous y emmenait parfois déjeuner à la cafétéria avec lui. Nous prenions l'escalator pour gagner son bureau, au deuxième étage.

« Ce bâtiment a été construit par un architecte célèbre, nous disait-elle, Frank Lloyd Wright. Des gens sont choqués, ils le trouvent laid, mais moi il me plaît. »

À l'époque, notre père avait sur son bureau une photo de nous trois – notre mère, Patty et moi. Maintenant, il ne restait que ma sœur et moi. Plus une immense pile de papiers, de classeurs, deux téléphones, des timbales remplies de café froid, et un cendrier débordant, qui semblait ne pas avoir été vidé depuis une semaine, mais peut-être ne contenait-il que les mégots d'une journée. Derrière, sur le mur, une rangée de photos : jeunes femmes souriantes, aux longs cheveux bruns, le regard fixé sur un avenir ensoleillé.

Soudain Patty et moi avons eu le sentiment que nous n'aurions pas dû être là. « Nous t'avons apporté une surprise. Joyeux anniversaire.

– Comment êtes-vous venues ? » La voix était rauque, encore plus que d'habitude.

« À vélo, dit Patty. Mais nous avons fait attention, nous sommes restées tout près du bord de la route.

– Pas question que vous recommenciez. Je vous reconduis à la maison.

– On l'a fait nous-mêmes, dit Patty. Le tiramisu. »

Il s'efforçait de paraître heureux et enthousiaste, mais il ne cessait de consulter sa montre.

« Est-ce qu'ils vont te faire une fête, tes collègues policiers ? demanda-t-elle.

– L'humeur n'est pas exactement à la fête, ces temps-ci. Allez, on s'en va. Je vais fourrer vos vélos dans le coffre. »

En sortant, j'ai eu un aperçu de ce que mon père supportait depuis quelques mois.

Une petite foule de journalistes avait envahi le hall – certains munis d'un carnet et d'un magnétophone, quelques-uns portant micro et caméra. En apercevant mon père, ils se mirent tous à l'interpeller.

« Avez-vous lu cette information, détective Torricelli ? Un groupe de parents de victimes a dénoncé l'inertie de la brigade criminelle. Ils demandent au gouverneur de confier l'enquête sur l'Étrangleur à une équipe d'agents du FBI. »

« Avez-vous une idée de l'influence que votre échec dans cette affaire aura sur les chances de réélection du shérif ? »

« Est-il vrai que le gouverneur vous a convoqué pour vous exprimer son inquiétude ? Est-ce que c'est lié à la pétition de nos concitoyens ? »

« Comment expliquez-vous que votre brigade n'ait pas encore été fichue de repérer un seul suspect ? »

« Que répondez-vous à ceux qui vous accusent, vous et vos gars, d'être indirectement responsables de la mort de ces jeunes femmes ? »

Le premier réflexe de mon père fut de les ignorer et de foncer. Finalement, il s'arrêta et se dirigea vers l'un des micros.

« Je continue à être fier du travail accompli par les hommes et les femmes de notre brigade, déclara-t-il d'un ton plat, presque mécanique. Je suis persuadé que nous pouvons travailler avec les autorités fédérales, que nos efforts communs aboutiront et que nous pourrons livrer à la justice l'individu responsable de ces crimes. Nous faisons tout ce qui est en notre pouvoir. »

« Est-ce que ce sont vos filles ? » cria quelqu'un. Une femme.

Mon père se retourna brusquement, les caméras se braquèrent sur Patty et moi.

Une cacophonie de voix s'ensuivit (*cacophonie* : vocabulaire de ma classe de quatrième).

« Qu'auriez-vous fait si le tueur s'en était pris à l'une de vos filles ? » Ailleurs : « Comment s'appellent-elles ? » Un autre : « Laquelle c'est, la joueuse de basket ? »

« Veux-tu regarder par ici, mon chou ? » me cria un homme. Armé d'une caméra. *Flash.* Deuxième flash.

La suite sembla se dérouler au ralenti. Mon père leva le bras, un instant je crus qu'il allait flanquer un coup de poing à ce type, au lieu de quoi, il écarta les doigts de façon à obturer l'objectif. De l'autre bras, il m'attira et enfouit mon visage dans sa veste, poussant un rugissement d'animal.

« Ne refaites plus jamais ça, hurla-t-il. N'essayez plus jamais jamais de montrer le visage de l'une de mes filles à la télévision. »

Puis il nous entraîna vers la voiture. « Tu n'avais pas besoin de crier comme un fou, lui dis-je. Tu avais l'air dingue.

– J'étais vraiment fou furieux, Farrah. Ces journalistes n'ont pas le droit de montrer votre visage. Pas seulement pour une raison d'éthique. Parce que c'est dangereux. »

Il n'eut pas besoin de préciser. Je savais à quoi il pensait.

L'Étrangleur, après l'avoir identifié comme son ennemi, saurait désormais qu'il avait deux filles. Et à quoi elles ressemblaient.

Étant donné le fait que Mr Armitage, à notre connaissance, ne possédait pas de téléviseur et que, en conséquence, il était inutile de chercher à voir quoi que ce soit à travers la fenêtre du living, je ne sais plus ce qui nous a poussées ce soir-là, Patty et moi, à nous diriger vers sa maison, à l'extrémité de la rue. Parfois, nous aimions simplement contempler les étoiles, et l'endroit, dépourvu d'arbres, sans toits ni antennes TV pour boucher l'horizon, était idéal.

Nous sommes sorties de chez nous plus tard que d'habitude, il n'y avait qu'un mince croissant de lune, ce qui nous rendait moins visibles tout en augmentant la visibilité à l'intérieur des maisons.

Aucune lumière ne brillait dans le living des Armitage. Mais par la fenêtre de la chambre, qui donnait sur la montagne, nous avons discerné clairement la silhouette d'une personne à demi vêtue. Une femme.

Sur l'instant, nous avons pensé qu'il s'agissait de Mrs Armitage, chose d'autant plus étonnante que cela faisait des mois que nous ne l'avions pas vue. Patty ayant décidé qu'ils étaient séparés, sinon divorcés, n'évoquait jamais le sujet avec son employeur durant tous les après-midi qu'elle passait là-bas.

Or elle était là. Avec son chapeau. Qu'elle portait donc même à l'intérieur. Le grand sac marron sur la coiffeuse. La robe à pois sur le dossier d'une chaise. Elle devait se préparer à aller se coucher. Difficile d'imaginer Mr Armitage lui faisant l'amour, mais sait-on jamais.

Il nous a fallu un moment pour comprendre. La personne que nous apercevions n'était pas en train de se déshabiller, mais au contraire de s'habiller.

Ensuite, la réalité s'est imposée : la personne plantée devant son miroir n'était pas Mrs Armitage. C'était *Mr* Armitage, agrafant un soutien-gorge, puis se tortillant pour enfiler un collant.

Sidérées, Patty et moi le regardions passer la robe aux couleurs vives par-dessus la tête, glisser les bras dans les manches. Difficile de dire pourquoi, mais ses mouvements semblaient différents de ceux d'une femme exécutant la même tâche. Ce qui se confirma quand le gros bras se porta dans le dos pour tirer la fermeture Éclair et que la grande main lissa la jupe sur les larges fesses masculines.

Je ne sais plus combien de temps nous sommes restées là à l'observer se dandiner d'un pied sur l'autre, placer ses bras dans diverses positions, bouger un peu les hanches et incliner de gauche à droite sa tête coiffée du chapeau à la grappe de cerises. On aurait dit qu'il dansait, mais était-ce au son d'une musique ? Nous ne pouvions pas l'entendre. De même qu'il était impossible de savoir s'il était maquillé. Nous ne le voyions que de dos.

« Tu crois que sa femme est au courant ? demanda Patty.

– Il n'a pas de femme, bébête. Il n'y a que lui. »

Silence. Ma sœur digérait l'information.

« Pourquoi fait-il ça ? »

Je n'avais pas de réponse à lui offrir. Mais j'étais assez vieille pour savoir que les gens font des tas de choses qui semblent n'avoir aucun sens. Notre père fumant toutes ces cigarettes quand nous n'arrêtions pas de lui dire que c'était mauvais pour ses poumons. Notre mère rentrant tous les soirs pour s'enfermer dans sa chambre avec une nouvelle pile de livres empruntés à la bibliothèque. Et maintenant ceci : notre voisin à cheveux gris, déjà à demi chauve, s'habillant en femme. C'était complètement cinglé, non ?

Ma sœur voyait la chose différemment. « À mon avis, il y a pas de quoi en faire un plat. En ce moment même, il doit y avoir plein de gens qui font des trucs inhabituels chez eux, simplement nous ne les voyons pas.

– Tu appelles ça "inhabituel" ?

– C'est peut-être parce qu'il voudrait avoir une copine et qu'il se prend pour elle. Ou qu'il voudrait *être* une fille.

– De toute façon, ce type est mauvais. C'est un psychopathe. Tu ne devrais plus aller chez lui.

– Je vois pas où est le problème. C'est pas parce qu'on s'habille en fille qu'on fait du mal aux autres. »

Immobiles dans le noir, nous avons tenté de coordonner tout cela : Mr Armitage devant son miroir. Les étoiles. La silhouette de la montagne sous le clair de lune et le hurlement d'un coyote au loin.

« C'est les gens qui veulent enlever leurs vêtements aux filles qui devraient t'inquiéter, dit Patty. Pas ceux qui veulent en mettre. »

D'ailleurs, quel droit avais-je de traiter quelqu'un de mauvais, moi qui avais passé tous mes après-midi pendant des mois affalée sur un pouf dans une vieille salle sentant le renfermé, à me faire malmener par Teddy Bascom ?

Plus tard, cette même nuit, notre père s'est arrêté chez nous. Vers deux heures ou trois heures du matin.

« Tu as une mine épouvantable, dit ma mère.

– Je savais que ça allait arriver, quand il ne pleuvrait plus. Nous avons découvert un autre corps ce matin. »

J'occupais ma place habituelle, recroquevillée derrière la porte. Et ce que j'entendais dans la voix de mon père, pour la première fois depuis le début des meurtres, c'était du désespoir.

« Je ne peux raconter ça qu'à toi, Lil.

– Ils l'ont trouvé dans la montagne ?

– Sur la falaise, dans la Tennessee Valley. Un jeune couple était monté voir le soleil se lever. On croit que le pire de tout, c'est d'examiner le corps. Je ne dis pas que c'est agréable. Mais le pire, c'est après, quand il faut informer les familles. »

Une tâche qu'il se croyait tenu de remplir en sa qualité de chef de la brigade.

Dans le cas de Jean-Marie Doucette, il n'y avait pas de parents à informer. Sa mère était morte quand sa sœur et elle étaient petites, et le père avait succombé à un cancer quelques mois auparavant. Mon père avait fait le trajet jusqu'à Ukiah, où vivait la sœur aînée avec son mari et ses enfants.

« Ce qui est étrange, raconta mon père, c'est qu'elle a su avant même que j'ouvre la bouche. Ils ne vivent pas ici, et on peut supposer qu'on ne parle pas tellement de l'Étrangleur à Ukiah. Pourtant, dès qu'elle m'a vu sur le pas de la porte – sans uniforme, et je n'avais même pas sorti mon insigne –, elle s'est mise à hurler.

« “Il a tué Jeannie, n’est-ce pas ? Je le savais. Depuis hier, je sentais que quelque chose allait lui arriver.” Ensuite, elle s’est écroulée. »

En l’entendant, je m’imaginais recevant une nouvelle semblable à propos de mes parents. Ou de Patty. Ou l’apprendre par une de mes visions. Il me semblait que je ne le supporterais pas.

« Tu fais du mieux que tu peux, Anthony », lui dit ma mère. Des glaçons tintèrent dans un verre. Elle le resservait. « Ce n’est pas ta faute si vous ne le coincez pas.

– J’aurais dû mieux protéger ces falaises. »

Ensuite, j’ai perçu un son, plus perturbant que la sirène d’une ambulance ou d’un camion de pompier, ou que le hurlement d’un coyote dans la nuit. Un son proche d’un sanglot.

« J’ai échoué sur toute la ligne, Lillian. Avec ces femmes, avec ceux que j’aime le plus au monde, toi y compris. »

Ce que ma mère lui a dit ensuite, je ne l’ai pas entendu. Difficile d’imaginer quelles paroles auraient pu consoler mon père cette nuit-là.

Jusqu’à cette nuit-là aussi, j’avais vu en notre père celui qui toujours viendrait à notre secours. Désormais, c’est lui qui avait besoin que nous venions à son secours.

Le jour suivant, les détails du meurtre s'affichaient à la une du *Marin Independent Journal*. Jean-Marie Doucette, vingt-sept ans, avait emprunté, au crépuscule, le dernier segment de piste de la Tennessee Valley, qui aboutissait aux falaises et à la plage. Son père les y emmenait, sa sœur et elle, quand elles étaient enfants. Elle revenait disperser ses cendres dans le Pacifique.

Le journal ne s'étendait pas sur ce sujet, mais il semblait, d'après les étranges propos de la sœur survivante, qu'elles n'étaient pas d'accord sur ce qu'il fallait faire des cendres, ce qui avait conduit finalement Jean-Marie à parcourir seule le kilomètre menant du parking de la Tennessee Valley à la plage, où le tueur l'avait repérée.

Quand ce dernier lui avait sauté dessus, Jean-Marie n'avait pas encore jeté les cendres du haut de la falaise. La boîte les contenant avait été découverte à quelques mètres du corps, avec un exemplaire de *Jonathan Livingstone le goéland*. Le tueur avait négligé le livre, mais pas les lacets de chaussures.

Et cette nuit-là, dans mon lit, la sensation coutumière s'est de nouveau emparée de moi. Elle a parcouru mon corps, comme un frisson ou un accès de fièvre. Des images se sont succédé dans mon esprit, on aurait cru un film, et tout a disparu dans la pièce, y compris les bruits.

Une fille se tenait sur le haut d'une falaise de la Tennessee Valley – à l'endroit de l'ancien fortin, avec ses abris toujours creusés dans la pierre où les adolescents venaient probablement fumer de l'herbe et faire l'amour. Les murs étaient couverts de graffitis. *June aime Billy. Vic et Pam. Seth est homo.*

La fille aux longs cheveux bruns attachés en queue-de-cheval portait un sweat-shirt distendu, je ne voyais pas son visage, elle me tournait le dos, elle regardait l'océan.

Sur le chemin, un homme montait vers elle. Il l'avait repérée sur la plage – au milieu des autres (une mère avec son porte-bébé sur le ventre, le mari qui lance une balle de tennis à leur chien ; un homme et une femme se tenant par la main, une jeune fille assise seule sur une épave de bois, jolie, mais les cheveux blonds coupés court). L'homme, le pas lourd, était sur le point d'atteindre le sommet.

La fille serre une boîte contre sa poitrine. Elle observe l'océan – les vagues sombres et froides et quelque part à l'horizon une sorte de tanker. Elle pousse un profond soupir, comme pour chasser tout l'air de sa poitrine, et un petit cri : *Oh!*

Trois dauphins nagent assez près du rivage pour qu'elle puisse voir leur drôle de tête, fendue par un sourire.

L'homme tient un filin d'acier entre ses mains. Il s'approche de Jean-Marie, le passe par-dessus sa tête, jusqu'au cou. Et serre.

Elle laisse échapper un son, qui n'a rien d'humain, plutôt le cri d'une mouette.

Je vois les mains de l'homme serrant toujours plus, la fille éperdue, essayant de le repousser, puis il lui tire les cheveux à la manière d'un cowboy tirant les rênes.

Le couple avec le bébé sur la plage, un instant, regarde vers le haut. Comme s'ils avaient entendu quelque chose. Le soleil dans les yeux, ils se détournent. On n'entend que le grondement de l'océan et les cris des mouettes. De toute façon, plus aucun son ne peut sortir de la gorge de la fille.

Le couple s'éloigne.

Le tueur aussi. Je vois les chaussures noires, inadaptées au lieu. La semelle laisse des traces. Je vois une voiture. Bleu foncé, peut-être, mais difficile à dire, elle est dans l'ombre. Il met le contact, pose le pied sur l'accélérateur. Des doigts potelés allument la radio. « My Sharona ». Il chante. *Vas-y, grimpe… touche…*

Je me redresse, sors du lit. Et soudain je vois le visage, aussi clairement que celui de Teddy Bascom quand il se penchait pour déboutonner ma chemise. Aussi clairement que le mien dans le miroir devant lequel je me tiens, maintenant, tremblante. Et je me demande pourquoi il m'a fallu si longtemps pour comprendre.

L'Étrangleur du crépuscule, c'est Mr Armitage.

LE MOTEUR TOURNE,

MON MOTEUR TOURNE

En quarante-quatre ans d'existence, il y a au moins une chose que j'ai apprise sur les filles de treize ans. Cette chose, je la connais pour avoir été l'une de ces adolescentes, et aussi la sœur, l'amie et l'ex-amie de plusieurs autres.

Les filles de treize ans vivent dans deux mondes séparés. Citoyennes de ces deux mondes aussi différents l'un de l'autre que, par exemple, la Croatie et la Papouasie-Nouvelle-Guinée, Mercure et Saturne, elles circulent entre eux avec autant de facilité qu'entre les deux rives du Golden Gate Bridge, quand ce n'est pas l'heure de pointe, ou entre North Beach et la Cité de la Splendeur matinale. Même plus facilement pour ce qui est de ce trajet-ci, maintenant que j'y pense.

En partie, une fille de treize ans est encore une enfant, capable de s'amuser comme une folle à enflammer de l'herbe dans une boîte de conserve ou de se tordre de rire en voyant la mine du voisin dont elle a tiré la sonnette ouvrir sa porte pour découvrir qu'il n'y a personne. Les filles de treize ans peuvent vraiment croire que la seule raison qui les empêche d'épouser John Travolta, c'est qu'il a déjà une petite amie, que si Peter Frampton le rockeur se fait couper les cheveux, c'est une tragédie, et que recevoir le coup de fil de tel garçon – ou de telle fille – est la chose la plus merveilleuse qui leur soit arrivée. Les filles de treize ans croient aux pères héroïques et aux méchantes belles-mères. Aux paroles des chansons, aux conseils de leurs amies du même âge – et aussi que leur premier amour durera toute la vie.

Leur corps (en tout cas le mien, à l'époque) peut ressembler davantage à celui d'un garçon qu'à celui d'une fille, mais ce qui se passe à l'intérieur n'est absolument pas comparable. L'utérus se remplit de sang. Le désir d'une étreinte peut se révéler aussi brûlant que le feu.

Et puis il y a tous ces œufs – une provision pour toute leur vie de femme, leur dit-on – entassés dans leurs ovaires depuis leur naissance, dans l'attente que leurs autres organes arrivent à maturité, et qu'elles puissent les couver. Une fille de treize ans sait cela : son corps peut fabriquer un bébé. Simplement qu'est-ce qu'elle en ferait ? Une partie d'elle-même aime toujours jouer à la poupée. Une autre est fascinée par ce nouveau don. La troisième : horrifiée.

La fille de treize ans déteste sa mère. Adore son père. Déteste son père. Adore sa mère. Alors quoi ?

Les filles de treize ans sont grandes et petites, grosses et maigres. Ni l'un ni l'autre, ou les deux. Elles ont la peau la plus douce, la plus parfaite, et parfois, en l'espace d'une nuit, leur visage devient une sorte de gâchis. Elles peuvent pleurer à la vue d'un oiseau mort et paraître sans cœur à l'enterrement de leurs grands-parents. Elles sont tendres. Méchantes. Brillantes. Idiotes. Laides. Belles.

Quant au sexe… Le sexe est une chose répugnante, effrayante et irrésistible. Une fille de treize ans ne veut pas penser au sexe. Elle ne pense qu'à cela.

Pour elle, tout est tragique. Sa sensibilité est dix fois plus exacerbée que celle des adolescentes de quinze ans et des gamines de dix ans. Avoir ses règles – ou ne pas les avoir, comme ce fut mon cas –, c'est posséder le plus mystérieux des secrets. On peut donc se balader, comme si rien d'inhabituel ne se passait, alors que tout ce sang coule entre vos jambes ? Personne ne dit rien. Elle seule le sait.

Elle ouvre les tiroirs des gens chez qui elle fait du baby-sitting à la recherche de l'attirail contraceptif – détache l'emballage d'un préservatif et souffle dedans jusqu'à ce qu'il explose, puis le fourre dans sa poche, ni vu ni connu – et si elle trouve dans la penderie une robe ou un corsage qui l'intéresse, elle peut même l'essayer.

Elle ment. Un jour, elle raconte à une copine de classe qu'elle est le premier bébé au monde né à la suite d'une fécondation *in vitro*. (Elle a remonté sa petite culotte au-dessus de la taille, si bien qu'en soulevant sa chemise, elle en donne la preuve. *Tu vois, pas de nombril.* L'autre a treize ans elle aussi, alors elle la croit.)

Elle envoie un mot (anonyme, naturellement) au garçon le plus impopulaire de sa classe, lui disant qu'elle sait qu'il a mouillé son pantalon l'autre jour dans le bus quand ils rentraient de balade. Elle peut être méchante à ce point. Mais elle est aussi capable de faire preuve d'une grande gentillesse. Dans ce même bus, elle s'est assise à côté de la fille handicapée mentale, celle qui bave.

La fille de treize ans peut à la fois croire aux messages transmis par la planche Ouija ou aux déclarations d'amitié de quelqu'un qui, le lendemain à la cafétéria, passera à côté d'elle sans lui dire un mot, et également manifester le jugement d'une femme adulte ou même d'un sage. Sinon le jugement, plutôt le don inquiétant, comme celui des animaux, d'entendre ce que personne d'autre qu'elle n'entend – une sensibilité qui l'emporte sur tout le reste –, une particularité que quelques années de plus, voire juste quelques mois, remiseront au royaume des souvenirs.

Son savoir, quand il lui arrive d'y avoir recours, n'est pas du même ordre que celui des mères ou des grands-mères, qu'elles ont acquis au fil des années vécues sur la planète Terre. Ce que sait une fille de treize ans lui vient d'une galaxie toute différente :

un sixième sens en quelque sorte, à moins qu'il ne s'agisse d'une acuité particulière des cinq sens, avant l'engourdissement probable. (Avant que le train-train de la vie quotidienne ne l'ait rattrapée. Qu'elle n'ait appris à étouffer ses émotions les plus fortes, à anesthésier ses terminaisons nerveuses, pour tenir jusqu'au bout de la journée.)

Le savoir d'une adolescente de treize ans n'est pas le produit d'un apprentissage, mais d'une aptitude : entendre des sons suraigus audibles seulement par des chiens, percevoir des formes en 3-D sans l'aide de lunettes spéciales. Comme le don que possède un aveugle d'entendre une personne entrer dans une pièce, bien qu'elle ne fasse aucun bruit, et de la reconnaître. De juger si elle est digne de confiance ou non.

Mais il lui arrivera aussi de faire confiance à des gens qui ne le méritent pas. Et ils seront nombreux.

Dans ce monde confus, elle a besoin de simplicité, d'où sa prédilection pour les tubes sentimentaux, pour les rock stars, les marques, les horoscopes. Il lui faut des héros et des méchants, et si aucun ne se présente, elle les crée, ou investit de ce rôle les candidats les plus évidents. Une mannequin photographiée dans la revue *Seventeen* ou le joueur vedette des Boston Celtics. Un chanteur dont elle connaît le répertoire par cœur. (Elle articule les paroles devant son miroir.) Une religieuse qui consacre sa vie aux enfants affamés d'Afrique. Anne Frank. Amelia Earhart. Les *Drôles de dames*.

Il lui faut de la tragédie, du danger, et si la vie ne lui en offre pas, elle invente des situations susceptibles de les lui procurer. Par exemple, déclencher une bagarre avec une copine, ou lancer la rumeur qu'un garçon de sa classe (elle ne peut pas le voir en peinture ; elle ne pense qu'à lui) est amoureux d'une autre fille de treize ans, pour laquelle elle éprouve des sentiments tout aussi ambigus.

Sauf cas exceptionnels, et pendant un bref laps de temps – quelques mois, quelques jours, voire une seule fois –, elle se découvrira un pouvoir exceptionnel. Quand tant de choses lui arrivent, que des substances chimiques inondent son corps, aussi puissantes que des drogues, il se peut qu'un éclair l'ébranle tout entière, aveuglant, inexplicable, d'une intensité telle qu'elle n'en connaîtra jamais l'équivalent, surtout parvenue à l'âge censé être celui de la maturité et de la sagesse. (À supposer que nous l'atteignions un jour. De toute façon, plus rien ne nous paraîtra aussi évident, aussi absolu que lorsque nous avions treize ans.)

Néanmoins, un problème se pose : capable de voir des choses bien réelles tapies sous la surface – entendre des paroles qui n'existent que dans la tête de ceux qui les profèrent, deviner ce que ces gens savent et ce qu'ils envisagent de faire à ce propos –, cette adolescente est tout aussi capable d'en voir d'autres, qui ne sont que des créations de son imagination extraordinaire et hyperactive.

Dans l'un et l'autre cas, elle croit à ce qu'elle perçoit avec la conviction farouche et inébranlable que rien dans l'histoire de l'univers n'a jamais été aussi vrai, réel ou important. Réalité ou leurre, elle ne fait pas la différence.

Cela, je le sais parce que j'ai été cette adolescente, l'année des meurtres de l'Étrangleur, et j'attribue à mes treize ans le fait d'avoir entendu la voix du tueur aussi précisément, et de ne pas m'être tellement trompée en lui attribuant tels actes et telles pensées.

Voilà pourquoi j'ai cru, du fond du cœur, que l'Étrangleur n'était autre que le bien-aimé employeur et ami de ma sœur Patty – un monsieur qui avait la surprenante habitude, de temps à autre, de s'habiller en femme. L'esprit obnubilé par l'existence de ce tueur, j'étais déterminée à nous en débarrasser. Pas seulement pour moi, ou pour les femmes du Marin County, mais parce que je constatais les ravages sur mon père que provoquait son incapacité à arrêter cet homme. Et parce que j'avais treize ans, mon mode d'action ne pouvait être que théâtral. En l'absence de véritable suspect, j'en ai forgé un. Pour éradiquer le démon sans visage, je lui en ai attribué un. Celui d'Albert Armitage.

Sachant que Patty ne me croirait pas – et quelle serait sa tristesse si elle finissait par me croire –, j'ai gardé cette révélation pour moi. C'était la première fois de notre existence de sœurs que je lui cachais quelque chose. Elle l'apprendrait bien assez tôt quand le coupable serait arrêté.

J'ai ourdi un plan en deux parties : phase un, attirer Mr Armitage dans la montagne et le confronter aux faits. Phase deux : m'assurer que le mérite de l'arrestation subséquente reviendrait au détective Anthony Torricelli et à personne d'autre.

Revenant sur ces événements, plus de trente ans après, j'arrive difficilement à comprendre que j'aie pu même supposer un tel plan réalisable. La porte de la chambre où se logeaient mes treize ans s'est refermée depuis longtemps. Quand je dis chambre, je ne parle pas bien entendu de la petite pièce étouffante où Patty et moi abritions nos sommeils et nos veilles – où nous écoutions nos disques tout en essayant nos vêtements, parlions des requins et de Dieu, des mannequins vedettes et des stars du basket, et lisions à voix haute mon livre sur les fantasmes sexuels féminins –, mais du lieu où vagabondait mon esprit. Un lieu où affluait la pensée magique, où la frontière entre réalité et délires non seulement s'estompait, mais n'existait pas.

Persuadée donc que le tueur (Mr Armitage en l'occurrence) devait attendre avec fièvre le moment de retourner sur la montagne pour attraper une nouvelle proie, j'allais lui tendre un piège – l'attirer là-haut, où sa véritable nature se révélerait, où mon père pourrait enfin l'appréhender.

Qui dit piège dit appât. Ce serait moi. Je me posterais à un certain endroit et ferais en sorte que Mr Armitage m'y rencontre. Et je m'arrangerais pour que, dans les minutes (les secondes de préférence) suivantes, mon père survienne, revolver à la main, prêt à lui passer les menottes.

Je reconnaissais toutefois qu'il y avait un problème. La montagne – et les kilomètres de pistes qui constituaient le territoire de l'Étrangleur – était un domaine bien trop vaste pour qu'il me suffise d'attendre que le tueur s'amène. Je devais réduire le territoire. Repérer un endroit. Et l'y attirer.

D'aucuns – âgés de plus de treize ans en tout cas – auraient souligné une difficulté supplémentaire dans mon plan. (Une seule ? Des millions, vraisemblablement.) En admettant que j'aie raison et que Mr Armitage fût le tueur – et en admettant par ailleurs que je réussisse à le persuader de changer son *modus operandi* habituel et de rejoindre un lieu désigné afin d'y rencontrer une personne qu'il n'avait jamais vue –, qu'est-ce que je m'imaginais être en mesure de faire quand il serait effectivement là ? Comment, avec mes quarante kilos, pourrais-je terrasser un homme adulte, qui plus est un tueur sans pitié ?

À cela, j'avais une réponse : la présence de mon père. Mon magicien de père, si fort et tout-puissant. Et puis, juste pour le cas où, je porterais sur moi le revolver rose de Jennifer Pollack.

Ce jour-là, j'ai séché l'école.

Je savais à quelle heure Jennifer Pollack sortait promener Karl Jr. Dix heures et demie du matin. Juste après le feuilleton *Rue Sésame*, et avant sa sieste.

Maintenant les Pollack fermaient à clé la porte de devant, mais pas celle de derrière. Le temps qu'il fallut à Jennifer pour aller avec la poussette jusqu'au bout de la Cité de la Splendeur matinale et en revenir, j'avais réussi à me glisser dans la chambre, à trouver le revolver dans le tiroir de la table de nuit et à repartir.

Quand Jennifer rentra chez elle, j'étais de retour chez moi. Avec du temps à perdre.

Dans des circonstances normales, il fallait vingt minutes pour se rendre à vélo au centre commercial – ce jour-là, mon cœur battait si vite qu'il m'en a fallu dix. J'ai acheté ce dont j'avais besoin.

Revenue chez moi, j'ai sorti le Polaroïd que je n'avais pas utilisé depuis des mois. Il restait trois prises sur la pellicule, une seule me suffisait pour la photo que j'avais en tête.

Il y avait longtemps aussi que je n'avais rien noté dans notre cahier. Sur une page neuve, je collai la photo, sans légende.

Pour être sûre que mon père la découvrirait, je laissai l'album ouvert sur mon lit. En plus de l'assortiment de photos de notre sujet – promenant son chien, ouvrant sa boîte aux lettres, lavant au jet les pavés de sa cour, échangeant quelques mots avec le releveur de compteurs –, mon cahier illustrant la Vie mystérieuse d'Albert Armitage exposerait un élément nouveau et crucial de cette histoire. La signification de ce cliché pouvait échapper à des tas de gens, elle n'échapperait pas à mon père.

Une photo de lacets. De nombreuses paires. Autant de paires, si vous vous donniez la peine de les compter, que de jeunes filles assassinées.

CHER ALBERT, ainsi commençait mon petit mot.

(Pour ne pas prendre le risque de révéler mon identité par mon écriture, j'adoptai la méthode des kidnappeurs et des maîtres chanteurs, du moins dans les films et les séries télé : lettres découpées dans les magazines et collées sur une feuille de papier.)

Je connais votre secret. Nous devons parler.

Venez dans la montagne samedi.

Rendez-vous au vieux camion.

À côté de l'endroit où on donne les spectacles. Vous savez ce dont il s'agit.

Trois heures de l'après-midi. Si vous ne venez pas, je vous dénonce.

Restait à signer. De quel nom ? Je pouvais mettre Farrah, il l'ignorait bien sûr. Ou Miss X.

J'optai pour la plus simple des solutions.

Signé : Anonyme.

Je fourrai le mot dans une enveloppe, puis me dirigeai vers l'extrémité en cul-de-sac de notre Cité. La rue était vide.

Je glissai l'enveloppe dans la boîte marquée « Armitage ».

Sur le chemin du retour, je compris ce que cela signifiait : le monde était sur le point de changer. Tout allait mal depuis si longtemps. Maintenant, je m'en occupais.

Je savais que mon père serait à son bureau ce samedi, parce qu'il ne le quittait plus. Il n'allait plus nulle part, sauf pour se rendre sur la scène du crime, quand il s'en produisait un nouveau. Et pour venir chez nous, au milieu de la nuit, boire, fumer et bavarder avec notre mère.

J'avais raison, il était bien là. La secrétaire qui répondit à mon coup de fil me dit qu'il était occupé, mais quand j'affirmai que c'était urgent, elle me le passa.

« Farrah, qu'y a-t-il ?

– Je crois qu'il me poursuit, dis-je d'une voix haletante, comme si j'avais couru.

– De quoi parles-tu ?

– L'Étrangleur du crépuscule. Il a dit qu'il allait m'attraper.

– Calme-toi, chérie. Parle plus lentement. Raconte-moi tout en détail.

– Il a téléphoné à la maison. Il a dit qu'il t'avait vu à la télé, aux informations. Il a dit qu'il savait maintenant à quoi je ressemble. Et qu'il allait venir me chercher.

– Tu en es sûre ? »

J'ai hésité quelques secondes. Je ne me souvenais pas d'avoir jamais menti à mon père.

Mais, plus tard, il comprendrait. Quand ce serait fini, qu'il aurait arrêté le tueur – quand tout le monde serait de nouveau heureux et découvrirait quel fantastique boulot il avait fait –, je lui dirais la vérité. À lui seul.

Il fallait que je te fasse voir que c'était Mr Armitage. Je savais que tu ne me croirais pas tant que tu n'aurais rien vu par toi-même.

Du coup, il ne serait pas furieux contre moi. Il me remercierait. S'excuserait de n'avoir pas pris mes visions au sérieux. En attendant, je devais continuer :

« Il a dit qu'il veut te donner une leçon. » (Je haletais toujours.) « Il sait où nous habitons. Il va venir. Il a dit que tu vas t'en repentir.

« Il a dit qu'il se trouve devant la maison, en ce moment même. Qu'il m'observe. »

Le silence au bout du fil n'a pas duré longtemps.

« Je ne sais pas ce que c'est, cette histoire, Rachel. Ne bouge pas. J'arrive tout de suite. Ne bouge pas. »

Ce qui se passa ensuite fut la seule chose que je n'avais pas planifiée. Peut-être à cause de l'état de surexcitation dans lequel je me trouvais – le cœur battant à tout rompre, les viscères serrés en une boule dure. Soudain la chose se produisit, celle que j'attendais depuis si longtemps. Le sang s'écoula de moi, comme une hémorragie.

Je passai ma main sous mon short pour palper l'endroit chaud et humide. Je regardai mes doigts : ils étaient rouges.

Je bourrai ma culotte de papier toilette. Je griffonnai un mot, d'une écriture qui, je l'espérais, trahirait mon désespoir : *Au secours. Venez. Camion.* Puis je sortis en trombe de la maison et entrepris de grimper à flanc de coteau aussi vite que je le pouvais, le revolver dans la poche de mon vieux sweat-shirt rouge. Pas le temps de penser au sang dans mon short, ni de me demander comment la victime d'un tueur en série pouvait savoir d'avance où le tueur avait l'intention de l'emmener, ni à ce que je lui dirais en le voyant. Je ne me suis pas demandé ce que je ferais si le tueur se trouvait là, mais pas la personne sur qui je comptais pour l'empêcher d'agir, ni si je saurais lever le cran de sécurité du revolver de Jennifer Pollack. Ce que je savais, c'est que tout irait bien quand mon père arriverait. Lui saurait quoi faire.

C'est seulement une fois que tout fut terminé que j'ai appris ceci : après avoir lu le mot déposé dans sa boîte, Mr Armitage avait fait quelque chose de totalement différent de ce à quoi je m'attendais. Il était allé voir la police.

Il ne lui avait pas semblé inconcevable que ce texte aux lettres collées découpées dans des magazines ait pu être écrit par l'Étrangleur lui-même.

Il devait cependant être difficile de comprendre pourquoi le tueur envoyait une telle missive à un homme de l'âge et du style de Mr Armitage, sans le moindre rapport avec le profil des victimes habituelles. Peut-être Mr Armitage s'était-il imaginé avoir attiré le regard du tueur un soir, alors qu'il sortait Petra vêtu de sa robe à pois et coiffé de son chapeau garni de cerises. Ou en d'autres occasions, mais quand ?

Or il s'était passé ceci. Ce matin-là, au moment précis où je téléphonais à mon père et où sa secrétaire me disait qu'il était occupé, il avait effectivement quelqu'un assis en face de lui – le mystérieux Albert Armitage. Qui venait de lui raconter l'histoire de la lettre anonyme, et de lui faire part du sentiment qu'il avait que l'auteur était un ou une jeune. Quelqu'un qui savait des choses sur son comportement et cherchait à le manipuler ou même à le faire chanter.

Refusant de se laisser intimider, Mr Armitage avait pris la décision d'expliquer à mon père, en termes clairs et directs, ce comportement – l'habitude qu'il avait de s'habiller en femme et, de plus en plus rarement, de se promener dans le quartier ainsi vêtu.

« Ça ne fait de mal à personne, avait-il dit. Ce n'est pas interdit par la loi. »

Mon père en était convenu.

« Dans ma jeunesse, à North Beach, j'ai connu un garçon, Vinny Marzano, qui aimait de temps en temps mettre un soutien-gorge de sa mère. Et vous savez combien d'enfants a Vinny maintenant ? Sept. »

Au moment où je l'avais appelé, mon père n'avait pas encore abouti à la conclusion que la lettre anonyme posée sur son bureau était l'œuvre de sa fille aînée. Mais il s'en approchait.

L'entretien avec Albert Armitage terminé, mon père avait naturellement foncé vers la Cité de la Splendeur matinale. Ni Patty ni ma mère n'étaient à la maison. Il n'avait pas mis longtemps à trouver l'indice que je lui avais préparé – le cahier portant le nom de l'homme avec qui il venait de parler. Et le message aux trois mots griffonnés, indiquant où il pourrait me trouver.

Et il lui fallut encore moins de temps pour comprendre qu'il détenait les preuves d'un plan ourdi par sa fille aînée visant à dénoncer pour meurtre un homme qui n'avait rien fait d'autre que de porter une robe à pois.

Sa fille avait des problèmes, sans aucun doute. Mais pas parce qu'un tueur en série la poursuivait. C'était avec lui qu'elle avait des problèmes.

Il était juste deux heures de l'après-midi quand j'ai atteint le vieux camion près duquel ma lettre commandait à Mr Armitage de me retrouver. Les broussailles avaient poussé depuis la dernière fois que je m'y étais aventurée avec Patty, mais des signes indéniables prouvaient la présence récente de gens (probablement des adolescents cherchant une cachette pour faire l'amour). Des herbes écrasées à l'endroit d'où l'on pouvait le plus facilement grimper dans la cabine rouillée. À l'emplacement de la portière, disparue depuis longtemps, pendait un vieux rideau de douche.

Une cannette de Coca, encore à demi pleine, traînait sur le sol de la cabine – du moins ce qu'il restait du sol – ainsi que des emballages de sandwichs, des récipients en plastique ayant contenu du pudding au chocolat, un livre de recettes pour four à micro-ondes, et deux catalogues. Sous le siège, quelqu'un avait planqué un blouson orné d'une pub pour les Pneus Goodyear, et une paire de socquettes, comme s'il campait ici à l'occasion. Patty et moi avions toujours rêvé de camper ainsi, mais aussi *laisser-faire*[1] qu'était notre mère, elle refusait de nous voir passer toute la nuit dans la montagne – alors même que la série de meurtres n'avait pas commencé.

Assise dans la cabine, j'attendais l'arrivée de celui que je croyais être l'Étrangleur – et de mon père, venant me sauver et arrêter l'assassin. Patty et moi avions souvent essayé d'imaginer comment ce camion avait abouti là. Les théories de Patty étaient toujours nulles. Trop attachée à la vérité, elle ne savait pas inventer des histoires.

À remâcher ainsi des souvenirs, je me suis sentie terriblement coupable. Patty m'aimait plus que tout au monde, mais elle avait aussi beaucoup d'affection pour Mr Armitage. Malgré toute la confiance qu'elle avait en moi, jamais elle ne voudrait croire que Mr Armitage était un tueur. Et puis, me suis-je dit soudain, quand Mr Armitage serait en prison, que deviendrait Petra ?

Il devait être beaucoup plus que trois heures, et personne ne s'était montré. L'œil sur l'horizon, je guettais une apparition, en partie inquiète, en partie soulagée.

Peut-être que Mr Armitage n'avait jamais lu ma lettre. Peut-être l'avait-il jetée avec tout le fatras publicitaire. Ou il avait cru à

1. En français dans le texte.

une farce. Dans ces conditions, il ne me restait plus qu'à rentrer chez moi, et à tirer un trait sur toute l'affaire.

Mais pourquoi mon père, lui, ne venait-il pas ? Se pouvait-il qu'ayant trouvé la photo des lacets et mon mot, il n'ait pas compris qu'il devait me sauver ?

J'examinai ma jambe – ma cuisse sur laquelle un insecte venait d'atterrir et poursuivait son chemin. Je découvrais des poils. Je sentais le sang s'écouler. Le tampon de papier toilette était trempé.

De plus en plus de corbeaux au-dessus de moi, un faucon à queue rouge et des vautours – mais volant très haut et non pas en piqué –, l'odeur de mon sang, peut-être. Dans le lointain maintenant, j'entendais le son d'une radio, ou de talkies-walkies. Des voix éraillées. Des grésillements.

Les sons se rapprochaient.

Puis un bruit auquel je ne m'attendais pas. Un de ces véhicules tout-terrain que les rangers du parc utilisaient pour patrouiller dans la montagne, bondissant sur les rochers, surgissant à côté du camion. Arrêt du moteur.

Un homme descend du véhicule. Puis deux autres. L'un d'eux est mon père.

« Je sais que tu es là-dedans, Rachel. » Mon vrai prénom, qu'il n'utilise que lorsqu'il est furieux contre moi, ce qui est rarissime. Et encore, il ne sait pas que j'ai volé le revolver de Jennifer Pollack.

« Je viens te ramener à la maison. Grimpe. » (Il m'indique le strapontin à l'arrière du 4×4.) « Quelque chose me dit que tu vas te retrouver bouclée à la maison pour cent ans, sinon plus. »

Il s'est passé encore autre chose dans la montagne, ce jour-là. J'étais assise à l'arrière du 4×4, mon père, un peu à l'écart, parlait avec ses deux collègues. (Aucun signe de Mr Armitage – et je venais de comprendre qu'il n'y en aurait jamais. Et que Mr Armitage n'était pas le tueur.)

Je ne pleurais pas, mais j'étais sûre d'avoir touché le fond, et le fait de me retrouver bouclée chez moi pour l'éternité (une expérience que je n'avais jamais connue, même pas une journée) n'était pas le pire de l'histoire.

Comme si je n'avais pas causé assez d'ennuis, une journaliste a débarqué, exigeant de mon père des explications. Déjà la presse s'en donnait à cœur joie, relayant l'opinion des citoyens du Marin County affirmant que la brigade criminelle, sous la direction de l'inspecteur Anthony Torricelli, avait foiré. Et voilà que l'inspecteur Torricelli courait la montagne après sa fille au lieu de faire son boulot. Pourquoi confier une enquête de cette importance à un homme qui ne savait même pas surveiller ses enfants ?

Je voyais mon père parler avec la journaliste. Elle prenait des notes dans son carnet. Mon père hochait la tête.

À en juger par la position du soleil – j'avais la lumière en plein visage –, il devait être près de cinq heures. La sueur me dégoulinait sous les bras, collait mes cuisses au siège en plastique. J'étais fatiguée et assoiffée, ma culotte était trempée de sang. Je voulais rentrer chez moi, retrouver la seule personne susceptible de ne pas me haïr en ce moment. Patty.

Et brusquement ils m'ont envahie : les signes annonciateurs d'une vision. Estomac noué, bouche sèche, respiration altérée, comme si l'espace que j'occupais ne contenait plus assez d'air. Sensation de chaleur et de froid, et cette tiédeur répugnante entre mes cuisses.

Le tueur était de nouveau là. Dans ma tête, mais aussi dans mon corps. Plus encore : il se tenait juste devant moi.

Tu te souviens de moi ?

Tu t'imaginais vraiment que je m'habillais en fille ?

Tu me prends pour qui ? Un minet ?

Tu sais quelle est pour moi la meilleure race de chien ? Un chien mort.

Cet homme sans visage, je savais qu'il transpirait. Comme moi. Cette part de moi-même qui percevait ses sentiments sentait aussi le soleil le transpercer. Nuque trempée de sueur. Chemise collant à la poitrine. Il voulait boire – un Coca.

Il voyait, je voyais, de l'herbe sèche. De la poussière. Des coquelicots de Californie. Des crottes de hibou : une petite boule de régurgitation contenant du pelage et des os de la souris que l'oiseau avait engloutie la nuit dernière. Ce que Patty aimait tant examiner au cours de nos balades. Il humait, je humais, des odeurs de fenouil sauvage, d'écorce d'eucalyptus.

Donc il était là, dans la montagne.

De nouveau, le son des talkies-walkies, mais était-ce moi qui l'entendais ou lui ? Pas de mots, juste un grésillement. Une clairière – une scène au milieu, entourée de gradins de pierre. L'amphithéâtre où, les étés passés, Patty et moi nous faufilions pour regarder les spectacles tirés des comédies musicales de Broadway.

Levant les yeux, j'aperçus une bande de corneilles.

Je savais que lui aussi les voyait.

Et puis une image terrible, je voulais hurler sauf que je n'avais plus de souffle.

Une adolescente maigrichonne affalée à l'arrière d'un 4×4, vêtue d'un sweat-shirt rouge – visage tourné vers le soleil, louchant, une sacoche sur les genoux dissimulant mal la tache rouge qui s'élargit sur le fond de son short. Une fille qui semble avoir vu quelque chose de terrifiant.

C'est lui, qui me découvre.

La fille de la télé, pense-t-il. La gosse du flic.

Pas de nichons. Comme la joggeuse. Il est temps de rappeler à ce métèque de flic qui est le chef ici.

Lui.

Ma punition (un mot jusqu'alors inconnu dans notre famille) fut la suivante : l'école finie, je filais accomplir le boulot que mon père m'avait dégoté au centre de police – le seul endroit, disait-il, où il était sûr que je ne créerais pas d'ennuis. Balayer le sol pour cinquante cents de l'heure, six heures par jour. Ma mère ne s'y était pas opposée.

Incroyable, le nombre de pièces qu'il fallait balayer. Dès que j'avais fini, il était temps de recommencer. Ces policiers faisaient décidément beaucoup de poussière.

Les vacances scolaires arrivèrent. Désormais, je prenais le bus tous les matins pour le centre de police où mon balai m'attendait.

Si terrible que cela me parût – plus de balades à bicyclette, mes carnets pleins d'histoires à moitié écrites –, les conséquences devaient être pires pour Patty. Elle avait son basket, certes (bien qu'en été, les entraînements et les matchs soient interrompus) et les sorties avec Petra (sur ce point, il y avait au moins une bonne nouvelle : Mr Armitage – qui avait certainement compris qui était l'auteur de la lettre anonyme – ne semblait pas en tenir rigueur à ma sœur).

Mais cela laissait néanmoins Patty seule pendant des heures. Plus question d'aller dans la montagne – déclarée pour nous zone interdite. Quant au centre de loisirs, il était occupé par mes ex-amis devenus mes ennemis. Alors Patty passait son temps à écouter des disques, faire des paniers et enseigner des tours à Petra, qui avait l'esprit particulièrement lent. L'apprentissage des « tonneaux » donna à Patty beaucoup de fil à retordre.

Quant à moi, pendant que je balayais, j'avais tout loisir de réfléchir à ce qui s'était passé. Les affreuses images des victimes, dans leurs derniers instants, ne m'assaillaient plus. Comme celui de notre télévision, le service semblait interrompu – il n'y avait plus que de la neige sur l'écran. Mais l'absence d'images était presque pire. Je savais que l'assassin se trouvait quelque part dans la montagne et, me fondant sur le terrible moment où je l'avais senti si proche de moi – la même bande de corneilles au-dessus de nos têtes –, j'étais convaincue qu'il me surveillait.

Il avait tué des femmes ailleurs qu'au mont Tamalpais, mais j'étais sûre qu'il était revenu, ne serait-ce que pour prouver aux policiers qui le traquaient qu'il était plus intelligent qu'eux.

J'avais cru que mon père possédait des pouvoirs magiques, aujourd'hui le magicien, c'était l'Étrangleur. Comment faisait-il pour leur échapper, étant donné le nombre de policiers qui patrouillaient sur les pistes et surveillaient chaque endroit où les randonneurs garaient leurs voitures ? Le seul à ne plus patrouiller dans la montagne était mon père.

Le lendemain de ma pitoyable équipée, le *San Francisco Chronicle* avait révélé à ses lecteurs (toute la région de la baie de San Francisco) que le détective Anthony Torricelli, chef de la brigade criminelle, avait passé son samedi (accompagné de deux autres officiers de police et utilisant un véhicule de fonction) sur la montagne à déjouer ce que la journaliste appelait un de ces « coups tordus d'ados branchés », monté par sa propre fille de treize ans.

La photo, en première page, nous montrait, moi en sweat-shirt rouge, recroquevillée à l'arrière du 4×4, les taches de sang de mon short heureusement invisibles, et mon père, dans sa veste de cuir, semblant plus abattu que furieux. Les deux policiers supplémentaires – dont l'énergie aurait pu être utilisée à meilleur escient, était-il besoin de le souligner – se tenaient à côté du véhicule. Les mains dans les poches. L'air de souhaiter être n'importe où plutôt qu'ici, ce qui sans doute était vrai.

La journaliste racontait s'être livrée à une grande enquête pour écrire son article. Elle avait évidemment sollicité l'avis d'un groupe d'élèves de ma classe. L'une d'elles, Alison Kerwin, avait spontanément raconté qu'à une époque, je venais tout le temps chez elle, mais qu'elle avait cessé de m'inviter en constatant que des flacons de vernis à ongles disparaissaient régulièrement. La mère d'Alison avait ajouté qu'il lui était apparu – à la façon dont je me comportais avec sa famille et de ce qu'elle avait constaté quand elle me raccompagnait chez moi – que mes parents ne semblaient pas exercer sur moi de surveillance excessive.

« C'est une enfant au foyer brisé, avait déclaré Mrs Kerwin. Nous étions désolés pour elle. Nous l'avons même invitée à fêter Thanksgiving avec nous. Mais l'aide qu'on peut apporter à quelqu'un a des limites. »

Un autre commentaire sur moi, cité dans l'article, venait d'un « jeune qui a souhaité rester anonyme ».

« C'est une fille pas mal, je dirais. Mais ça me faisait flipper, cette façon qu'elle avait tout le temps d'enlever ses vêtements et tout le reste. »

Il devait me repousser, parfois, tellement j'étais agressive. Heureusement, il pratiquait le karaté.

À la première heure, le lundi matin suivant, mon père avait été convoqué par son supérieur, le chef de la police, qui lui avait annoncé que, par une mesure prenant effet immédiatement, le détective Torricelli était déchargé de la supervision de l'enquête sur l'Étrangleur du crépuscule. Sur demande des autorités de Sacramento, il devait lui remettre, d'ici midi, tous les documents en sa possession concernant l'affaire, afin qu'ils soient transmis à une équipe des forces spéciales assistée d'agents du FBI venus de Washington.

Mon père était réaffecté à une autre brigade, à Novato, afin de superviser une enquête concernant un concessionnaire qui semblait impliqué dans un trafic de voitures volées dans un autre État.

« Je me suis mouillé pour vous, Tony, lui avait dit son chef. Ce qui est arrivé l'autre jour aurait pu vous coûter votre carrière, mais je leur ai garanti qu'à l'avenir vous vous tiendrez à carreau. »

Il lui avait conseillé de rentrer chez lui et de consacrer plus de temps à ses enfants, ce dont ils avaient bien besoin. « Du moment que je n'entendrai plus parler de vous et de votre fille, rapport à cette enquête, votre retraite est assurée. Encore une farce de ce genre, et je vous retire votre insigne. »

J'étais convaincue que mon assignation à résidence ne durerait pas éternellement, mais il valait mieux, je le savais, ne pas réclamer des précisions. Je savais aussi que mon père continuait de m'aimer plus que tout au monde, et que, pour l'essentiel, sa colère ne venait pas de ce que j'avais compromis son enquête, brisant ainsi vingt ans de carrière. Il était furieux parce que je m'étais mise en danger.

« Si quelque chose devait arriver à l'une d'entre vous, mes enfants… », avait-il dit en me ramenant à la maison. Il n'avait pas fini sa phrase.

Quelques jours après qu'on lui eut retiré l'enquête, il était venu nous chercher pour nous emmener dîner. Chez Marin Joe, comme d'habitude. Même box. Mêmes serveuses. Mêmes pâtes à la marinara.

Nous n'avons pas parlé de sa nouvelle assignation. J'étais plus silencieuse que d'habitude, ce qui laissait à Patty le soin de remplir les trous. Je la regardais, en face de moi, pressée contre notre père et lui caressant les poils des bras, comme elle aimait le faire. Des gens observant la scène auraient conclu à un dîner familial insouciant, mais je savais que cette gaieté affichée lui coûtait autant d'efforts qu'un match de basket.

« Il y a des gens qui pensent que les Jack Russell sont stupides, disait-elle. Mais moi, je peux affirmer que Petra est juste très, très sensible. Parfois quand elle est heureuse, elle est surexcitée et du coup elle fait des choses idiotes. Comme les êtres humains. »

Puis, sans transition : « Toc, toc.

– Qui est là ? » (Ça, c'était mon père.)

« Peuxtu.

– Peuxtu qui ?

– Peux-tu m'aider à faire mes devoirs ? »

Notre père a ri, bien sûr, mais d'un rire qui sonnait creux. « Celle-là, je ne l'avais encore jamais entendue. Maintenant, qui voudrait un peu de tiramisu ?

– Je crois, papa, que j'aimerais mieux rentrer », ai-je dit.

Personne n'a protesté. Dans la voiture, Patty a essayé encore une fois – entonnant des « Volare » à la file. Nous ne l'avons pas suivie.

Cette nuit-là, allongée sur le dos, les yeux fixés comme d'habitude sur la couchette au-dessus de moi, j'écoutais Patty fredonner en même temps que le disque (Dolly Parson, implorant une femme nommée Jolene de ne pas lui piquer son homme. Patty adorait cette chanson, bien que sidérée, disait-elle, qu'il existe quelqu'un capable de voler l'homme d'une femme aussi belle que Dolly).

Il y avait clair de lune, et il soufflait un vent chaud de Santa Ana. Aucun cri de coyote, mais le silence était pire.

« Quand ils auront capturé l'Étrangleur, tu crois que les choses reviendront à la normale ? » demanda enfin Patty.

C'est quoi, la normale ? aurais-je pu lui rétorquer. Je me suis tue.

« D'abord, reprit-elle, papa a dit qu'il nous emmènerait en Italie.

– Papa dit des tas de choses. » Auparavant, c'était elle qui soulignait les défauts de notre père. Pour moi, désormais, il avait cessé d'être un magicien. Je ne pourrais jamais le détester, mais ce que j'éprouvais pour lui, c'était pire : de la pitié.

« Ensuite, il épousera peut-être Margaret Ann », continua Patty.

Étrange qu'elle pense à cela. Elle n'avait que six ans à l'époque de nos rencontres avec Margaret Ann, le jour où elle nous avait donné les poupées, puis à la fête de l'hôtel Flamingo où nous avions porté les robes qu'elle nous avait fabriquées et où Patty avait vomi.

« Tu crois que ça existe, un truc comme le véritable amour ? » reprit Patty. « Je t'aimerai toujours », était en train de chanter Dolly.

« Parce que, si ça existe, je pense que c'est ce que Margaret Ann représentait pour lui.

– Parfois, ça doit exister. Mais même quand tout semble parfait, il suffit de rien, quelque chose que tu fais au mauvais moment, pour que ta vie change complètement de direction. Et que tu ne redeviennes jamais celle que tu étais.

« Comme dans la chanson où le type dans la cabine téléphonique n'arrive pas à lire le numéro qu'il a écrit sur une boîte d'allumettes et qu'il ne pourra jamais rappeler la fille, qui sortira avec son meilleur ami.

– Ou comme pour ces filles qui ont été tuées. Imagine qu'elles aient choisi une autre piste de randonnée ce jour-là ? Ou qu'elles se soient fait une ampoule au pied et qu'elles aient décidé de rebrousser chemin ? Ou qu'une autre fille soit arrivée, et que l'Étrangleur ait préféré celle-là ?

– Et maman ? Si ses lunettes n'étaient pas tombées pendant qu'elle faisait du vélo le jour où elle a rencontré papa.

– Dans ce cas, nous ne serions pas nées.

– Peut-être que, pour elle, la vie aurait été meilleure. »

Là, je me suis tue.

« Papa pourrait encore appeler Margaret Ann », dit Patty.

Je ne lui avais jamais parlé du message que j'avais laissé sur le répondeur de notre père, concernant son éventuel mariage avec Margaret Ann. *Nous ne nous en remettrons jamais. Nous ne te le pardonnerons jamais.*

Il était trop tard pour lui avouer que c'était faux. Que je lui aurais toujours pardonné.

« Je pense que ça lui remonterait le moral, dit encore Patty.

– Je crois même que maman s'en ficherait. Elle veut avant tout qu'on la laisse tranquille. En plus, ils pourraient continuer à se voir en amis.

– Je me demande si elle a gardé les robes dans sa penderie », conclut Patty.

Plus tard encore, cette même nuit, alors que Patty s'était endormie, j'ai vu le tueur. Et il n'était pas loin.

Dans la montagne. Allongé sur le sol du vieux camion, vêtu du blouson « Pneus Goodyear », que j'avais découvert sous le siège, feuilletant le catalogue de lingerie Victoria's Secret, buvant une cannette de Coca, entouré des boîtes de conserve vides.

Au petit matin, je l'ai revu, contemplant les derniers coquelicots, l'herbe sèche – mangeant du pudding au chocolat à la cuiller dans une tasse en plastique, pissant contre un arbre, fracassant avec une pierre la tête d'un mulot, attendant que s'amène une fille qui n'aurait pas entendu parler de l'Étrangleur du crépuscule, ou qui aurait décidé de ne pas se laisser impressionner.

Lorsqu'un des agents du FBI passe par là – ce qu'ils font parfois dans leur 4×4 –, il se blottit sous l'essieu. Les forces de police recherchent la Toyota rouge, ou la Fiat verte, ou n'importe quelle voiture abandonnée trop longtemps dans un parking.

Mais on n'a pas besoin de voiture quand on vit en campement.

À un certain moment, il finirait par manquer de nourriture, mais il savait où en trouver : toutes ces maisons dont l'arrière donnait sur la montagne – la Cité de la Splendeur matinale. Il les voyait d'en haut. Il savait qui partait travailler, et quand, et, dans le cas de la jeune femme enceinte, à quelle heure elle allait promener son petit garçon. Où elle cachait la clé.

Pas très compliqué de faire un saut et de piquer quelque chose dans le frigo. Même de la nourriture pour bébé. Genre pudding, par exemple.

Pour le moment, la joue appuyée contre la paroi de la cabine criblée de balles, l'œil rivé sur un trou, il surveillait son territoire : les coquelicots de Californie, l'herbe où bourdonnaient les insectes, les corneilles tournoyant au-dessus. Il était le roi de la montagne, ou presque.

L'été se traînait. Sans nouveaux meurtres, mais les gens n'étaient pas tranquilles. Nous attendions.

On était début juillet, et je venais de passer une nouvelle journée d'assignation au siège de la police. Les policiers, désolés pour moi, ne me donnaient plus que des petits boulots, alors je faisais des mots croisés et je lisais des biographies. J'aurais aimé travailler à mes histoires, mais l'endroit était trop bruyant pour que je puisse me concentrer et, de toute façon, je connaissais une période creuse, une panne d'écriture. Ces derniers temps, mon imagination n'avait servi qu'à me créer des problèmes.

J'étais censée tenir jusqu'à quatre heures et demie de l'après-midi, mais à trois heures, l'officier de service me dit de rentrer chez moi.

La journée était loin d'être terminée, et j'ai réfléchi à ce que Patty et moi pourrions faire ensemble. Aller au centre commercial ? Entrer chez Macy's et nous vaporiser d'échantillons de parfums ? Ou dans le magasin de literie, voir combien de temps nous resterions allongées sur un matelas vibromasseur avant qu'un vendeur ne vienne nous éjecter ? Ou jouer à tout ce qu'elle voudrait ? Seul m'importait le fait d'être avec elle.

La première chose que j'ai aperçue en approchant de chez nous, ce fut le ballon de basket, sans sa propriétaire. En général, l'un n'allait pas sans l'autre. Le ballon roulait dans la rue, lentement, comme si quelqu'un venait de le lancer.

Je me baissai pour le ramasser, appelai Patty, une fois. Puis je me mis à courir vers la maison.

La porte de derrière, que nous fermions à clé désormais, était ouverte ainsi que celle du réfrigérateur, ai-je remarqué en traversant la cuisine. J'ai foncé vers notre chambre. Au premier regard, elle semblait dans l'état où je l'avais laissée le matin. Tourne-disque, posters, trophées de basket, livres. La photo de ma sœur et moi dans le funiculaire de San Francisco, une autre avec notre père le soir où il avait reçu la médaille de la bravoure.

Alors, je les ai aperçues, sur le sol près de la fenêtre. Les chaussures de basket de ma sœur, sans leurs lacets.

Habituellement, de nous deux Patty était la grimpeuse la plus rapide. Cet après-midi-là, j'ai escaladé la pente plus vite que je croyais possible de le faire. Je n'avais pas de plan, juste sauver ma sœur. Et attraper le tueur. En dix minutes, j'étais arrivée à l'endroit où je savais le trouver.

Il devait être appuyé au camion, mais caché par les broussailles, si bien que je l'entendais seulement respirer.

« Salut, petite. Je t'attendais. »

Durant toutes ces années qui se sont écoulées depuis, j'ai essayé de me rappeler ce que j'avais ressenti à cet instant, comment j'avais pu me tenir à moins de trente mètres (longueur d'un terrain de basket) de l'Étrangleur sans bouger. Probablement terrorisée (et comment ne pas l'être ?), mais une angoisse plus forte que la peur m'avait empêchée de fuir.

« Où est ma sœur ?

– La fille au ballon de basket ? Quelqu'un devrait faire quelque chose pour les dents de cette gamine. »

Il est alors sorti de l'ombre du camion, et je l'ai enfin vu : un homme plus très jeune, aux cheveux clairsemés, au ventre démesuré (informe mais pas gros) – rasé de près, bizarrement, portant un blouson chiffonné.

Il venait de manger, de la purée de pêches à en juger par l'étiquette du bocal (le visage du « bébé Gerber ») qu'il tenait encore. Il le posa sur le capot du camion et poussa un grognement, long et sourd, semblable à celui d'un ours émergeant de sa période d'hibernation (du moins c'est l'idée que je m'en fais).

« J'ai vu ta sœur promener le toutou du voisin. Je suis venu dans votre quartier aujourd'hui, comme tu dois le savoir. J'aime te garder à l'œil. D'après ce que j'ai lu dans le journal, tu es une faiseuse d'embrouilles. »

Il se gratta le ventre (là aussi comme un animal) et mordit dans un biscuit du genre de ceux que Jennifer Pollack faisait pour Karl Jr.

« Très bon biscuit. » Il ramassait quelque chose par terre. La corde à piano.

« Mon père sait que je suis ici, dis-je. Il va arriver.

– Je ne le crois pas… *Farrah.* »

Nous étions à environ dix mètres de distance l'un de l'autre. Et voilà qu'il avançait vers moi, le filin d'acier à la main. J'entendais le pépiement des oiseaux, le bourdonnement des insectes au-dessus des fleurs sauvages. Des corneilles tournoyaient haut dans le ciel (peut-être y aurait-il bientôt des vautours). Je regardais au loin, dans l'espoir d'apercevoir des agents du FBI ou des gardes forestiers. Le tueur s'en aperçut et hocha la tête.

« Il en est passé un il n'y a pas longtemps. On n'en reverra pas d'autres avant » (il consulta sa montre) « une bonne heure. »

C'est à ce moment-là que je l'ai repérée. Elle s'approchait de lui, par-derrière, en silence, à la façon des *Drôles de dames* que nous nous amusions à imiter étant plus jeunes. Ma sœur.

Je restais pétrifiée, l'homme continuait d'avancer vers moi, sans se presser, tandis que Patty rampait, réduisant peu à peu la distance qui les séparait.

Un instant, alors qu'il devait être à environ trois mètres de moi, il hésita, il eut l'air étrange, comme s'il recevait un message d'ailleurs et qu'il dût y réfléchir. Il semblait toutefois ne pas avoir décelé la présence de ma sœur.

Il lâcha un pet. Sourit.

Connaissant Patty, j'ai eu peur qu'elle éclate de rire. Mais non. Elle affichait cette concentration qui précédait un lancer franc, chaque muscle de son corps tendu vers un seul but. Réussir un panier.

« Désolé pour ça, ma fille, dit-il. Personne n'est parfait. »

Il me touchait presque. « Inutile de courir » (il y avait une sorte de regret dans sa voix), « je te rattraperais. N'imagine pas que tu pourrais m'échapper. Je ne te perdrai jamais de vue. »

Comme dans mes visions, il levait les bras, le filin tendu entre ses mains. Encore deux pas et il me le passerait autour du cou.

Le monde devint blanc.

Et Patty rompit le silence. Mais sans un coup de feu.

(Plus tard, je lui ai demandé : « Tu avais planifié ça ? Comment savais-tu que ça marcherait ? – Je savais seulement que je devais agir. J'avais pas d'autre idée. »)

Le timing fut parfait. Ni une seconde trop tôt ni une seconde trop tard.

« Pénis ! hurla-t-elle. *Pénis. Pénis. Pénis.* »

Le jeu auquel nous jouions étant gosses. Crier tous les mots prétendument cochons que nous connaissions. De toute la force de nos poumons et de cette grosse voix qu'elle avait maintenant.

Le tueur se retourna d'un bond. À présent, il la voyait, mais elle était hors d'atteinte et continuait de dévider un chapelet de mots.

Pénis ! Vagin ! Baise ! Cul !

Poils pubiens. Prépuce. Couilles. Serviettes hygiéniques.

Il semblait perdu. Désorienté. De tous les scénarios qu'il avait pu envisager (police, hélicoptère, tireur d'élite, cougar peut-être), celui-ci à l'évidence était inimaginable.

Et Patty, semblant hurler vers le ciel comme un coyote vers la lune, les yeux fermés, débitait toujours.

Pisse. Caca. Morve. Pet. Testicules.

Nichon. Mamelle. Trou du cul.

La tête à la renverse, on aurait cru qu'elle chantait. Pour sauver sa vie. Et pour sauver la mienne.

L'homme hésitait. Un pas en avant vers moi, un pas en arrière vers Patty. Semblant se demander qui attaquer en premier. La plus proche, trop terrifiée pour produire un son, ou la grande qui hurlait si fort qu'on devait l'entendre dans toute la montagne.

Au moment où, ayant enfin pris sa décision, il accomplissait le dernier pas et s'apprêtait à m'enserrer le cou avec le filin d'acier, Patty se jeta sur lui. Elle tenait à la main le revolver à air comprimé.

Si vous tirez à bout portant, nous avait enseigné notre père, *ce truc peut aveugler quelqu'un.*

Elle appuya le canon contre l'orbite. Elle tira. Le sang gicla tout autour.

L'homme poussa un cri terrible et laissa tomber le filin. Se couvrant le visage de ses mains, il détala et dévala la montagne.

L'équipe des forces spéciales qui patrouillait dans le coin avait entendu les hurlements de ma sœur. Elle arriva quelques minutes plus tard. Mais l'homme avait disparu.

Au début, je fus incapable de parler tant je tremblais. Patty s'en sortait mieux, sauf qu'elle n'avait quasiment plus de voix.

Ensuite, j'ai pu expliquer, ou tenter d'expliquer ce qui s'était passé. À l'appui de mes dires, il y avait les objets dans la cabine du camion et le filin qu'il avait laissé tomber à l'endroit où nous nous tenions.

« Il mangeait des aliments pour bébé qu'il avait volés chez notre voisine. Il a pris les lacets de chaussures de ma sœur. Là, il y a sa cannette de Coca. Et là, c'est son sang », disais-je (tout en étant consciente de celui qui imbibait ma petite culotte. Mon sang).

Les agents notaient tout. Ils nous ramenèrent chez nous – la deuxième fois en l'espace de quelques semaines que je montais dans un 4×4.

Ensuite, à la maison, nous avons entrepris de leur raconter en détail ce qui s'était passé. Mais qui étais-je, après tout ? La fille décrite dans les pages du *San Francisco Chronicle* comme une adolescente à problèmes qui, quelques semaines auparavant, avait monté un tour semblable au même endroit. Il y avait une corde à piano par terre ? Et alors ? Tout le monde savait que c'était ce dont se servait le tueur. Pas très difficile de s'en procurer une.

De sa voix cassée, Patty corrobora mon histoire, bien sûr – mimant la façon dont le tueur tenait la corde, prêt à me la passer autour du cou –, mais on n'y accorda pas foi, mettant son récit sur le compte d'une gamine cherchant désespérément à éviter l'opprobre à sa sœur aînée.

Notre défi du jour consistait à convaincre les policiers que deux gamines seules – armées d'un revolver à air comprimé – avaient réussi à vaincre un tueur en série vicieux. Nous savions qu'il était impossible d'expliquer l'épisode des mots cochons (d'ailleurs, ça n'aurait fait que confirmer l'opinion des policiers à mon endroit – et désormais à l'égard de ma sœur –, à savoir que j'étais folle et obsédée par le sexe). Certes, c'étaient les hurlements de Patty qui les avait alertés. Ils l'avaient entendue proférer ces mots, mais ils demeuraient persuadés qu'elle braillait simplement les mots d'une BD. Ou qu'elle était un peu débile. Donc ils ne nous crurent ni l'une ni l'autre.

Ils revinrent plus tard ce soir-là, ayant exigé la présence de nos parents. Et déclarèrent que, eu égard aux nombreuses années de loyaux services de mon père à celui de la loi, ils voulaient bien abandonner les charges de mise en danger d'autrui de la part d'une jeune mineure (un délit qui, dans d'autres circonstances, pouvait vous valoir six mois dans un centre de détention). Moyennant quoi, puisqu'il était évident que je souffrais de troubles mentaux, mes parents avaient l'ordre de me faire soigner par un psychothérapeute.

L'un des agents tendit à mon père une carte où était inscrit le nom d'un psy spécialisé dans le traitement des délinquants juvéniles et des adolescents ayant un problème d'abus de stupéfiants.

Après leur départ, je me suis rendue dans notre chambre. (Patty n'avait toujours pas retrouvé sa voix. Nous l'ignorions alors, mais ce jour-là, elle avait définitivement endommagé ses cordes vocales. Elle se remettrait à parler, à chuchoter plutôt, mais plus jamais elle ne crierait sur un terrain de basket – *par ici, par ici* – ni ne chanterait. Non qu'elle ait été une grande chanteuse. Juste une fille que chanter à pleine voix rendait heureuse. Particulièrement quand elle accompagnait Dolly Parton, Dean Martin ou notre père.)

À mon réveil le lendemain matin, j'ai su que le tueur était parti. Je ressentais son absence avec la même force que j'avais ressenti sa présence pendant de si nombreuses semaines. Où qu'il fût – car il se trouvait quelque part, je n'en doutais pas –, il n'était plus chez nous, dans la montagne.

Je me suis arrêtée chez les Pollack, au prétexte de rendre un livre que j'avais emprunté (en tout cas pas *Mon jardin secret* : celui-là, je n'admettrais jamais l'avoir pris). Il s'agissait de l'autobiographie d'une ex-championne olympique de ski, devenue tétraplégique à la suite d'un accident. Jennifer me l'avait passé un jour que je partais accomplir ma tâche de balayeuse au commissariat, en me disant que l'histoire pourrait m'inspirer et me rappeler que, même quand tout semble désespéré, les choses peuvent s'améliorer. *Regarde Jill Kinmont : ils ont tiré un film de son livre, et maintenant elle peint avec un pinceau dans la bouche.*

En réalité, si je m'arrêtais chez les Pollack, c'était parce qu'ils ne me prenaient plus comme baby-sitter. Le nouveau bébé devait naître incessamment, et j'avais espéré, en aidant Jennifer à s'occuper de Karl Jr, gagner un peu d'argent pour mon shopping de rentrée des classes. Or ils ne faisaient plus appel à moi depuis des semaines – depuis que ma photo avait paru dans le journal, illustrant un nouvel article sur la « prétendue attaque » dont nous affirmions avoir été victimes, ma sœur et moi.

« Je me demandais, dis-je à Jennifer, si ça t'arrangerait que je garde Karl Jr de temps en temps. Comme ça, tu pourrais tout préparer pour l'arrivée du bébé.

– Je crois que tout est prêt. » Avant, elle m'aurait invitée à entrer et m'aurait offert une glace.

« Si vous voulez sortir vendredi tous les deux, je suis libre », ai-je insisté.

Elle se tut quelques instants. Dans l'autre pièce, j'entendais Karl Jr imiter des bruits d'animaux, et la douce voix de Karen Carpenter chantant : « Nous venons juste de commencer ».

« J'espère que ce psy va t'aider », me dit Jennifer, et elle referma la porte.

Mon père n'en parlait jamais, mais je savais ce que ma conduite lui avait coûté. Depuis qu'on lui avait retiré l'affaire de l'Étrangleur, il venait nous voir beaucoup plus souvent, se félicitant d'avoir davantage de temps à consacrer à la famille. « Ces mois derniers, je n'étais pas un très bon père », répétait-il, comme si tout était sa faute.

« Pas de problème, lui disait Patty pour le consoler. Tu as fait de ton mieux. »

Désormais, c'étaient nous qui prenions soin de lui.

J'avais eu quatorze ans au début de l'été. (Patty en avait douze. Elle grandissait elle aussi.)

Les exploits de la bande des Brady (même ceux que j'inventais) ne nous amusaient plus, et nous allions de moins en moins nous installer la nuit à l'arrière des maisons pour nos visionnages télé gratuits. J'avais mes séances chez le psy – qui expliquait à ma mère que les machinations compliquées et dangereuses que j'élaborais, affirmant être l'objet d'attaques de l'Étrangleur, exprimaient en réalité le besoin d'attention d'une enfant de parents divorcés, un appel à l'aide. De surcroît, j'étais une adolescente, perturbée par les questions de sexualité, ce que démontraient amplement mon obsession pour un livre très déplacé et les cahiers remplis d'histoires de mon invention, que les agents du FBI avaient trouvés dans ma chambre et lus.

Ma mère ne tint aucun compte de tout ce blabla.

« Ce que tu écris dans tes cahiers, c'est uniquement ton affaire. Personne ne doit dire à un écrivain ce qu'il a ou n'a pas le droit de raconter. »

Elle me qualifiait d'écrivain. C'est peut-être à ce moment que j'ai commencé à croire que je pouvais effectivement en devenir un.

En dehors de ma psychothérapie et de mon boulot au centre de police, l'été se déroula comme les années précédentes. En août, Helen déménagea pour entrer dans une maison de retraite plus proche de chez son fils, dans l'État de Washington, et même si nous disposions d'autres maisons avec fenêtres par lesquelles regarder des séries semblables les unes aux autres, Patty et moi avons décidé qu'il était temps d'arrêter. D'ailleurs, j'étais dégoûtée de la télévision.

Patty continua de s'occuper de Petra et de bavarder avec Mr Armitage, lequel – à ma stupéfaction mais pas à celle de ma sœur – annonça un jour qu'il s'était fiancé à l'une de ses collègues de travail. Elle s'appelait Sarah et adorait les chiens – ce qu'elle pensait de la garde-robe particulière de Mr Armitage, si tant est qu'il l'eût encore, nous ne l'avons jamais su. Nous avions découvert depuis un bon bout de temps que la vie était pleine de mystères, dont beaucoup ne seraient jamais résolus, même par le meilleur détective du monde.

On était fin août, la semaine précédant mon entrée au lycée. Ayant achevé sa tournée de distribution de journaux dans la Cité, Patty rentrait à la maison, brandissant un exemplaire du *Marin Independent Journal*.

« Ils l'ont attrapé », m'annonça-t-elle de sa voix éraillée, quand elle fut assez près pour que je l'entende.

« Qui ça ?

– L'Étrangleur. » Elle me tendit le journal, dont le gros titre occupait le tiers supérieur de la première page : « *L'Étrangleur du crépuscule arrêté. Marin County pousse un soupir de soulagement.* » La photo montrait un homme maigre et grand – dans la trentaine, semblait-il – longs cheveux bruns, poussé vers un fourgon de police, menottes aux poignets. Il souriait à l'objectif.

Il s'était rendu le matin même, disait l'article. Entré tout droit au quartier général de la police de Marin County, brigade criminelle, et avoué être l'auteur des quinze meurtres.

Il s'appelait J. Russell Adler, travaillait au poste de péage du Golden Gate Bridge et rêvait de devenir une rock star.

« Il disait qu'il serait le nouveau Jimi Hendrix », avait raconté l'un de ses voisins au journaliste auteur de l'article. « Je crois qu'il s'est installé ici après l'été 1967, le "Summer of Love". Une fois, il a signé mon annuaire téléphonique en me disant de le garder, parce que son autographe aurait un jour de la valeur. »

« Est-ce que ces caméras de télé tournent ? » avait demandé J. Russell Adler, cependant que les policiers l'escortaient à l'intérieur du tribunal. Il avait salué de la main les journalistes.

J'ai examiné la photo et rendu son journal à Patty. Nous sommes restées un long moment silencieuses.

« Tu le sais, toi aussi, n'est-ce pas ? »

Patty a hoché la tête.

« Ce n'est pas lui. »

Les jours suivants, l'histoire de J. Russell Adler fit la une de tous les journaux. Un article reproduisait les paroles d'une chanson qu'il avait écrite, un autre publiait une interview de sa mère dans l'Indiana. Elle avait toujours su, racontait-elle, que son fils n'aurait pas dû aller en Californie, c'était une mauvaise idée. Un vendeur de billets au Fillmore se souvenait d'avoir vu J. Russell Adler quelques mois auparavant, avec son étui à guitare, exigeant de passer une audition devant Bill Graham. Des gens téléphonaient aux animateurs de radio, ils se rappelaient, disaient-ils, le regard effrayant qu'un étrange jeune homme leur avait jeté depuis sa cabine au péage du Golden Bridge.

« Je savais que quelque chose ne tournait pas rond chez ce type », disait une femme.

Une autre – travaillant au tribunal et parlant sous couvert d'anonymat – affirmait qu'il avait proposé pendant sa comparution pour mise en accusation de faire écouter au tribunal des bandes enregistrées. « Je suis le putain de futur Bob Dylan », avait-il hurlé.

La nuit, dans notre chambre, nous en avons parlé.

« Le vrai type est petit, ai-je dit. Tu te rappelles quand tu lui as collé ton revolver sur la figure ? Tu étais plus grande que lui. Et il était chauve. En grande partie.

– Tu as vu ses mains ? Celles du nôtre étaient différentes. Des ongles longs et des doigts potelés.

– Je sais. » Les joueurs de guitare ont les ongles courts.

« Nous devrions le dire à quelqu'un, a ajouté Patty.

– Plus personne ne me croit.

– Papa, si. »

L'étonnant, c'est qu'effectivement il m'a cru. Je n'avais même pas envie d'essayer, mais Patty a insisté pour que nous prenions nos vélos et allions chez lui avant qu'il parte travailler. Nous sommes arrivées juste au moment où il montait dans l'Alfa.

« Ils se sont trompés de type, déclara-t-elle sans préambule. Le type du péage n'est pas le véritable Étrangleur.

– Depuis quand les gens s'accusent de crimes qu'ils n'ont pas commis ? » Je me faisais l'avocat du diable, mais effectivement j'avais du mal à comprendre.

« Et pourtant, si, il y a des individus assez cinglés pour le faire, dit notre père. Ça les excite de penser qu'ils vont devenir le point de mire de plein de gens.

– Le type qui nous a agressées était petit, croassa Patty. Et vieux. Et je lui ai tiré dessus avec le revolver à air comprimé. Son visage était couvert de sang, donc il doit avoir au moins une cicatrice. Nous avons essayé de te le dire. »

Il garda un long silence, puis : « J'ai eu tort. J'aurais dû vous croire.

– Et maintenant, papa, est-ce que tu vas expliquer aux policiers qu'ils se sont trompés ?

– Je ne pense pas qu'ils aient envie de me l'entendre dire, Patty chou. Ni ça ni autre chose. Je ne suis plus ce qu'on appelle *persona grata* là-bas. Les types des forces spéciales et les grosses gâchettes du FBI claironnent partout que les gens peuvent de nouveau randonner dans la montagne. Du coup, le shérif va sûrement être réélu.

– Mais, s'ils croient tous que J. Russell Adler est l'assassin, comment feront-ils pour arrêter le vrai ? »

La question de Patty ne nécessitait pas de réponse. Ils ne l'arrêteraient pas.

Malgré tout ce qui était arrivé, la brigade criminelle du Marin County reconnaissait toujours à mon père un talent irremplaçable : réussir à faire confesser leurs crimes aux assassins les plus endurcis. Même en l'absence de preuve d'inculpation suffisante, même quand le type, dans la pièce des interrogatoires, lui opposait un mur de silence ou qu'il réussissait à se procurer le plus convoité des avocats, mon père savait le faire craquer. Les suspects finissaient par lui révéler des détails sur les meurtres sans lesquels aucune inculpation n'aurait tenu.

C'était son côté magicien. Ils convoquèrent donc le détective Anthony Torricelli afin qu'il obtienne de J. Russell Adler une déposition complète concernant les meurtres de l'Étrangleur du crépuscule.

Mon père retrouva la pièce familière, la table qui le séparait des prévenus. Dans l'esprit des autorités, cet interrogatoire devait être l'un des plus faciles de sa carrière.

Il aurait dû l'être.

Or ce que fit notre père, lorsqu'il se trouva seul avec J. Russell Adler, personne ne s'y attendait. Pendant quarante-huit heures, il s'efforça de lui faire admettre qu'il n'était pas l'Étrangleur du crépuscule. Et la chose improbable se produisit : ce prévenu-là refusa d'en démordre.

Alors le procureur annonça que, le suspect ayant renouvelé sa confession pleine et entière, l'État jugeait inutile de monter un procès.

J. Russell Adler plaida coupable des quinze chefs d'accusation, évitant ainsi la peine de mort, ce qui lui valut quinze sentences consécutives d'emprisonnement à vie, à San Quentin.

Sur la photo en première page du *Marin Independent Journal* qui le montrait sortant du tribunal après la sentence, J. Russell Adler souriait.

Une dernière chose. De la confession d'Adler, il ressortait qu'il connaissait l'existence des rubans adhésifs appliqués sur les paupières des victimes. Conformément à ce que racontaient les journaux depuis des mois, il avait aussi indiqué qu'il violait les jeunes femmes et aimait les dévêtir après les avoir tuées. Et qu'il lui plaisait parfois de disposer les corps d'une certaine façon avant de les quitter : en position de prière. Il demeurait cependant assez vague quant au nombre de victimes qu'il avait ainsi arrangées et sur l'endroit exact où chaque corps avait été retrouvé.

Il conduisait une Ford Pinto, pas une Toyota, mais ce n'était pas un problème.

L'important, c'était que les gens n'aient plus peur désormais de sortir de chez eux. Que le petit-déjeuner rituel du Labor Day, organisé dans les locaux du Club suisse de randonnée, pourrait avoir lieu. Le gouverneur avait couvert d'éloges extravagants les agents des forces spéciales et du FBI. Mais n'avait pas dit un mot sur mon père ou le travail de la brigade criminelle du Marin County.

J. Russell Adler sous les verrous, la vie pouvait reprendre son cours normal. Il restait cependant un détail que j'appris de notre père, à l'occasion d'une de ses visites nocturnes à la maison.

Pendant l'interrogatoire, il avait demandé au supposé Étrangleur de lui parler des lacets de chaussures.

« Lacets de chaussures ? » L'homme avait eu l'air ahuri.

« Que faisiez-vous de leurs lacets ?

– Le truc habituel, je suppose. Ce qu'on fait toujours avec des lacets.

– C'est-à-dire ?

– Ben, on les noue. »

Au cours de l'automne, la presse cessa de s'intéresser à l'Étrangleur du crépuscule, elle passa à d'autres sujets. Patty et moi avions espéré que notre père retrouverait sa place à la brigade criminelle, peut-être même son statut de héros. Mais il ne quitta pas son petit bureau obscur de Novato. Pour le gros de la population de notre comté, les héros de l'affaire étaient les agents du FBI.

Un éditorial du *Marin Independent Journal* insinuait que nos officiers de police judiciaires locaux avaient beaucoup à apprendre des professionnels fédéraux. Le *Chronicle* publia un dessin humoristique où l'on voyait un homme, à l'évidence mon père – ventru et chauve, une barbe de vingt-quatre heures –, postuler pour un job chez McDonald.

À l'issue de toute l'affaire, mon père se retrouva d'autant plus bouleversé qu'il savait le véritable tueur en liberté quelque part, dans un monde qu'habitaient aussi ses deux filles bien-aimées.

Il travaillait moins, ne passait plus des heures et des heures dans son bureau. Alors que, durant les mois précédents, il avait perdu progressivement du poids, il grossissait maintenant, mais d'une mauvaise façon. Il était bouffi – probablement parce qu'il buvait trop. Le stress ne l'avait pas quitté, mais semblait s'être tapi quelque part à l'intérieur, très loin en profondeur.

À mon sens, du moment où il comprit son échec et la terrible faute qu'il avait commise en ne croyant pas que Patty et moi avions effectivement rencontré le tueur dans la montagne, il cessa de croire en sa propre magie. Qui, de ce fait, disparut à jamais.

Quelques mois après l'arrestation d'Adler, nous sommes partis faire un tour, tous les trois dans l'Alfa, et nous nous sommes arrêtés pour dîner dans un resto-crêperie.

La serveuse reconnut mon père, probablement pour avoir tant regardé ses conférences de presse à la télévision – ce qui m'étonna néanmoins, vu que, parfois, j'avais moi-même du mal à le reconnaître.

« Vous êtes le flic de l'affaire de l'Étrangleur du crépuscule. »

Pour vous servir, répondit mon père, mais le cœur n'y était pas. Que je me sois réjouie de voir le vieux charmeur se réveiller l'espace d'un instant (alors qu'avant je redoutais ces moments-là), dit bien l'état où il se trouvait.

« Ce type, reprit la serveuse, vous en a fait vraiment baver. Dieu merci, il y a eu le FBI. »

Ma sœur et moi avons continué de mâcher en silence. Quand il eut fini son assiette, la serveuse vint lui proposer une portion supplémentaire de crêpes, ce qui lui valut un compliment sur sa ressemblance avec Jane Fonda dans *Le Retour*.

« Je parie qu'on vous le dit tout le temps. » Regard séducteur, œil papillonnant.

Pour la première fois, une femme n'y succomba pas. Elle se contenta de lui apporter l'addition, comme à un homme ordinaire.

Sa toux persistait. Malgré les adjurations de ma mère, il ne consultait pas de médecin. Parfois je l'entendais chercher son souffle. Un soir qu'il nous ramenait à la maison, Patty et moi, il dit à notre mère qu'il songeait à démissionner.

« Mais tu aimes ton métier.

– Un flic doit savoir admettre qu'il n'a plus toutes ses capacités. Qu'il est temps de passer le flambeau aux jeunes.

– Qu'est-ce que tu racontes, Anthony ? Tu n'as même pas quarante et un ans.

– Peu importe l'âge, quand ça se produit, il faut l'accepter. »

Il nous avait dit, à l'époque où il travaillait quatre-vingt-quatre heures par semaine sur l'affaire, que, une fois le tueur arrêté, il nous emmènerait en Italie. Le soir en question, il apporta un guide et annonça qu'il était temps de se mettre à l'italien.

À notre retour du voyage, sa vie changerait. Qui sait, peut-être qu'il ouvrirait un salon de coiffure pour hommes.

On était fin octobre, juste après le passage à l'heure d'hiver, si bien qu'il faisait nuit à cinq heures et demie de l'après-midi, et il avait commencé de pleuvoir plus tôt que d'habitude. Guirlandes de citrouilles aux fenêtres des Pollack (la petite Ashley avait fait son apparition quelques semaines auparavant). Écriteau À VENDRE sur la maison de Helen. Au bout de la rue, Mr Armitage avait encore loué un petit bulldozer, non pour arracher la pelouse et la remplacer par des pavés, mais pour enlever les pavés et semer à nouveau de la pelouse.

« Sa fiancée veut un jardin potager », nous expliqua Patty.

Ce soir-là, notre père débarqua juste après le dîner. Patty et moi étions en train de laver nos bols de soupe Campbell et d'envelopper de papier alu le reste des bâtonnets de carottes.

« Il faut que je vous parle, les filles. Et à votre mère aussi. »

Nous nous sommes installés dans le living, il a allumé une Lucky. « Un peu trop tard pour démissionner, à ce qu'il paraît. »

Il avait un cancer. Du poumon. Double tumeur. Le pronostic n'était pas bon.

« Mon grand-papa appelait ces machins des clous de cercueil », dit-il, examinant le paquet de Lucky, au devant agrémenté de l'œil rouge de taureau. « Mais il a vécu jusqu'à quatre-vingts ans en fumant comme un sapeur. J'ai cru que j'avais les mêmes gènes. »

Une fois couchées, Patty et moi avons discuté.

« Du moins, ils l'ont repéré, dit-elle. Ç'aurait été pire si nous étions partis en Italie sans rien savoir.

– Il doit être malade depuis longtemps. Il tousse tellement.

– Il est si fort. D'autres ne s'en sortiraient peut-être pas, mais papa, c'est différent. »

L'Italie lui ferait du bien. On se promènerait sur les canaux dans un de ces bateaux conduits par des hommes en chemise rayée qui rament en chantant. Nous retrouverions enfin notre père.

Le voyage n'eut jamais lieu mais, tant qu'il put conduire, notre père vint à la maison plus souvent que jamais. Certains soirs, je pouvais imaginer que nous étions à nouveau une famille – tous les quatre jouant aux cartes sur la table de la cuisine en mangeant du pop-corn. Des mois pendant lesquels notre mère renonça à s'enfermer dans sa chambre.

« Vous savez quel est le problème avec votre mère ? nous demanda-t-il un soir. C'est qu'elle était trop intelligente pour moi. C'est la seule femme qui n'a jamais gobé mes bobards. Même quand j'y croyais moi-même. »

Notre mère le fixa d'un regard embué. Je ne me souvenais pas d'avoir jamais vu des larmes dans ses yeux.

« Tu es la meilleure des femmes qu'on puisse rencontrer, Lillian. Si nos filles deviennent elles aussi des femmes bien, je sais à qui elles le devront. »

Parfois, nous parlions des anciens jours. Il aimait se rappeler nos fêtes, nos sorties traditionnelles – Candlestick Park, North Beach, les funiculaires, les repas au Top of the Mark, d'où le panorama est si spectaculaire, plongeons dans les vagues de Stinson Beach. Aucune d'entre nous n'osait le lui dire : *Tous ces endroits, nous n'y sommes allés qu'*une seule *fois*.

« Vous vous rappelez la chanson française que nous chantions ? demandait-il aussi. Et l'hôtel Flamingo ? »

Patty et moi, nous nous taisions.

« Ce devait être avec quelqu'un d'autre, Anthony », dit notre mère.

Il voulut m'apprendre à conduire. La loi interdisait aux jeunes de mon âge de tenir un volant, mais je n'allais pas ergoter avec mon père.

Il fixa le jour : un samedi matin de novembre, et par chance le soleil se montra. Nous avons pris l'Alfa et nous avons emprunté l'autoroute vers le nord. Personne n'imaginerait un père confiant un levier de changement de vitesses à son enfant, pour sa première leçon, sur une route aux virages si brusques et aux pentes si raides qu'on y tournait souvent des films publicitaires pour des voitures de sport. Mais personne n'avait un père comme le mien.

« N'en parle pas à ta mère », dit-il. Sa vieille rengaine. Toujours aussi inutile.

Dès que nous avons été assez loin de la maison pour qu'on ne puisse plus nous voir, il m'a passé le volant. Pour s'extraire du siège-baquet, il dut se tenir à la portière. Il était si maigre. Son pantalon ne tenait plus à la taille et ses mains, que j'avais toujours adorées, n'étaient plus que des os recouverts d'un peu de chair. Lentement, comme un vieil homme, il réussit à se mettre debout. Le souffle lui manquait.

Installé sur le siège passager, il me guida. « Ne fixe jamais ce qui est juste devant toi, Farrah. Tes yeux doivent se porter à une distance d'au moins cent mètres.

« Ne freine pas dans un virage. Rétrograde. C'est ce que font les professionnels.

« Si tu veux conduire décontractée, n'agrippe pas le volant comme tu le fais. Moi, je m'imagine avoir les mains posées sur les épaules d'une belle femme. À toi d'imaginer la scène qui te convient. »

Il a voulu s'arrêter à Stinson Beach pour contempler l'océan. La descente vers la plage s'est révélée encore plus pénible que je ne l'avais anticipé. Sans qu'il me le demande, je me suis baissée pour dénouer ses chaussures. Je savais qu'il voulait marcher pieds nus.

Nous avons traversé Bolinas, la ville qu'aucun panneau ne signalait, car ses citoyens les démontaient pour empêcher les touristes d'affluer.

« Ville de hippies, dit-il. Ici, les femmes ne se rasent pas les aisselles. Je n'ai rien à dire, comprends-moi bien. Chaque femme doit affirmer son style. Pour mon malheur, je les aime toutes. »

Nous avons continué vers le nord. Olema, Point Reyes, Marshall. Je savais qu'il était fatigué – au-delà de la fatigue –, mais il tenait à continuer. Il avait mis une cassette de Dean Martin et, même si nous parlions de temps en temps, s'il me faisait des remarques sur ma façon de conduire, nous roulions de longs moments en silence, écoutant simplement la musique.

En réalité, j'ai agrippé le volant pendant tout le trajet, mais pas uniquement parce que c'était ma première leçon. Parce que je savais que ce serait la seule qu'il me donnerait jamais. Et qu'à l'origine de cette équipée, il y avait beaucoup plus que le désir de m'apprendre à piloter une voiture.

« J'ai grandi sans ma mère, elle nous avait quittés. J'aurais pu être fou de rage contre elle, mais je ne lui en voulais pas. Je supposais qu'elle avait ses raisons. Que je ne cherchais pas à connaître. »

Je fixais la route, loin devant. Mieux valait qu'il ne voie pas mon visage, ni moi le sien.

« Je réussissais à m'en sortir. Le plus dur, c'était de constater les effets sur mon vieux. »

Silence. Juste Tony Bennett : « My foolish heart ».

Il reprend.

« Ce serait bien si ta mère sortait un peu. Rencontrait quelqu'un. Un type normal. Elle le mérite. »

Ça n'arrivera jamais. Le premier et dernier homme qu'elle ait jamais embrassé, c'est lui. Mais je ne le lui dis pas.

« Je ne m'angoisse pas pour ta sœur. C'est une fille qui sait dire à un mec qu'il n'est que de la merde. Y compris au tien. Elle ne laissera personne l'embêter. Et elle sera une beauté, comme toi, quand on lui aura arrangé ses dents. »

Ni lui ni ma mère n'avaient jamais mentionné ce problème. Pas une seule fois. Et maintenant qu'il en convenait, il ne se rendait pas compte que ce serait à lui de payer. Je suppose qu'il s'en remettait à Patty, suffisamment compétente pour trouver la solution. Peut-être même admettait-il que sa fille de douze ans possédait une force et un sens de l'autodiscipline dont il était dépourvu.

« C'est à ton sujet que je me fais du souci, Farrah. » Nous approchions de Jenner, la ville où la Russian River se jette dans l'océan. Malgré la fraîcheur, nous roulions vitres ouvertes, ce qui ne me facilitait pas la tâche pour entendre ce qu'il disait, d'une voix sourde, entre deux inspirations laborieuses. Il donnait l'impression d'un homme qui aspire le fond d'une tasse quasi vide. Une goutte à la fois. Et encore.

« Tu seras une vraie beauté. C'est déjà en cours. Toute ta vie, à n'importe quel âge, les hommes te poursuivront. Fais attention que ce soit bon pour toi, et pas seulement pour eux. Il faut de la réciprocité. »

Nous arrivions à Mendocino quand il me dit de faire demi-tour. Il avait incliné son siège et fermé les yeux et, tout en négociant les tournants, je me demandais s'il dormait ou non, mais sans m'inquiéter de ce qu'il se passerait si un motard de la police m'obligeait à m'arrêter et à lui présenter mon permis de conduire.

Je jetais de brefs coups d'œil sur cet homme, mon père, à côté de moi, souhaitant figer à jamais cet instant. *N'oublie jamais.* Je nous imaginais, moi en femme adulte, trente ou trente-cinq ans, en tournée de promotion pour son roman, et mon père, officier à la retraite, désormais grand-père (parce que ma sœur aurait des enfants, j'en étais sûre). Nous nous rendions peut-être à un dîner d'écrivains. À moins que ce ne fût pour voir le match de basket d'une équipe dont ma sœur était devenue le coach attitré.

Peut-être étais-je même plus âgée : la bonne quarantaine, mon âge actuel, et mon père un vieux monsieur. Dans ce cas-là, ses problèmes de santé, sa difficulté à respirer ne seraient pas si graves. Ce serait un vieux monsieur, voilà tout.

Au moment de quitter l'autoroute pour entrer dans le Marin County, mon père ouvrit les yeux si brusquement que je compris qu'il n'avait jamais vraiment dormi, qu'il s'était juste reposé.

« Je veux te demander quelque chose, Farrah. Conduis-moi chez Margaret Ann. »

Le lieu s'appelait Valley View, la seule vue qu'offrait l'ensemble locatif était celle de l'autoroute.

Comme nous l'avions correctement deviné, Patty et moi, le jour où nous avions remarqué sa voiture sur le parking – des siècles auparavant semblait-il, en réalité quelques mois –, la personne qui vivait là était bien Margaret Ann.

La dernière fois qu'il nous avait emmenées chez elle, j'avais neuf ans et Patty sept. Pour l'étonner, il avait fait un numéro sur son balcon, une série de tractions qui nous avaient remplies de fierté. Cet endroit était si beau que nous pensions être à Disneyland, avec Margaret Ann en Cendrillon. Nous avions souhaité, pendant quelques minutes, y vivre nous-mêmes, non seulement parce que c'était si charmant, mais parce que notre père y semblait si heureux. Et je me rappelle le terrible sentiment de culpabilité que j'avais éprouvé ensuite : celui d'aimer cette femme et donc de trahir ma mère.

Nous ne te pardonnerons jamais.

En me garant sur le parking de Valley View, je priai pour que Margaret Ann habite un rez-de-chaussée et que mon père n'ait pas à monter des étages.

Dans l'ancienne résidence, il y avait des jardinières sur les balcons, un club house et une piscine turquoise, un spa avec jacuzzi où Patty et moi avions paressé pendant que notre père et Margaret Ann, étendus sur des chaises longues, sirotaient leur verre – une boisson vert pâle qu'elle avait concoctée – d'où émergeait un petit parasol de papier, que nous avions rapporté à la maison.

La piscine de Valley View était vide, et une couche de moisissure en recouvrait le fond. Quelques rares voitures stationnaient sur le parking, l'air déglingué, un grillage ceinturait une partie de l'immeuble qui semblait inhabitée.

Il reconnut évidemment l'une de ces voitures : une très vieille Volkswagen au pare-chocs orné de deux autocollants. L'un disait : « Nul être humain n'est parfait, sauf celui dont vous tombez amoureux », et l'autre : « Il n'existe pas de raccourci pour un endroit qui vaut le détour. »

« On dirait qu'elle est chez elle », remarqua-t-il. Il ne l'avait évidemment pas prévenue. Il tentait sa chance.

Il n'essaya pas de m'expliquer ce que nous faisions là, je ne le lui demandai d'ailleurs pas. « J'aurais dû te prendre un sandwich. Et tu n'as même pas de carnet pour écrire.

– Je suis bien, ne t'inquiète pas. J'écouterai la radio. »

Il s'avéra qu'elle habitait au deuxième étage, un appartement auquel on accédait par un escalier extérieur menant à une coursive longue et étroite où certains locataires entreposaient des plantes ou des bouteilles de bière vides consignées. Il y avait aussi un vélo d'exercice, placé de telle façon que l'usager ait une vue imprenable sur l'autoroute, une boîte avec litière pour chats, une poussette hors d'usage et un sapin de Noël, avec tous ses ornements.

Je savais que mon père n'accepterait pas d'aide pour monter l'escalier, mais je ne le quittai pas des yeux pendant l'ascension. Deux fois il s'arrêta et reprit son souffle. Arrivé à la bonne porte, il redressa les épaules, se passa la main dans les cheveux, attendit une minute et sonna.

De là où je me trouvais, je ne pouvais la voir sur le seuil, je distinguais juste le bras pâle qu'elle lui passa autour du cou, la main qui lui ébouriffait les cheveux. L'instant d'après la porte se referma sur eux.

J'ai dû rester une bonne heure à l'attendre dans la voiture. Ce qui aurait paru très long dans d'autres circonstances – attendre son père enfermé avec une femme qui n'est pas votre mère – me remplit de joie, au contraire. Je me disais que les minutes qu'il passerait dans cet appartement seraient les meilleures qu'il pouvait espérer vivre maintenant.

Quand il émergea, il commençait à faire nuit. De nouveau, il s'immobilisa sur le seuil, où elle devait se tenir elle aussi, porte ouverte à en juger par la lumière qui éclairait mon père. Ils se parlaient, s'embrassaient peut-être. Et désormais je n'y trouvais rien à redire.

Il descendit très lentement, jeta un dernier regard vers le haut, où la porte devait s'être refermée. L'endroit était plongé dans le noir.

De ma place de conducteur, je me penchai pour lui ouvrir la portière – seule forme d'aide qu'il accepterait. Le soupir qu'il poussa en se laissant tomber sur son siège fut si long qu'on aurait cru entendre se vider un matelas pneumatique.

« Ça, c'est une belle femme. » Il fixait l'espace devant lui.

Je n'avais encore jamais fait de marche arrière, encore moins de manœuvre pour sortir d'un parking, mais je sentais mon père épuisé, incapable de m'aider. Je mis le contact, manœuvrai le changement de vitesse et… emboutis une benne à ordures. Si fort qu'elle en portait la trace : un vrai creux. Mon père ne parut même pas le remarquer.

« Nous ne reviendrons plus ici, dit-il. Il faut savoir partir en beauté. »

Il fut opéré en janvier. Il ne devait rester hospitalisé qu'une semaine, mais après l'opération, on le changea de service et, quelques jours plus tard, il demanda à son ami Sal de lui apporter un combiné stéréo et une pile de cassettes. Nous avons compris alors qu'il n'était pas près de rentrer chez lui.

Quand Patty et moi sommes allées le voir, il nous a montré les aménagements du lit : les boutons sur lesquels appuyer pour se mettre en position assise ou couchée, à des degrés différents. Facile ainsi de se rendre aux toilettes. Ce qui lui serait bientôt impossible de faire.

« J'ai au moins réussi quelque chose. Vous, mes filles. »

Le dernier week-end, nous avons dormi sur des chaises, à son chevet.

Mr Armitage nous conduisit à l'hôpital, puis notre mère nous apporta de quoi manger. Elle s'assit à côté de notre père, peu longtemps il est vrai. Les scènes dramatiques, ce n'était pas son fort.

Le lundi matin – nous ne savions d'ailleurs pas quel jour c'était –, notre père n'était plus en état de parler. Bouche ouverte, paumes des mains visibles, geste signifiant de la part d'un policier qu'il ne porte pas d'arme. À un certain moment, la douleur parut si terrible que je me suis dit que, s'il avait eu son arme, il s'en serait servi.

Nous n'avons quitté cette chambre que le jeudi. Et seulement parce qu'il était mort.

Je me rappelle notre impression quand nous avons franchi la porte de l'hôpital après que son corps eut été transporté au funérarium. On s'attend qu'il pleuve, en février, dans le nord de la Californie, mais ce jour-là, le soleil brillait, si fort que j'ai dû me protéger les yeux. Cela faisait six jours que je vivais dans cette chambre sombre. Mes pupilles avaient besoin de s'adapter, je suppose. Mais il y avait une autre raison. Le monde, sans la protection de notre père, me paraissait méconnaissable, un lieu de solitude insupportable.

JE N'ARRÊTERAI JAMAIS

N'Y COMPTEZ PAS

Il aurait dû y avoir un service religieux à St Mary, avec une garde d'honneur de la police de San Francisco et du Marin County, et un drapeau recouvrant le cercueil, que ma sœur et moi aurions emporté chez nous après la cérémonie. Mais il n'y a pas eu de service. Mon père avait demandé à être incinéré.

Il me laissa son revolver – le Smith & Wesson, *Chief's Special* – et l'Alfa Romeo. Il ne possédait pas grand-chose d'autre : plusieurs paires de chaussures très chic, une médaille d'honneur pour acte de bravoure, sa veste de cuir, sa montre en or et l'intégralité des enregistrements de Frank Sinatra, Tony Bennett et Dean Martin – ainsi qu'un album de Dusty Springfield, qui me rappelait un après-midi lointain : le verre de jus de fruit avec une paille recourbée et la porte de chambre close. Il manquait un article – les ciseaux de coiffeur de son propre père. Bizarrement, ils comptaient plus pour moi que la médaille.

Il nous laissait aussi un compte d'épargne, sur lequel il disait déposer de l'argent chaque mois en vue du voyage en Italie. Et qui se montait à moins de huit cents dollars – pas de quoi nous payer, Patty et moi, un aller-retour pour Lucca, la ville d'origine de sa famille, où nous aurions aimé répandre ses cendres. C'est là qu'il voulait nous emmener. Là et à Venise.

Ce voyage, nous l'avons accompli à la fin de mes études secondaires – Patty avait seize ans – et après avoir mis suffisamment d'argent de côté pour nous permettre de voir aussi Rome et Florence. À Venise, nous avons rencontré deux beaux Italiens – dont l'un s'avéra honnête joueur de basket et ne se laissa pas impressionner par le fait que ma sœur le dépassait de plusieurs centimètres. Ses baisers, me dit-elle, étaient d'excellent niveau. Elle portait enfin un appareil dentaire correctif, payé grâce à la distribution des journaux, puis à un job d'aide-contrôleur de bus et d'une somme versée par Mr Armitage. L'appareil ne constitua pas non plus un obstacle aux effusions de Vincenzo.

De retour chez nous, je suis entrée dans une école de coiffure. Je n'avais jamais envisagé de faire des études supérieures, mais, après avoir coupé des cheveux pendant quelques années et écouté les histoires des dames assises dans mon fauteuil, l'envie m'est venue d'étudier la psychologie et plus particulièrement la mentalité criminelle.

J'ai commencé dans une fac publique, puis j'ai intégré Berkeley University, où se trouvait également Patty, grâce à une bourse obtenue via le basket. Nous pouvions ainsi aller et venir entre l'université et la maison, dans l'Alfa de notre père, jusqu'au jour où, durant ma dernière année d'études, nous avons loué un appartement.

Et Patty put enfin réaliser son rêve de toujours : posséder un chien. Sans surprise, pour moi en tout cas, son dilemme – chiot adorable contre bon vieux chien en quête de foyer – se termina par l'adoption d'une chienne mi-labrador, mi-golden nommée Betty, que ses trois pattes (la quatrième avait été amputée) n'empêchaient pas de courir avec ma sœur pendant ses séances de jogging. Betty réussit à vivre cinq ans auprès de Patty – plus qu'on ne l'aurait imaginé possible pour un animal âgé d'environ douze ans au moment de son adoption.

Je suis effectivement devenue écrivain, comme je l'avais toujours projeté, mais j'ai laissé tomber les histoires d'espionnage international et de pilotes de course. J'ai presque honte d'avouer – compte tenu du nombre de bons écrivains qui ont dû se battre pendant des années pour trouver un éditeur – que je n'avais pas trente ans quand a été publié mon premier roman, un thriller comique et sombre intitulé *Vivement le sang.*

Il s'est bien vendu et la suite, *Nouveaux saignements*, encore mieux. Depuis, je publie un roman presque chaque année, toujours au printemps. Quant à la suite de mon histoire personnelle : elle va être plus difficile à raconter.

Après la mort de notre père et la condamnation de J. Russell Adler, j'ai essayé de libérer mon esprit de cette affaire. Savoir que Russell Adler n'était pas l'Étrangleur (malgré ses affirmations) était déjà dur à supporter, mais l'idée que le vrai tueur se baladait en liberté me minait, comme elle avait miné mon père.

De plus, mes études m'avaient appris que, lorsqu'une personne a révélé un comportement de tueur en série, il est fort improbable qu'elle en change. Elle peut ne plus sévir pendant de longues périodes, abandonner son territoire. Voire modifier son mode opératoire, encore que certaines caractéristiques propres à sa façon de tuer demeurent, même après des décennies d'inactivité.

Comme je l'avais dit à Alison, du temps qu'elle s'affirmait mon amie : lorsque quelqu'un a pris goût au sang, il est quasiment certain qu'il en voudra toujours plus.

Un tueur en série ne s'arrête qu'une fois incarcéré ou mort.

Ces manifestations que Patty et moi appelions mes visions devinrent moins fréquentes, pour finir par disparaître complètement. Sans que j'en aie conscience. Un jour, vers dix-sept, dix-huit ans, je me suis rendu compte que je n'éprouvais plus ce sentiment de savoir que quelque chose allait se produire ou s'était déjà produit, ou l'impression d'habiter la tête d'une personne étrangère, de comprendre ce qu'elle pensait, de voir le monde par ses yeux.

Ce fut un soulagement, bien sûr, de constater que cette malédiction, ou ce don, m'avait quittée. D'un autre côté, le monde qui m'entourait semblait plus terne, plus pauvre. Jadis composé de plusieurs strates (les choses telles qu'elles semblaient être et les innombrables fantaisies issues de mon imagination), le paysage n'offrait plus que la simple réalité ; j'inventais et écrivais des histoires, mais elles n'emplissaient plus mon cerveau comme avant, et je ne confondais plus mes rêves et la vie telle qu'elle est.

Une fois, une seule fois, depuis l'été 1979, je réussis à chasser de mon esprit la pensée de l'Étrangleur, et mon besoin de réhabiliter mon père. Ce congé sabbatique dura à peine un an. Un laps de temps où je m'autorisai à être follement, éperdument amoureuse, au point que tout le reste semblait avoir disparu, que seuls comptaient la présence de cet homme et notre couple.

Je n'avais jamais voulu me marier, mais quand j'ai rencontré Chris, l'idée parut plausible, même inévitable. J'écrivis une histoire d'amour d'un romantisme désespérant – histoire inachevée qui me ferait sûrement mourir de honte si je la relisais maintenant. Chris et moi parlions d'aller vivre en Oregon. D'avoir un enfant. Nous avons acheté un minibus Volkswagen et avons sillonné le pays, cuisinant sur un feu de bois et dormant sous les étoiles chaque fois que possible.

Nous étions dans un camping du Sud-Dakota quand nous avons entendu à la radio d'un voisin qu'on avait découvert le corps d'une femme assassinée dans les Black Hills, pas loin de l'endroit où nous nous trouvions. L'auteur du crime semblait se déplacer à pied et avait réussi à s'enfuir sans laisser la moindre trace exploitable.

Connaissant mon histoire, Chris proposa de partir sur-le-champ, pour le Montana ou l'Utah. Il y avait plein de beaux endroits où aller.

Mais je voulais rester dans le Sud-Dakota. Jusqu'à ce qu'on ait arrêté le tueur. Je voulais tout connaître sur le crime. Participer à l'enquête, si possible. Persuadée que l'assassin était l'homme que ma sœur et moi avions affronté au mont Tamalpais, je voulais être là au moment où on lui passerait enfin les menottes.

Ce n'était que le commencement. Nous avons effectivement loué un appartement à Brookings, toujours dans le Sud-Dakota. Chris tenait tellement à moi qu'il se résigna à me voir passer mes journées à la bibliothèque, écrire de longues lettres à tous les organismes judiciaires et policiers de l'État, remplies de détails concernant l'affaire de l'Étrangleur du crépuscule qui me semblaient susceptibles de les aider à localiser leur propre tueur. (Qui fut par la suite arrêté au Canada. Il s'avéra qu'il n'avait jamais mis les pieds en Californie. Pour la première fois, je pris conscience que le pays grouillait de types assassinant des femmes dans des lieux isolés.)

C'était l'époque des débuts d'Internet et l'idée qu'il pourrait exister un système de bases de données à l'échelon national, sur le modèle de celui du FBI, commençait à peine à germer. Prenons l'exemple d'une femme assassinée en Georgie par un homme muni d'un 44 Magnum, qui s'est introduit chez elle en se prétendant vendeur d'aspirateurs. Les policiers chargés de l'enquête n'avaient alors guère de chances d'apprendre qu'une autre femme du même âge environ et du même type physique avait survécu à l'attaque, huit mois auparavant, d'un homme utilisant une arme identique et proposant de lui vendre un assortiment de couteaux à des prix défiant toute concurrence. Surtout si la femme en question vivait dans un autre état – l'Ohio ou Rhode Island.

À moins d'être un agent du FBI, le seul moyen de connaître la survenue de ces deux événements et de noter leurs similitudes éventuelles était de s'abonner à une centaine de journaux, de répertorier tous les meurtres dont il était question et les conditions dans lesquelles ils avaient été commis. Il fallait se remplir la tête d'histoires abominables. Et, comme le faisait mon père, agrafer aux murs les photos des victimes, afin d'avoir leur visage sous les yeux vingt-quatre heures sur vingt-quatre.

C'est ce que j'ai fait.

J'ai couvert un mur entier de l'appartement que nous partagions, Chris et moi, avec une carte des cinquante États (l'Alaska et Hawaï semblaient des destinations improbables pour un tueur en série, mais il avait pu atterrir dans n'importe quel autre État).

Je passais mes journées en bibliothèque, à consulter les microfiches, relever les données. Puis à punaiser sur la carte chaque endroit où s'était produit un crime ressemblant à celui qu'aurait pu perpétrer l'Étrangleur.

Ma conversation, mon esprit regorgeaient de détails de viols et de meurtres. Quand je n'en parlais pas, j'y pensais. Plus question d'Oregon ni de bébé.

Au bout d'un an, Chris et moi nous sommes séparés. Il n'y avait pas de place dans ma vie pour un autre homme que les deux dont je ressassais l'histoire à longueur de temps. L'Étrangleur et mon père.

J'ai beaucoup bougé ensuite. Comme devait le faire le tueur, me disais-je. Deux mois en Illinois. Six mois dans le Minnesota. Une année dans le Nevada, longue période pendant laquelle quatre jeunes femmes furent retrouvées mortes dans une station de ski. L'assassin arrêté, il apparut clairement que ce n'était pas mon meurtrier. L'homme qui nous avait agressées ma sœur et moi était d'une taille en dessous de la moyenne. Celui-ci mesurait un mètre quatre-vingt-quinze.

Les cinq premières années de ma traque aux tueurs, j'ai travaillé comme serveuse de restaurant, parfois comme coiffeuse dans un salon. Vivant en célibataire, n'ayant guère envie ni besoin de beaucoup dormir, j'écrivais la nuit. De la fiction, mais où abondaient les détails récoltés à l'occasion de mes recherches. L'amour m'était inutile.

J'ai arrêté de couper les cheveux le jour où j'ai publié mon premier roman. Ayant vendu les droits d'adaptation cinématographique du second, j'ai acheté une vieille ferme dans le New Hampshire, aussi loin que possible du lieu où Patty et moi avions grandi, à l'ombre d'une montagne appelée Monadnock. Je ne retournais dans le Marin County qu'une ou deux fois par an – jamais plus de quelques jours – pour voir ma mère. Elle allait mieux désormais. Elle avait découvert les antidépresseurs et décroché un job dans son lieu favori, la bibliothèque.

Le rêve de ma sœur de devenir joueuse professionnelle se réalisa lorsqu'elle fut recrutée par la ligue féminine de basket de Venice, mais après la faillite de l'association, son intérêt pour le basket se manifesta d'une tout autre manière. Étrangement, alors que je ne cessais de parler de mes futurs voyages autour du globe, c'est Patty qui s'enrôla comme enseignante dans les Peace Corps. J'avais coutume d'affirmer qu'il me serait plus facile de me passer de nourriture que de vivre sans ma sœur. Mais nous nous écrivions de longues lettres, chaque semaine – même si parfois les siennes mettaient des mois à me parvenir.

Elle m'avait écrit d'Afrique ce que le basket-ball signifiait pour les pauvres gamines à qui elle apprenait à jouer, non en groupe (à cause de la faiblesse de sa voix), mais à chacune en particulier. Elle devint coach – d'abord au Sénégal, puis dans d'autres pays. En bus, elle allait de village en village, portant ses chaussures de basket autour du cou, un sac de ballons sur le porte-bagages au-dessus de son siège. Son seul regret était de ne pouvoir emmener un chien.

Elle se trouvait en Somalie pour diriger l'entraînement d'élèves de seconde, quand, à la suite d'une émeute, un bombardement des forces des Nations unies tua une centaine de civils. La journaliste qui, durant la nuit, réussit à me joindre pour m'apprendre la nouvelle, m'expliqua qu'une bombe avait explosé à l'emplacement exact de l'école, à l'heure où les gamines – ma sœur les appelait ses guerrières – auraient dû enfiler leur tenue.

Qui aurait cru qu'un terrain de basket puisse être un endroit dangereux ? Mais devinant que cela pouvait le devenir, Patty avait quitté sa chambre, une location dans un quartier sécurisé de Mogadiscio, pour venir s'assurer qu'il n'était rien arrivé aux enfants. En bus d'abord, puis à pied, quand la foule dans les rues était si dense qu'elle empêchait les véhicules de passer. Portant son ballon. Rapide comme le vent.

Elle était sur le point de rejoindre les fillettes – neuf joueuses de l'âge que nous avions le jour de notre rencontre avec le tueur sur la montagne – quand elle avait hurlé la série de mots qui m'avaient sauvé la vie.

La voix trop faible pour appeler les fillettes, elle fonça dans la foule pour les sortir de là, également incapable d'appeler à l'aide quand un émeutier l'empoigna.

La pierre, jetée par un anonyme sans visage, lui fracassa le crâne. Ma seule source de réconfort est la certitude que Patty est morte sur le coup.

À ce stade, mon histoire doit comporter une page blanche. Ou un millier – peut-être plus – pour tous ces jours qui se sont écoulés depuis qu'elle nous a quittés.

D'abord, j'ai voulu disparaître – couper mes cheveux et les brûler, courir vers le sommet de la montagne, ou les falaises de la Tennessee Valley, ou un endroit quelconque de Point Reyes – et m'élancer depuis l'extrémité du monde. J'accomplissais cependant les gestes du quotidien, encore que parfois le simple fait de rejeter les couvertures et de mettre le pied par terre me semblât un effort démesuré. Où que j'aille, quoi que je regarde, une image de Patty m'assaillait. La seule chose tolérable était l'écriture, me perdre dans la vie de gens autres que ma sœur et moi.

Ce fut après la mort de Patty que notre mère a déserté sa chambre. Auparavant, quand il m'arrivait quelque chose, c'était auprès de Patty que je cherchais du réconfort. Or, ce qui m'arrivait maintenant, c'était sa disparition. Son absence. Que compensa cette fois-ci la présence de notre mère. Et celle de Mr Armitage. Après l'enterrement, lui et sa femme vinrent à la maison nous apporter de quoi manger. Ils s'assirent simplement dans le living, un long moment, sachant, contrairement à d'autres, qu'il était inutile de parler et qu'il n'y avait rien à dire.

Durant ces premiers mois de deuil, je songeais parfois à ce qu'avaient dû signifier pour notre père l'année des quinze meurtres, les visites qu'il se devait de rendre aux familles ayant perdu un être cher d'une mort terrible et violente, des gens qui souhaitaient être morts eux aussi. J'avais imaginé, avant, que la méchanceté du tueur s'était infiltrée dans le corps de mon père et l'avait rongé, mais je crois maintenant qu'il a succombé à un trop-plein d'affliction. Certaines personnes sont mieux capables que d'autres de se barricader contre le chagrin ; pour mon père, qui aimait les femmes, la douleur des mères – celle des pères, des frères et des amants aussi, bien entendu, mais surtout celle des mères et des sœurs – devait le faire autant souffrir que s'il avait lui-même reçu ces coups. Parlez tant que vous voudrez des dangers de la nicotine – d'accord. Mais je croirai toujours que c'est la toxicité d'un tueur et une tristesse irrépressible – savoir qu'il n'avait pas réussi à éradiquer ce mal – qui se sont installées dans les poumons de mon père et l'ont étouffé.

Depuis longtemps – mais reportant sans cesse la décision –, je m'étais donné pour objectif d'écrire une lettre à l'homme condamné à vie pour les meurtres commis par l'Étrangleur. Je ne me considérais pas plus douée que mon père dans l'art d'obtenir des aveux, mais j'espérais que plus de dix ans à San Quentin auraient incité J. Russell Adler à réviser son point de vue et à se rétracter, ouvrant ainsi la voie à la réouverture du dossier et permettant peut-être de rétablir la réputation de mon père.

Cela n'arriva jamais. En 1990, dix-sept ans après la sentence, Adler fut retrouvé mort dans sa cellule, tué par son codétenu.

Ce qui semblait annihiler tout espoir de convaincre les autorités judiciaires qu'elles s'étaient trompées d'homme.

Pourtant, j'ai continué ma traque – consultant régulièrement les bases de données désormais accessibles qui mentionneraient un meurtrier œuvrant loin des villes, dans des terrains de camping ou sur des chemins de randonnée, opérant avec une corde à piano et collectionnant les lacets de chaussures.

Après la mort de ma sœur, j'ai fait en sorte que les histoires que je continuais d'écrire ressemblent aussi peu que possible à la mienne.

Certes, mes romans avaient toujours pour héroïnes deux sœurs (une grande, l'autre de taille moyenne) très unies, se transformant en détectives amateurs. La plus jeune est une joueuse de tennis professionnelle, l'autre une harpiste. Bien que la harpiste présente une certaine ressemblance avec moi (difficile de modifier le personnage puisque j'en étais au troisième volume de la série au moment de la mort de Patty) et que les deux jeunes femmes aient une ascendance italo-américaine, j'attribue à la joueuse de tennis une carrière très différente de celle de ma sœur. Elle gagne d'importants tournois, devient riche, fait de la publicité pour des produits et des tenues de sport, tout en continuant à résoudre des affaires criminelles. Ses dents sont parfaites et son animal domestique, qu'elle emmène dans ses tournées, est un chat.

Dans le huitième volume, *Blood Love*, la harpiste tombe amoureuse, se marie et donne naissance à un fils. Façon de m'assurer plus encore qu'on ne pouvait établir de relation entre moi et mon personnage. J'approchais les quarante ans et ce dont j'étais sûre, à ce stade, c'était que je finirais ma vie seule. Jamais je ne connaîtrais d'attachement aussi fort que celui qui m'avait liée à ma sœur.

J'ai rencontré Robert à l'occasion d'une lecture organisée par une librairie de Keene, New Hampshire. Je lisais un passage particulièrement macabre, où la joueuse de tennis découvre des morceaux de corps humain dans son sac de sport, juste avant d'entrer sur le court où elle dispute l'Open de Paris. À l'évidence, mes désirs de romantisme avaient fait long feu.

Pendant la séance des questions du public, un homme demanda la parole – pas particulièrement beau ni séduisant, même s'il portait une belle chemise. En flanelle, me suis-je dit.

« Je me demandais ce qu'écrire des choses aussi affreuses trahit de l'état d'esprit de l'auteur. Vous arrive-t-il de penser que vous pourriez donner à vos personnages une fin heureuse ? Les laisser rentrer chez eux et se reposer ?

– Le bonheur ne fait pas vendre. Les crimes, si. »

Après, il m'aperçut sur le parking et se dirigea vers ma voiture. La vieille Alfa de mon père que j'utilisais de temps à autre. Peu adaptée aux hivers de la Nouvelle-Angleterre, mais nous étions à la fin de l'été.

Un autre homme aurait proposé d'aller boire un verre. Lui me dit qu'il cultivait un grand jardin et que les tomates avaient mûri plus vite qu'il ne pouvait les manger. Est-ce que j'aimerais en rapporter chez moi ? Il en avait un sac plein dans son coffre.

« Je ne fais pas la cuisine.

– C'est étrange. Dans vos livres, vous n'arrêtez pas de décrire des plats italiens.

– Ça, c'était mon père. Il nous disait toujours qu'à notre majorité, il nous donnerait sa recette de la sauce marinara. Mais il est mort avant.

– Moi, je pourrais vous l'enseigner. »

Cela ne me ressemblait pas, mais j'ai dit d'accord.

Je ne suis pas tombée amoureuse de Robert. Tomber amoureuse, à cette période-là, ne faisait pas partie de mes pratiques. Mais nous avons vécu ensemble – un week-end sur deux, quand je n'étais pas occupée à répertorier les meurtres – et il ne serait pas faux de dire que Robert était tombé amoureux de moi.

Un week-end sur deux, parce que Robert avait une fille. Justine, six ans, vivant avec sa mère, mais en alternance chez l'un et l'autre pendant les fins de semaine et les vacances. Le divorce datait de deux ans : pas de rancœur, Robert et son ex s'entendaient bien, selon lui, Justine était heureuse, et quand ce n'était pas le cas, le divorce de ses parents ne semblait pas en être la cause.

Nous nous connaissions depuis six mois quand il me proposa de venir déjeuner avec lui et Justine. Non merci, ai-je dit. Les enfants des autres ne m'intéressent pas.

Il remit la question sur le tapis au bout de neuf mois, puis pour le premier anniversaire de notre rencontre sur fond de tomates, puis encore et encore, jusqu'à ce que je lui dise que, s'il continuait, je le quitterais.

« Je ne serai la belle-mère de personne. Ni la femme avec qui baise le père alors que la gamine voudrait qu'il soit à la maison.

« Les fillettes de huit ans » (deux ans de plus s'étaient écoulés), « ce n'est pas mon truc. Je sais à quoi elles ressemblent. J'en ai été une.

– Tu ne la connais même pas. De quoi as-tu peur ? De bien vous entendre elle et toi et que, le jour où nous nous séparerons, tu te sentes mal ? Alors, marions-nous.

– Se marier, ça signifie qu'on ne se sépare jamais ?

– Ça signifie que moi, je ne partirai pas. »

Ce qu'il voulait, me dit-il, c'était vivre avec les deux personnes qu'il aimait le plus au monde, dans la même maison. La prochaine fois qu'il irait dans le Maine avec Justine – ce qu'il faisait chaque été –, il voulait que je sois là, moi aussi.

« Elle te veut pour elle toute seule, ai-je rétorqué. Elle n'a pas besoin que je traîne derrière vous.

– Elle veut que je sois heureux. Je suis encore plus heureux quand tu es là. »

Peu avant mon quarante-deuxième anniversaire, je reçus un paquet. Sans adresse de l'expéditeur, mais le cachet de la poste indiquait San Rafael, Californie.

À l'intérieur, un cahier d'un modèle vieillot, qu'on ne trouve plus guère maintenant. Papier blanc réglé, pas d'anneaux, couverture entoilée. Dès que je l'ai ouvert, j'ai reconnu l'écriture. Celle de mon père.

C'était un journal intime. Des notations brèves, peu de phrases. Des pages et des pages de notes. Je dus en lire plusieurs avant de comprendre qu'elles avaient trait à l'Étrangleur du crépuscule et dataient de trente ans, quand mon père dirigeait l'enquête.

J'en conclus que le cahier avait dû réapparaître dans un bureau du centre de police, à l'occasion d'un grand nettoyage. Du départ à la retraite, par exemple, d'une secrétaire qui s'était toujours montrée aimable envers mon père et avait réussi à me retrouver.

J'ai consacré tout le week-end à l'examen du cahier. Le lundi, j'étais censée prendre l'avion pour Detroit afin d'effectuer des recherches pour mon prochain livre, ayant pour sujet un meurtre, commis là-bas par une femme qui, après avoir assassiné son mari, directeur d'une firme automobile, avait planqué le corps dans le coffre de leur SUV pendant une semaine.

J'ai renoncé à mon voyage et continué la lecture du cahier. Comme un message venu de l'au-delà.

Peu après, j'ai pris l'Alfa et suis partie pour le cabanon que je loue dans le Maine, où je me réfugie toujours quand je commence un nouveau livre. Au lieu de la semaine habituelle, j'y ai passé un mois.

Robert, qui s'accommodait d'autant plus mal de mon absence que je lui disais m'accommoder de la sienne, venait chaque week-end m'apporter un grand récipient de soupe faite maison. « Je parie que tu ne prends même pas le temps de manger. » Il n'avait pas tort.

Je suis rentrée chez moi avec le manuscrit d'un livre intitulé *L'Homme de la montagne*. Plus question des sœurs harpiste et joueuse de tennis. Pas de titre accrocheur. Mais l'histoire, à peu de chose près, de ce qui s'était passé l'année de mes treize ans. Une œuvre de fiction, certes, mais dans laquelle l'une des sœurs inventait des histoires tandis que l'autre jouait au basket, avec un père détective et une mère toujours triste.

Un homme confessait les crimes, qu'il n'avait pas commis. Le véritable assassin disparaissait.

Mon éditeur adora le livre et le publia l'été suivant, soit trente ans après qu'avait sévi l'Étrangleur du crépuscule. Si bien que nombre de journaux et magazines de la baie regorgèrent d'articles sur l'affaire – ce qu'étaient devenues les familles des victimes, interview du policier qui avait recueilli la première confession de J. Russell Adler et du patron de la force spéciale réputée avoir résolu l'énigme. Aucune mention de mon père, sauf le commentaire d'un policier affirmant que l'enquête était « un vrai foutoir » quand son équipe et les hommes du FBI avaient pris le relais.

Depuis quelques années, j'avais renoncé aux tournées promotionnelles à chaque publication. J'étais assez connue pour ne plus avoir à me trimballer dans tout le pays, à signer des livres et expliquer pour la centième fois que, non, je ne joue pas de la harpe. Je ne vivais toujours pas avec Robert, mais force m'était de constater, depuis quelque temps, que je dormais mieux quand je dormais avec lui. Ce qui advenait de plus en plus fréquemment quand sa fille n'habitait pas chez lui.

Pour ce nouveau livre, néanmoins, j'ai informé mon éditeur que j'étais prête à effectuer une tournée dans les villes qu'il me désignerait, lesquelles se révélèrent nombreuses. Le bruit courait que *L'Homme de la montagne* figurerait bientôt sur les listes de best-sellers.

Ce n'était pourtant pas dans un but lucratif que j'avais accepté de parcourir ainsi le pays, d'accorder toutes ces interviews – même aux plus petites stations de radio et aux journaux locaux à tirage infime.

Une idée – un rêve – me hantait. Je me rappelais les paroles du tueur ce jour funeste dans la montagne.

Je te surveillais, petite pute. Je ne te perdrai jamais de vue.

Je continuais, après tant d'années, d'espérer que ce soit toujours le cas. Que, dans ces conditions, il lisait mes livres ou du moins connaissait leur existence, et qu'il viendrait acheter celui-ci.

À cet effet, j'avais inséré dans mon histoire un élément destiné à lui seul. Un détail qui échapperait au lecteur ordinaire, mais qui suffirait à faire sortir cet homme de son trou.

Depuis que j'avais reçu le cahier de mon père, quelque dix-huit mois auparavant, je n'avais cessé d'examiner ses notes sur l'enquête. Page après page, une énumération de plaques d'immatriculation, de parkings où les voitures étaient garées au départ de chemins de randonnée, des jours où se commettaient les meurtres ; les noms d'individus prétendant avoir des tuyaux ;

noms et adresses de fournisseurs de cordes à piano. Et bien d'autres.

Figurait aussi un compte-rendu très détaillé de ses activités : date, avec en regard, d'une écriture sténographique, nom des lieux et des gens qu'il avait interrogés. En haut de certaines pages, une notation différente. Anniversaire de ma mère, le mien, celui de Patty. *« Bball, P. 6 heures. Tournoi. Y aller ! »*

« Rachel. Discuter garçon. » (Suivent trois points d'exclamation et une étoile.)

Plusieurs notes surprenantes concernant des conversations que mon père semble avoir eues avec un orthodontiste sur la pose d'un appareil et la possibilité d'un paiement échelonné. La date d'un rendez-vous de médecin pour lui-même, rayée avec la mention *reporté*. Une recette de *caponata*, un rappel d'avoir à faire permuter les roues de l'Alfa, le nom d'un hôtel à consonance italienne.

D'autres inscriptions, déroutantes. *« Anniversaire, G. »* *« Molinari. Meilleure mozarella. »* *« Bougies. M. »* *« Robe rose princesse. »* (Qu'est-ce que cela pouvait signifier ? Ma sœur et moi détestions le rose et, à cette époque, nous avions depuis longtemps dépassé l'âge des robes de princesse.)

Une note fin mars 1980 qui, à la réflexion, a dû être prise le jour où j'avais appelé mon père d'une cabine pour qu'il vienne me chercher après mon départ de chez Alison. Le jour où j'avais dit à Teddy Bascom que je ne ferais pas l'amour avec lui.

Le nom Bascom. Rayé avec une telle force que la plume a déchiré le papier.

Sur une page, en fin de cahier, ce ne sont plus des notes prises à la va-vite, mais de véritables phrases qui racontent une histoire.

Celle de la visite chez nous des agents du FBI – après la rencontre avec l'Étrangleur sur la montagne – qui expliquèrent à mes parents la gravité du délit commis par leur fille, délit qui pouvait me faire envoyer en centre de détention juvénile. Suivent le nom du psychothérapeute et son numéro de téléphone. Une date de rendez-vous. Obligatoire.

Le lendemain, il note son entretien avec le chef de la police, au cours duquel il apprend qu'on lui retire l'enquête sur l'Étrangleur.

Après, quasiment plus rien. Quelques bribes sur son job à Novato, qu'il surnomme « Sibérie ». Un autre rendez-vous chez le médecin – radiologue, qu'il semble de nouveau avoir reporté.

Quelques invectives contre le FBI, une réflexion amère sur le comportement du shérif du Marin County, apparemment moins préoccupé de la sécurité de la population que de sa réélection.

L'avant-dernière prise de notes me réserve une surprise. Fin août 1980.

Le lendemain du jour où J. Russell Adler s'est présenté à la police en affirmant être l'Étrangleur, mon père est parti seul revoir le lieu où s'était déroulée l'attaque contre ma sœur et moi, que les agents du FBI m'accusaient d'avoir inventée pour attirer l'attention.

Votre fille est douée pour inventer des histoires, détective Torricelli. Mais les histoires, c'est bon pour les livres. Pas pour témoigner dans une affaire de justice. Rappelle-toi cette leçon, Rachel.

Mon père donne ensuite la liste de tout ce qu'il a trouvé dans le vieux camion. Les deux catalogues. Les emballages vides de pudding, une cuiller en plastique, un rouleau de papier toilette et une photographie de Kate Jackson en bikini dans *Drôles de dames.*

Et enfin : des lacets de chaussures. De différente longueur. Usés, effilochés. Ceux-là n'avaient pas été achetés afin que je puisse prendre une photo et l'insérer dans mon album – incriminant ainsi Mr Armitage –, ils provenaient de vraies chaussures. Ils étaient tachés de boue, pleins de poussière. Les extrémités mâchonnées, certaines portant même des empreintes de dents.

En tout, seize paires. (Seize, pas quinze. Pas d'explication.) Pas jetées n'importe où, à l'instar des autres objets, mais rangées soigneusement – presque avec amour, semblait-il –, chaque paire formant une boucle, dans ce qui restait de la boîte à gants de la cabine.

Mon père note ensuite qu'il a pris de nombreuses photos de l'intérieur de la cabine. Qu'il a rassemblé tous les objets et les a placés dans des sacs en plastique scellés. Des éléments de preuves qu'il comptait apporter à ses anciens collègues, annonçant que les fameux lacets dont lui et son équipe avaient noté l'absence sur les chaussures des victimes avaient été retrouvés.

Il comptait rédiger un rapport complet à l'intention de l'officier qui l'avait remplacé. Souligner que, vu la découverte de cette nouvelle preuve, il était important – essentiel – de réexaminer les déclarations antérieures de ses deux filles, Rachel et Patricia Torricelli, déclarations si rapidement méprisées, concernant l'agression qu'elles disaient avoir subie de la part d'un individu inconnu émergeant du camion, affirmait sa fille aînée, quelques instants avant d'attaquer.

Conséquemment, il paraissait évident que les événements racontés par ses filles aux agents du FBI avaient bien eu lieu. Qu'elles avaient effectivement eu affaire à un assaillant qui utilisait le vieux camion comme base pour ses opérations dans la montagne, et qu'il s'agissait de l'Étrangleur du crépuscule. Désormais, il avait la certitude que la brigade criminelle du Marin County avait emprisonné un faux coupable.

La toute dernière notation, datée de quelques jours plus tard, semble avoir été rédigée dans un état d'extrême agitation, si l'on se fie à l'écriture.

Il avait apporté son rapport au nouveau patron de l'équipe désormais chargée de l'affaire. Le voir n'avait pas été chose facile, étant donné la frénésie médiatique qu'avait déclenchée l'annonce triomphale, à la suite des aveux de J. Russell Adler, que les agents des forces spéciales avaient arrêté le tueur.

L'entretien avait duré exactement sept minutes. Son interlocuteur y avait mis fin en raison de la conférence de presse qu'il devait tenir incessamment.

« Étant donné que l'affaire est désormais définitivement résolue, lui avait-il dit, je vous déconseille fortement d'insister sur le sujet. »

Jusqu'à présent, le service avait choisi de détourner les yeux des « bouffonneries » des filles du détective Torricelli. Mais, si Torricelli décidait de s'exprimer publiquement sur l'affaire, les autorités ne verraient pas cela d'un regard favorable.

Ainsi s'achevait le cahier de mon père.

Dans mon roman *L'Homme de la montagne*, je raconte l'affrontement entre les deux filles du détective discrédité et l'homme que j'appelle le « Monstre des pentes ». J'y ai décrit la scène du tir au pistolet à air comprimé, mentionné le refus par les agents du FBI de croire le récit des filles, les séances exaspérantes de psychothérapie à laquelle doit se soumettre l'aînée et le diagnostic du thérapeute, selon lequel il a détecté chez cette adolescente « un risque élevé de comportement pathologique ».

J'ai supprimé ou modifié des détails (le père conduit une Fiat ; la sœur cadette est une joueuse de water-polo), aucun personnage n'évoque Mr Armitage, et il n'y a pas de terrier Jack Russell. La mère semble un peu moins déprimée que ne l'était la nôtre. Elle fait de la pâtisserie – des biscuits au chocolat – et parfois, le vendredi soir, elle emmène ses filles au bowling.

Pour l'essentiel, cependant, il s'agit bien de notre histoire. Avec la confession d'un homme qui n'était pas le véritable tueur, et la mort – peu de temps après – du détective à qui on vient de retirer la direction de l'enquête. Pour ses filles, il est clair (bien qu'impossible à prouver définitivement) que ce n'est pas tant la nicotine qui a tué leur père que la toxicité de l'affaire – la frustration et la rage de savoir que le tueur se balade en liberté et son incapacité de faire quoi que ce soit.

Un seul élément diffère sensiblement de ce qui s'est passé dans la réalité : à l'occasion d'une balade en montagne, quelques mois après la condamnation du faux tueur, l'aînée des filles découvre dans la cabine du camion le tas de lacets de chaussures. Elle s'en empare et les garde ensuite chez elle, comme une injonction à continuer de chercher le vrai tueur afin de le remettre à la justice. Elle sait l'importance de ces lacets pour cet homme, et elle espère qu'ils lui serviront à l'appâter de façon à achever le travail qu'avait entrepris son père.

Dans la réalité, je n'ai jamais trouvé les lacets. Alors que, jusqu'à cette terrible rencontre avec le tueur, ma sœur et moi n'avions jamais vraiment eu peur de quoi que ce soit, pendant des semaines et des semaines, ensuite, nous n'avons pu nous résoudre à reprendre le chemin de la montagne, encore moins du camion.

Et quand nous l'avons fait, six mois plus tard, tout avait disparu : les catalogues, les emballages de nourriture, les quelques vêtements sales, les lacets. Aucun indice permettant de supposer que la cabine avait servi à d'autres personnes que des adolescents en quête d'un endroit où faire l'amour.

La pensée de ces lacets et de ce qu'ils étaient devenus m'a poursuivie pendant des années. (Je me rappelle ce jour où j'ai remarqué un nid d'oiseau dans un arbre au bord du chemin. J'ai cru voir un lacet mêlé aux feuilles et aux brindilles, et j'ai obligé ma sœur à grimper dans l'arbre pour vérifier. Ce n'était rien qu'un bout de ficelle piqué par une corneille et utilisé à bon escient.)

En lisant les notes laissées par mon père, j'ai enfin trouvé la solution du mystère, du moins en partie. Car, dès lors, un second mystère se posait. Qu'était devenu ce trésor dont mon père avait reconnu l'importance? Malgré l'interdiction de poursuivre le tueur qui lui avait été signifiée, jamais il n'y aurait renoncé et ne se serait séparé des fameux lacets.

Alors, qu'étaient-ils devenus ?

Dans mon roman, comme je l'ai dit, l'aînée des sœurs les découvre et les garde. Une seule raison à cette altération de la réalité : la possibilité que le tueur lise le livre et croie que l'auteur détient les lacets. Et cherche à me dénicher. Ce que je ferais à ce moment-là, je n'en avais pas davantage l'idée que trente ans auparavant. La seule chose que je savais, c'est que je voulais de nouveau regarder cet homme dans les yeux.

Je n'ai divulgué ce plan ni à mon éditeur ni – surtout pas – à Robert, qu'un tel projet – si farfelu soit-il – aurait alarmé. La seule personne à qui je l'aurais confié était Patty, bien entendu. Elle aurait compris et insisté pour m'accompagner dans ma tournée de promotion, pour se tenir à mes côtés et me protéger. Et affronter le tueur.

Mais Patty était morte. J'ai donc sillonné seule le pays, du New Hampshire à la Californie, quatorze villes, avec l'espoir qu'un soir, dans une librairie ou à une séance de lecture, levant les yeux de la table où je signais ou les abaissant de l'estrade où je parlais, je vrillerais ceux du tueur. (Ceux, ou celui ? Quelle blessure lui avait infligée Patty avec le pistolet à air comprimé ? Nous l'ignorions. Ce que nous savions, c'est qu'il avait poussé un cri, avait laissé tomber le filin d'acier et porté une main à son œil gauche.)

Quoi qu'il en soit, j'étais sûre que l'homme avait des raisons de me poursuivre. Peut-être était-il aussi obsédé par moi que moi par lui. Peut-être lui déplaisait-il qu'un autre revendique des crimes que lui seul avait commis. Ou peut-être voulait-il simplement récupérer les lacets.

Toujours est-il que, avant de partir, j'ai sorti de sa cachette le vieux revolver de mon père et l'ai mis au fond de mon sac.

Accessoire inhabituel d'un écrivain se préparant à rencontrer ses lecteurs. Pour une tournée qui se révélerait tout aussi inhabituelle.

La première lecture a eu lieu dans la librairie de Peterborough, la petite ville du New Hampshire où je réside, en présence d'une trentaine de personnes, des amis pour la plupart. (Robert au premier rang, bien sûr. Trop tôt dans la saison pour avoir des tomates, mais il m'apporta du lilas pourpre.)

Puis ce furent Boston, New Canaan (Connecticut), New York, Washington, Atlanta, Chicago, Madison, Detroit, Indianapolis, Denver, Seattle, Portland (Oregon), Los Angeles. Quatre semaines bien remplies d'interviews, lectures, discussions. Déjeuners suivis de signatures. Chambres d'hôtel. Repas pris dans la chambre.

Question : *Qui devrait tenir le rôle de votre père dans une adaptation cinématographique ?*

Réponse : *L'homme le plus séduisant, le plus beau de Hollywood. Et je doute qu'un acteur, quel qu'il soit, puisse lui rendre justice.*

Question : *Vous avez mis combien de temps pour écrire ce roman ?*

Réponse : *Six semaines d'affilée, enchaînée à ma table dans un cabanon du Maine. Et les trente années qui ont précédé.*

Question : *Avez-vous réellement eu une sœur ? Est-elle vraiment morte ? Comment se remet-on d'une telle chose ?*

Réponse : *On ne s'en remet pas.*

J'avais réservé San Francisco pour la fin. Je voulais voir ma mère, bien sûr (et si possible Mr Armitage et sa femme, désormais propriétaires d'une école de danse à Petaluma), mais avant je devais remplir une dernière obligation : une séance au Herbst Theater devant une salle pleine, c'est-à-dire vingt minutes de lecture suivies de questions, puis de dédicaces. Retour à l'hôtel pour un verre de vin – deux, probablement – et mon appel quotidien à Robert, dans le New Hampshire. Ce week-end, sa fille logeait chez lui, et il serait minuit passé là-bas quand mon appel lui parviendrait. Mais je savais qu'il l'attendrait.

J'avais demandé à mes éditeurs de me réserver une chambre non dans un hôtel de San Francisco, mais de l'autre côté du pont, dans un établissement du Marin County, sur le flanc du mont Tamalpais, qui nous faisait rêver Patty et moi quand nous étions gosses – toutes ces belles voitures et ces gens riches qui en émergeaient. Celui à l'intérieur duquel j'avais défié Patty d'aller rafler des poignées de cacahuètes enrobées de miel sur le comptoir du bar. Ce qu'elle avait fait, bien entendu.

Du Mountain Home Inn, on dominait toute la vallée jusqu'à San Francisco, une vue à couper le souffle. Je l'avais choisi en partie par nostalgie, en partie pour la qualité du spa. J'ai passé la première moitié de l'après-midi à me faire masser, corps et visage. Rentrée dans ma chambre et paressant dans mon bain, avec, sous mes yeux, derrière la fenêtre, le paysage vallonné du parc national du Golden Gate, j'examinai mon corps. Je venais d'avoir quarante-trois ans, mais grâce à une combinaison de chance, de bons gènes et au fait que je n'avais pas eu d'enfant, je gardais une silhouette correcte.

Dès votre naissance, votre corps contient un trésor d'œufs non fertilisés. La réserve de toute votre vie. Dès cet instant, votre corps peut fabriquer un enfant, m'avait-on appris.

Ce n'était probablement plus le cas maintenant. Quoique n'ayant jamais désiré la fabrication en question, l'idée que j'atteignais les limites du temps où la conception est possible, s'il n'était pas déjà révolu, me plongea dans une tristesse presque insupportable.

Je me rappelais cet été, celui de l'Étrangleur, où je guettais l'apparition des règles. Et l'été suivant, l'horreur du jour où le sang avait enfin coulé. Je me rappelais les vautours tournant au-dessus de ma tête alors que dans le 4×4 de la police j'attendais mon père, sentant le sang imbiber mon short.

La séance au Herbst Theater devant commencer à sept heures et demie, je m'étais imaginé passer le reste de l'après-midi sur le balcon de ma chambre, à lire et à regarder le paysage de mon enfance.

Mais le téléphone a sonné. La réception. Quelqu'un demandait à me voir. Devait-on le faire monter ? Je préférais descendre, ai-je répondu.

Ensuite, avec un calme qui m'étonna, je me suis habillée. Juste avant de quitter la chambre, j'ai vérifié que l'arme de mon père était toujours dans mon sac.

Une seule personne se trouvait au bar quand je suis entrée : une femme. J'ai bien regardé, me suis retournée vers le hall, pas de doute, il n'y avait qu'elle. Qui s'avançait vers moi la main tendue.

« Merci d'accepter de me voir, dit-elle. Ça fait longtemps que j'attendais ce moment. »

Ainsi ce n'était pas l'Étrangleur que j'allais rencontrer. J'en fus à la fois déçue et soulagée. Le risque est grand pour un romancier de s'imaginer que les événements puissent se dérouler dans la vie réelle comme dans une œuvre de fiction. Dans la version romanesque, j'aurais eu l'Étrangleur en face de moi. Et, d'une manière qui demeurait floue, même dans mon imagination, je l'aurais amené à confesser ses crimes. Je l'aurais vaincu, enfin. Ou bien il se serait rendu de lui-même aux autorités. À moins que, leur évitant ainsi d'avoir à monter un procès, il n'ait sauté de la terrasse de mon hôtel afin de trouver une mort rapide et certaine sur les pentes de cette montagne où quinze femmes avaient connu, de son fait, le même destin fatal.

Cette différence entre vie réelle et vie romanesque, la première ne se résolvant jamais aussi catégoriquement que la deuxième, explique peut-être le grand nombre d'amateurs de romans. Une catégorie à laquelle semblait appartenir la femme qui me tendait la main. On ne pouvait exclure qu'elle fût un écrivain en puissance, attendant de moi des conseils (ce qui était souvent le cas des gens qui cherchaient à m'approcher). Elle portait un grand sac, contenant un manuscrit, sans aucun doute. Elle voulait me le faire lire et que je le transmette à mon éditeur.

« J'ai du mal à croire que je vous ai enfin rencontrée, me dit-elle. J'en suis tout émue.

– Asseyons-nous. Vous voulez du café, ou du vin ?

– Du vin, bonne idée. Je m'appelle Gina. »

Sur quoi, elle s'est tue. J'étudiais le visage qui s'offrait à moi de l'autre côté de la table. Je lui donnais huit à dix années de moins que moi. Une belle femme, des cheveux de la couleur des miens, avant que mon coiffeur me conseille de les éclaircir – ça me donnerait l'air plus jeune –, et des yeux noirs. La peau foncée. De longs cils. De belles mains aussi, qui tremblaient en tenant le verre.

« Depuis des années, je rêve de cet instant. Il fallait que je vous parle, mais j'avais tellement peur qu'après vous ne vouliez plus me voir. »

Je lui ai servi mon discours habituel. J'avais beaucoup de sympathie pour les écrivains cherchant à faire reconnaître leur travail. Mais si je me mettais à lire tous les manuscrits que je recevais, je n'aurais plus de temps à consacrer à mon propre travail.

« Il existe des cours, lui ai-je dit. Des ateliers d'écriture.

– Des ateliers d'écriture ? » Elle me regardait, l'air un peu ahuri.

« Dans ce sac, il y a un manuscrit que vous voulez me faire lire, n'est-ce pas ? Un roman ? »

Pas un roman, corrigea-t-elle.

« Des lacets de chaussures. »

L'histoire commençait avec sa mère. Qui s'appelait Margaret Ann. Son père était mon père.

Elle avait quatre ans à la mort de notre père. Suffisamment grande pour se souvenir de lui, quoique mal. Ce qu'elle savait de lui, elle le tenait, pour l'essentiel, de sa mère.

Il était marié quand lui et Margaret Ann s'étaient rencontrés. L'un de ces hommes que les femmes adorent – un homme qui adorait les femmes. Le problème, c'est qu'il les aimait toutes. Margaret Ann avait mis longtemps à croire qu'avec elle ce serait différent, mais finalement il l'avait convaincue. Pour chacun, ce fut le grand amour.

Ils prévoyaient de se marier. Il allait le dire à ses filles. Ils allaient construire une nouvelle vie, acheter une maison peut-être. Avoir un enfant.

D'abord, il nous avait amenées chez elle, Patty et moi, comme ça nous saurions de qui il s'agissait quand il nous en parlerait, plus tard.

Sauf que cela n'était jamais arrivé, et que je savais pourquoi.

Nous ne nous en remettrons jamais. Nous ne te parlerons plus jamais. Avis d'une enfant de neuf ans sur le répondeur d'un père, qu'elle refuse de partager avec quiconque. Et si courageux que fût ce père dans l'exercice de son métier, l'idée que je puisse vraiment faire ce que j'annonçais l'avait terrifié. Il avait donc dit à Margaret Ann qu'il ne l'épouserait pas, qu'il ne laisserait jamais ses deux filles adorées se croire évincées par un autre enfant.

Elle avait rompu. Au moins une dizaine de fois. Il s'écoulait des semaines, des mois parfois, sans qu'ils se voient, puis un jour il se présentait chez elle et tout recommençait.

Elle était tombée enceinte.

Pas mal d'hommes ayant déjà deux filles souhaiteraient avoir un garçon. Or, quand Margaret Ann donna naissance à une fille (événement auquel notre père n'avait pas assisté, au prétexte que Patty, montée pour la première fois sur un skateboard, venait de se casser un bras en dévalant une pente), notre père s'exclama simplement : « Une fille ! Juste ce que j'espérais. »

Ils ne se sont jamais mariés, n'ont même jamais vécu ensemble. (Margaret Ann croyait au mariage. « Je t'épouserais demain, Tony, lui disait-elle. Mais je ne vivrai jamais en concubinage. »)

Alors il débarquait quand il pouvait, avec des cadeaux pour Gina. Un jour, il était venu la voir jouer dans une petite pièce pour enfants à l'école maternelle. Elle s'en souvenait encore parce qu'elle avait voulu que sa maîtresse fasse sa connaissance. Montrer qu'elle aussi avait un père. Et le plus séduisant de tous.

Mais ils n'avaient jamais mené ce qu'on appelle une vie de famille. Il venait dîner le mardi et, le dimanche matin, il leur faisait des crêpes. « Avec le recul, je pense qu'il devait venir le samedi soir tard et passer la nuit à la maison, mais je ne l'ai jamais vu sortir de la chambre de ma mère. »

Puis ce fut l'affaire de l'Étrangleur du crépuscule, et les moments qu'il passait avec elles, si brefs pourtant, devinrent de plus en plus irréguliers. Il travaillait tout le temps. Puis il est tombé malade. Puis il est mort.

« Il avait dit à ma mère qu'il ne voulait pas qu'elle le voie dans cet état. »

Il était venu leur dire adieu. Il ne l'avait pas exprimé ainsi mais, si petite qu'elle fût alors, Gina l'avait perçu à leur attitude. Elle avait vu leur étreinte sur le pas de la porte, et le visage de sa mère, après.

Il avait informé Margaret Ann qu'il n'y aurait pas de funérailles. Car s'il y en avait, elle y assisterait, et si elle y assistait avec Gina, quel effet cela nous ferait-il, à Patty et à moi ? Qu'éprouveraient-elles, Margaret Ann et Gina, à se trouver au milieu des autres, comme deux simples relations ?

Je l'ai écoutée me raconter tout cela, sans bouger. S'il y avait une chose dont j'étais sûre depuis ma naissance ou presque, c'était que de toutes les femmes qu'avait pu aimer ou qu'aimerait mon père, nous serions toujours, ma sœur et moi, les favorites. La meilleure chose qu'il eût jamais réalisée. Ses filles uniques.

Sauf que nous ne l'étions pas.

J'observais le visage de Gina. Elle ressemblait à sa mère, en fait, ai-je soudain réalisé, elle devait avoir à peu près l'âge de sa mère à l'époque où nous l'avions connue, ce jour où elle nous avait laissées choisir une poupée. Quand elle nous avait cousu des robes.

Mais Gina ressemblait aussi à notre père. Et d'en prendre ainsi conscience – elle avait ses mains, ses cheveux, ses cils – m'a rendu brusquement furieuse. Aussi le fait qu'elle était là, et non Patty. Ce n'était pas sa faute, mais je la détestais.

Ensuite, nous avons gardé le silence. Le serveur est venu nous demander si nous voulions un autre verre de vin. J'ai refusé. Et l'idée m'a traversé : j'aurais accepté beaucoup plus facilement d'avoir en face de moi l'Étrangleur que cette belle jeune femme qui, l'évidence s'imposait, ne ressemblait à personne plus qu'à moi.

« Pendant toutes ces années, pourquoi n'avez-vous pas pris contact avec moi ?

– J'avais peur. J'ai toujours eu le désir de vous connaître, votre sœur et vous, mais j'estimais que mieux valait ne pas vous connaître que de risquer d'être repoussée.

– Alors, pourquoi aujourd'hui ?

– J'ai lu votre livre. Je les ai d'ailleurs tous lus. Après avoir fini celui-ci, j'ai compris que j'avais quelque chose à vous donner…

– Et alors ?

– Mon père… Notre père… ne laissait presque rien chez nous. Un peignoir de bain que ma mère lui avait offert, un rasoir et une paire de chaussures. »

Mais il y avait aussi une boîte, que sa mère avait ouverte après sa mort. Elle contenait une bague qui avait appartenu à la mère de notre père et que, par note, il léguait à Margaret Ann. Ainsi qu'une lettre pour Gina, avec des mises en garde sur le comportement des garçons. À lire quand elle aurait treize ans.

« S'ils ne te traitent pas comme une reine… », moi aussi j'avais entendu cela.

Dans la boîte, elles avaient trouvé également une paire de ciseaux de coiffeur (il leur coupait régulièrement les cheveux), et un cahier.

« Je crois que ma mère vous l'a envoyé, il y a un an ou deux, me dit Gina. Les notes qu'il avait prises pendant l'enquête sur l'Étrangleur du crépuscule. »

Restait une dernière chose, dont la signification lui avait échappé jusqu'à ce qu'elle ait lu mon livre. Une pochette en plastique contenant un tas de lacets de chaussures, soigneusement enroulés.

Elle la sortit de son sac et la posa devant moi.

J'imaginai mon père entrant dans le bureau de l'homme qui l'avait remplacé, pour lui apporter la preuve de ce qu'il affirmait, puis un peu plus tard, ressortant avec la même pochette – saisi d'une crise de toux en traversant le hall, signes annonciateurs du cancer –, montant dans sa voiture, arrivant chez Margaret Ann, déposant la pochette dans la boîte. Que pouvait-il faire de plus, désormais ?

Je me suis décidée enfin à questionner Gina sur sa vie.

Elle avait trente-trois ans. Célibataire sans enfants. Elle habitait North Beach.

« Et puis, il faut que je te le dise : je suis flic. Brigade criminelle, comme notre père. »

Avait-elle parlé de cette histoire de lacets, tenté de relancer l'affaire ?

« Impossible. Affaire bien classée, confession en bronze. Plus personne ne veut en entendre parler.

– Et à quoi cela me sert-il de posséder maintenant ces fichus lacets ?

– À savoir qu'il a fini par te croire, je suppose. »

À ce moment, j'aurais pu me pencher par-dessus la table. L'enlacer ou du moins lui prendre la main. Lui dire merci.

« Connaissais-tu notre existence, à ma sœur et à moi ? ai-je demandé. Notre père t'en avait parlé ?

– Non. Mais ma mère l'a fait, plus tard. »

Elle savait. Nous ignorions.

« Je vous ai enviées, Patty et toi. » L'entendre mentionner le nom de ma sœur me fit l'effet d'un coup de poignard. Patty était *ma* sœur. Pas la sienne.

« Tu nous enviais ?

– Parce que vous pouviez compter l'une sur l'autre. Et que moi, je n'avais guère eu la chance de connaître notre père. Tu veux savoir quel est mon souvenir favori ? C'est si fou que j'ai beaucoup de mal à croire qu'il reflète la réalité. »

Qu'allait-elle m'apprendre de si précieux ?

« Nous étions assis, lui et moi, sur le canapé. Je ne devais pas avoir plus de trois ans. Il me caressait la tête. Et, brusquement, il a fait un truc tellement étrange. Il m'a arraché un cheveu. Ce n'est pas tant la douleur que la surprise qui m'a fait bondir. Et puis il a commencé d'enrouler le cheveu entre ses doigts…

– L'araignée. Je connais.

– Donc, je n'ai pas rêvé. »

À cet instant, c'est elle qui m'a tendu la main. Et je ne l'ai pas prise.

« Je suis désolée, lui ai-je dit. Mais je ne désire pas te connaître davantage. Tu n'y es pour rien. J'avais une sœur, et ce n'est pas toi.

– Je sais.

– Et personne ne la remplacera jamais.

– Je ne pensais pas à…

– Maintenant, je dois partir. J'ai une séance de lecture ce soir. »

J'ai empoigné la pochette aux lacets et je l'ai quittée. J'espérais ne plus jamais être obligée de poser les yeux sur cette femme.

Je doute que quiconque, venu m'écouter lire ce soir-là des extraits de *L'Homme de la montagne*, puis répondre aux questions, ait pu deviner qu'un événement totalement inattendu avait bouleversé ma vie deux heures auparavant. (Ou que j'avais un revolver dans mon sac à main, plus une pochette pleine de lacets de chaussures ayant appartenu aux quinze victimes de l'Étrangleur du crépuscule. Encore moins que la personne qui me les avait donnés – seize paires en réalité, comme je l'ai découvert plus tard – était une sœur dont j'avais ignoré l'existence jusqu'alors.)

J'ai peut-être semblé un peu distraite, mis fin à la lecture un peu brusquement – au fil des ans, j'ai donné une bonne centaine de ces séances de lectures-causeries. S'il y a une chose que je sais faire, outre écrire des livres, c'est comment les vendre.

Ensuite, s'est déroulée la séance habituelle de signatures. Celle-ci a duré près d'une heure, vu le nombre de personnes qui désiraient me parler.

« Est-il vrai que vous avez trouvé les lacets dans le camion ? Et que vous les gardez chez vous, comme la femme dans le livre ? »

Un écrivain prend certaines libertés avec la réalité, ai-je répondu. Il s'agit d'une œuvre de fiction, ne l'oubliez pas.

Il était neuf heures et demie du soir quand j'ai quitté le théâtre, et un grand calme régnait dans les rues de San Francisco. Tandis que je me dirigeais vers le parking souterrain où j'avais laissé la voiture de location, je goûtais par avance le plaisir de boire un verre de vin sur le balcon de ma chambre en contemplant la montagne et les étoiles. Je pensais bien sûr à la visite de Gina, me reprochant ma méchanceté envers elle. Je lui en voulais d'une situation dont elle n'était absolument pas responsable : le fait d'être née et que mon père l'avait sûrement aimée.

Plus que tous les autres soirs, je voulais appeler Robert.

Toute à ces pensées, j'ai introduit ma carte de crédit dans la machine, pris l'ascenseur, appuyé sur le bouton du dernier niveau. Quand les portes se sont ouvertes, je n'ai pas eu de mal à repérer ma voiture. Le parking était quasiment vide à cette heure.

Silencieux aussi – on n'entendait que le faible ronronnement des tubes fluorescents et le claquement de mes talons sur le sol en ciment. Quelque part, à un étage au-dessus, une voiture démarra. Autrement, un espace vide, sans air.

Je venais de mettre la clé dans la serrure quand j'ai senti une présence dans mon dos – *sa* présence. Je me suis retournée brusquement : une silhouette sombre, casquette des Giants sur la tête, émergea de derrière un pilier en ciment, se dirigea vers moi. Il avançait lentement, avec la respiration d'un homme âgé, en mauvaise santé.

« Salut, ma fille. Je crois que nous allons faire une petite promenade. »

Il tenait un revolver.

« Je sais ce que tu penses. Que je n'ai jamais été du genre arme à feu, et tu as raison. Mais je n'étais pas sûr que ma méthode habituelle fonctionnerait... dans cet environnement. »

Je déglutis, ouvris la bouche comme pour parler.

« Un son, et j'appuie sur la détente, dit-il. Mais je préférerais faire un petit tour avec toi. »

Il voulut que je prenne le volant. Assis à côté de moi, il appuyait le canon de l'arme sur mes côtes.

Suivant ses instructions, je démarrai et remontai la rampe vers le guichet. Je guettais l'instant propice – une autre voiture peut-être, un employé. Quelqu'un à qui faire signe. Mais il n'y avait personne. J'ai abaissé la vitre, introduit le ticket dans la fente et suis sortie.

Dans la rue, il y avait d'autres voitures, et des gens. Mais aussi l'arme.

« Un geste, et tu vas rejoindre ton papa au paradis. Tu sais que je suis capable de le faire. Tu sais ce que j'ai déjà fait. »

Durant mon adolescence, gamine grandissant de l'autre côté du pont, j'avais toujours rêvé de traverser le Golden Gate Bridge la nuit. Et voilà que je le faisais, avec, dans mon rétroviseur, la ligne d'horizon de San Francisco comme un cordon de lumières et, se dressant devant moi, la silhouette familière du mont Tamalpais. Mon compagnon céda à un besoin de parler.

« Ce type qui a dit qu'il avait tué les filles. Quel imposteur ! J'ai lu qu'il travaillait à un poste de péage. Suis sûr que ce minet n'a jamais baisé personne. Semblait pas le genre. Juste un cinglé. »

J'ai continué de rouler, guettant toujours le moment où je pourrais tenter quelque chose. M'écraser contre un rail de sécurité, peut-être. Appuyer sur le klaxon. Pas très difficile d'attirer l'attention dans ces parages. Simplement pas le temps de dresser un obstacle entre moi et la balle.

« J'ai lu ton livre, dit-il. Ils en parlaient à la radio. J'suis allé dans une librairie. Payé vingt-cinq dollars. *Ça*, c'est ce que j'appelle un polar ! »

Il riait, gloussait plutôt, ce qui secouait légèrement tout son corps, faisait trembler le canon de l'arme contre mon chemisier.

« Évidemment, si tu m'avais interviewé avant de l'écrire, je t'aurais donné beaucoup plus de détails. »

Incapable de parler, j'agrippais le volant, pensant à mon sac posé sur le plancher derrière moi. Avec le revolver dedans.

« Je vous observais, toi et ta sœur, dans la montagne. Mignonnes, mais pas ma sucrerie préférée, si tu vois ce que je veux dire. J'aime les filles un peu plus mûres. Pas non plus sur le versant descendant, tu me suis ? Toi, par exemple, tu te maintiens plutôt bien, à ce que je vois. Enfin… tu as connu des jours meilleurs. »

Pense au revolver, pense au revolver, me disais-je, encore et encore.

Nous avons continué de rouler en silence. La route s'étirait devant nous, dans l'obscurité. Puis il m'a montré un panneau indiquant : Stinson Beach, Muir Woods.

« Sors ici. » La route de la Tennessee Valley. Le chemin de l'océan. Les falaises. Deux phares derrière nous, rien devant.

« Tu saignes toujours ? »

Je hoquette, mais aucun son ne sort de ma gorge.

« Tu saignes ? répète-t-il. Tu sais bien, ce truc des femmes. Les règles. » Il halète. « Si tu t'imagines que je veux te baiser, tu te trompes. Simplement tu as quelque chose que je veux récupérer. C'est écrit dans ton livre. »

Gloussement.

« Mes lacets de chaussures. »

Nous avions atteint le terrain de parking au départ des pistes.

« Arrête ici. »

J'obéis.

« Sors de la voiture. Mais lentement. Je ne te quitte pas des yeux. »

Je mets un pied à terre, avec précaution.

« De *mon* œil », se reprend-il, en sortant de son côté.

Il fait le tour de la voiture, s'arrête, le revolver toujours braqué sur moi. Et je vois enfin réellement son visage. J'étais trop affolée dans le garage, seule m'avait frappée la casquette des Giants à la visière ombrageant le front. Puis, pendant le trajet, il faisait trop noir et j'avais peur. Maintenant, éclairé par la veilleuse à l'intérieur de la voiture, le visage se révèle, avec l'orbite gauche creuse, l'endroit que, trente ans auparavant, mon intrépide petite sœur avait atteint d'une seule balle.

« C'est beau, non ? Grâce à qui ? »

La nuit était noire, sans clair de lune, mais, par la portière ouverte et grâce à la lumière de bord, j'apercevais mon sac.

« De toute façon, c'est quoi, ce truc de lacets ? » J'avais beau être terrifiée, quelque chose me poussait à l'interroger. Peut-être arriverais-je à distraire son attention, à trouver une faille.

Une bonne minute de silence, pendant laquelle ne s'entendait que le bruit de sa respiration, difficile, pesante.

« Peut-être que je suis sentimental. Ça a un rapport avec ma mère. » Petit gloussement désabusé, pour lui-même. « Il y a toujours un rapport avec la mère, n'est-ce pas ? »

Il était inutile de répondre, je le savais. *Laisse-le parler.*

« La salope, c'était pas exactement le genre Donna Reed. Plutôt une fêtarde. Je la traînais plus bas que terre, à ce qu'elle disait. Je lui ôtais tous ses moyens.

– Comment ça ?

– Quand elle sortait la nuit, j'avais l'appartement pour moi. J'étais gamin – je foutais le bordel. Des trucs que font tous les gosses. Un soir, j'ai voulu essayer son parfum, mais j'ai renversé le flacon. Elle est rentrée et je puais Soir de Paris. »

La raclée qu'elle lui avait flanquée fut plus dure que d'habitude. Mais il la méritait, probablement.

« C'est là qu'elle a eu sa brillante idée. »

Il avait des bottes. Des bottes d'homme, en modèle réduit. Il les adorait. Avec des lacets, genre bûcheron.

« Alors, avant de sortir, elle dénouait les lacets, puis les rattachait, mais celui de gauche à celui de droite. Si serré que je pouvais pas marcher. À peine ramper. Ensuite, elle se tirait. »

Sûre qu'il ne pouvait pas faire de bêtises. Ne pouvait rien faire, d'ailleurs. Même pas aller aux toilettes. Maintenant, quand elle rentrait, il puait, mais pas à cause du parfum.

« Regarde-toi, Kenny. Tu as encore fait sur toi. » Et elle le tabassait. Parfois à coups de poing. Le plus souvent avec le fer à friser, branché.

« Je la revois encore. Penchée sur moi dans sa robe de sortie, les nénés pendant, attachant ces foutus lacets. »

Il me parlait, mais il était dans un autre monde. Même s'il gardait le revolver pointé sur moi. Je commençais à penser qu'un instant viendrait où je pourrais empoigner mon sac.

« Parfois elle ramenait un mec à la maison. Et, assis par terre, avec mon pantalon trempé de pisse, je devais les écouter s'envoyer en l'air. Dégoûtant. En général, ils étaient trop pétés pour faire attention à moi. Un soir, un de ces salopards m'a remarqué. "Putain, Eileen, qu'il a dit. Ton putain de gosse est dans la chambre. – T'inquiète, qu'elle lui a dit. Il est tout attaché." Comme si c'était une plaisanterie. »

Il avait abaissé la main qui tenait le revolver, semblait fermer son œil valide. C'était peut-être le moment que j'attendais, mais il s'est remis à parler, d'une voix qui semblait venir des profondeurs, émergeant du diaphragme.

« Elle a été la première. J'avais seize ans. Ça m'a pris des années, mais je lui ai fait son affaire, à la salope. Et maintenant, c'est ton tour, Farrah. »

Il m'a attirée de sa main libre, m'a enlacée à m'étouffer, le canon de l'arme pressé contre ma gorge. Je me suis rappelé les phares vus dans le rétroviseur sur la route de la Tennessey Valley, peut-être que le conducteur s'était étonné qu'une voiture se dirige ainsi vers les chemins de randonnée, à cette heure de la nuit. Espoir vain. J'étais bien seule.

« Pour le coup, ça ferait une bonne histoire, a-t-il ricané. Dommage que tu seras pas là pour l'écrire. » Il resserrait son étreinte, la tête me tournait.

« Mais, d'abord, me siffla-t-il dans l'oreille, tu dois me dire où sont mes lacets. »

La bouche sèche, je ne pouvais articuler un mot. Si je parvenais à lui dire qu'ils étaient dans mon sac, que je puisse saisir mon arme… absurde, c'est lui qui atteindrait le sac en premier.

Puis je l'ai aperçue, progressant vers nous de biais, du côté de l'œil borgne : une silhouette. Exactement comme trente ans auparavant.

Elle se rapprochait et j'ai vu que c'était une femme, une arme à la main, qu'elle pointait sur le tueur qui me maintenait toujours contre lui.

« Lâche le revolver. Immédiatement. » Je connaissais cette voix, parce que je l'avais entendue quelques heures auparavant. Gina. Ma sœur.

Il ne lâcha pas l'arme ni ne relâcha son étreinte. Son bras toujours autour de mon cou, il se tourna brusquement afin de la regarder.

« Lâche ton arme, espèce d'enfoiré. Tu veux te faire descendre ? »

C'est moi qu'il lâcha. Pour détaler, Gina sur ses talons. Et puis j'ai entendu hurler Gina, à quelques centaines de mètres de là. « Appelez le 911. Il a fait une crise cardiaque. »

Soudain toute la zone sembla s'embraser : la lumière bleue stroboscopique du véhicule de police que Gina avait dû demander en renfort auparavant. Je l'aperçus, penchée sur le tueur qu'elle avait retourné à plat ventre. Un genou dans le creux de ses reins, elle lui passait les menottes.

Quand l'ambulance arriva, sirène hurlante, il respirait encore.

« Vous avez besoin d'une protection policière, dit-elle aux ambulanciers qui attachaient l'homme sur une civière. Il était armé et demeure dangereux. S'il survit, je vous parie qu'il nous accusera d'enlèvement et de tentative de meurtre.

– C'est qui, ce type ? demanda l'un des ambulanciers, regardant le vieil homme frêle avec son masque à oxygène. M'a pas l'air bien dangereux.

– Vous avez entendu parler de l'Étrangleur du crépuscule ? Ou vous n'étiez pas né ? »

Mon ravisseur et assaillant s'appelait Kenneth Purdy – âgé de soixante-six ans, sans domicile connu et sans emploi. On découvrit qu'il se terrait dans des bunkers désaffectés datant de la Seconde Guerre mondiale au cœur des collines du Marin County. Et qu'avant cela, pendant une période indéterminée, il avait squatté dans le Golden Gate Park.

Terrassé par un infarctus foudroyant, il survécut et, une fois sorti de l'hôpital, fut jugé pour rapt et agression. Charges auxquelles s'ajoutèrent quinze accusations d'homicide et une de meurtre avec préméditation. Celui-ci, qu'il confessa en premier, il l'avait commis dans son état natal de l'Oregon. La victime s'appelait Eileen Purdy, et c'était sa mère.

J'ai dû rester en Californie quelques jours de plus pour qu'on recueille ma déclaration et j'y serais retournée comme témoin s'il y avait eu un procès, mais Purdy ayant tout confessé et plaidé coupable, le procureur y renonça. Purdy fut enfermé à San Quentin, condamné à la prison à vie sans possibilité de libération anticipée.

Je suis retournée dans le New Hampshire, où m'attendait un homme avec un pot de sauce à la marinara faite avec les tomates de son jardin. Un homme bon.

Cet été-là, nous sommes partis randonner dans Mount Desert Island avec Justine, ma belle-fille de treize ans, ce que nous avons continué à faire chaque été – et bien qu'elle soit maintenant à l'âge où bien d'autres options existent que d'aller camper avec son père et sa belle-mère, Justine semble attendre ces voyages avec impatience et même, à ce que je crois comprendre, apprécier ma compagnie. Donnez-lui encore une année, et les choses peuvent changer. Alors nous goûtons le plaisir de ces jours tant qu'ils nous sont offerts.

La nuit sous la tente, nous racontons des histoires. Celles de son père ont trait aux parties de pêche de son enfance, ou à la ferme de son grand-oncle dans le nord du New Hampshire. À l'instar des intrigues que ma sœur essayait d'inventer pour les Brady pendant nos soirées de télé en plein air, les histoires de Robert ne regorgent pas de péripéties. (Il a gagné un gros lot avec une courgette ; il tenait un bar de six kilos au bout de sa ligne, mais le poisson a réussi à filer.) L'anecdote en elle-même est réconfortante. Tout comme est réconfortant le fait qu'il ait eu une vie si dépourvue de drames.

Mes histoires nous mettent en scène, Patty et moi, et les aventures que nous avons partagées en grandissant dans la montagne. Le fœtus de daim encore enfermé dans sa poche. Le couple nu courant au milieu des coquelicots. Le jour où ma sœur a dévalé la montagne sur un énorme carton d'emballage aplati, et celui où elle a fait son strip-tease au son des Guys & Dolls en chantant « Enlève ton vison » sur la scène de l'amphithéâtre en plein air, devant un public de corneilles. Je garde cependant des images pour moi : Patty traversant la Cité de la Splendeur matinale avec Petra au bout de sa laisse, telle la reine du monde. Patty dribblant son ballon sur le chemin de la maison, un son qui s'amplifiait au fur et à mesure qu'elle approchait. Le bruit de sa respiration sur la couchette au-dessus de moi, sa présence calme et réconfortante. Je ne parle pas du silence qui hurle parfois dans mes oreilles ni du vide que ma sœur a laissé et qu'aucune personne, si aimée soit-elle, ne pourra jamais remplir.

Celle que j'appelle ma sœur désormais – Gina – me suggère d'écrire ces histoires, de les réunir en un livre, mais je préfère les garder pour quelques lecteurs choisis : ma mère, qui ne se réfugie plus dans sa chambre comme lorsque nous étions petites, et Mr Armitage, quand nous nous rencontrons. Et aussi Gina, Robert, Justine.

Justine, la seule d'entre nous dont les histoires sont le pur produit de son imagination – un don que je possédais autrefois et qui semble avoir diminué avec l'âge. Elle ne les raconte pas la nuit sous la tente, elle les chuchote, prenant la voix de chacun de ses personnages, s'interrompant afin de laisser la puissance d'une image nous envahir. Il arrive même que, effrayée par ses propres contes, elle demande à se glisser entre son père et moi dans le sac de couchage – et comme rien ne peut interrompre le sommeil de Robert, c'est contre moi qu'elle se blottit.

J'ai vu le visage d'un vieil homme dehors, devant notre tente, chuchote-t-elle. *Il y avait une famille d'ours échappée d'un cirque, et ils dansaient. Un bébé lapin, avec plein de crochets dans la bouche. Un garçon – abandonné dans les bois par ses parents il y a très longtemps et élevé par des loups – hurlant à la lune. Un clown qui n'arrêtait pas de rire. Une main ensanglantée. Une femme dont les cheveux brûlaient.*

Tout va bien, lui dis-je. *Ton père est là. Je suis là. Rien de mal ne peut t'arriver.*

Ou peut-être que si. Et tu survivras.

Au bout de quelques minutes, elle se rendort, lovée entre nous deux. Dans le noir, je l'écoute respirer, comme jadis, dans ma couchette du bas, j'entendais respirer Patty. Ma sœur irremplaçable.

« Parfois, les histoires qu'elle raconte m'inquiètent », m'a dit son père.

Je le rassure. Elle a presque treize ans. Elle ressent tout – peur, douleur, joie – cinq fois plus violemment que nous. Dans un an ou deux, son monde n'offrira plus toutes ces possibilités aussi sombres qu'excitantes.

C'est une bonne nouvelle. Et c'est dommage.

Elle aura passé l'âge.

Remerciements

Deux amis fidèles et bien-aimés m'ont permis de consacrer plus de dix-huit mois à l'écriture de ce roman, chose qui m'aurait été impossible sans eux. Ce sont Jim Dicke II et David Schiff. Je leur suis redevable, et ce n'est pas la première fois.

Mes remerciements les plus chaleureux à mon agent, David Kuhn, et à son équipe qui supervisent ma carrière d'écrivain avec tant de sagesse. Ma gratitude va aussi à Wayne Beach, lecteur précoce dont les conseils furent inappréciables aux premiers stades de mon travail. Et je n'aurais garde d'oublier mes deux conseillers basketteurs : Juan Manuel Chavajay, de San Pedro La Laguna, Guatemala – défenseur d'un mètre soixante-cinq, qui n'a pas peur d'affronter avec ses coéquipiers mayas, sur les terrains autour du lac Atitlan, n'importe quel Américain de deux mètres – et Paul Bamford, avant-centre vedette de l'équipe du lycée de ma ville natale, qui, durant tout le trajet du New Hampshire à la Californie, m'apprit ce que je devais savoir du style d'un lanceur.

Je veux aussi exprimer ma reconnaissance au Virginia Center for the Creative Arts, où je suis allée travailler à trois reprises, libérée des contraintes de la vie quotidienne, avec de surcroît l'extraordinaire cadeau – à l'issue d'une journée d'écriture – que constituent un délicieux repas et la compagnie stimulante d'artistes, écrivains, photographes, musiciens, sans oublier les bains de minuit dans la piscine.

Quelques mots maintenant sur la musique. Je n'ai jamais écrit d'œuvre de fiction sans qu'en arrière-plan, quelque part au fond de mon cerveau, défile une bande-son, doucement ou à plein tube – parfois un passage sans paroles, parfois une série de chansons. Je peux la remettre une centaine de fois pendant que je suis immergée dans mon histoire. Je peux y faire nommément référence dans le texte ou simplement m'imprégner de l'atmosphère qui s'en dégage.

Dans le cas présent, j'ai su dès la première page quelle chanson traduisait le mieux l'atmosphère d'excitation, d'angoisse et de quête sexuelle que je cherchais à évoquer. Numéro 1 du hit-parade en 1979 – année où commence mon histoire –, il s'agissait de « My Sharona », interprétée par les Knack, écrite par le chanteur vedette du groupe, Douglas Fieger, et le guitariste, Berton Averre.

Douglas Fieger est mort en 2010 à l'âge de cinquante-sept ans. Sa sœur, Beth Falkenstein, et Berton Averre m'ont généreusement accordé le droit de citer des paroles de cette chanson, faussement simple et terriblement envoûtante, où s'exprime, peut-être mieux que dans tout autre air de rock and roll, la pulsion irrésistible de l'obsession sexuelle. J'aurais souhaité pouvoir remettre ce livre aux deux auteurs de la chanson, et j'espère que les paroles reprises ici rappelleront l'ambiance de cet été-là, un hommage rendu à leurs deux créateurs.

Au fil des nombreuses années (quarante) que j'ai consacrées à l'écriture, j'ai reçu l'un des plus grands cadeaux dont puisse rêver un auteur, la possibilité de connaître et de nouer des liens d'amitié avec une quantité de lecteurs. Ils ont enrichi ma vie et m'ont fait partager des expériences qui, sans eux, me seraient restées étrangères. L'un d'eux, dont j'ai reçu la première lettre il y a une dizaine d'années, s'est révélé un conseiller d'une valeur inestimable dans l'écriture de ce livre. Il s'agit du détective Luke Daley, de la brigade criminelle de Chicago. Quand je me suis rendu compte, une fois embarquée dans mon histoire, de mon ignorance concernant la vie d'un officier de police, c'est vers Luke que je me suis tournée. Je lui dois certains détails, minimes mais essentiels : par exemple, que ce n'est que dans des séries télévisées ou dans des films qu'on voit un policier porter son étui de revolver à l'aisselle ; dans la réalité, il le porte à la cheville. Et aussi d'avoir été capable, je l'espère, d'exprimer ce qu'on ressent à se confronter, jour après jour, avec la mort et la violence, les assassins et les victimes. À peu près tout ce que raconte mon détective fictif sur sa façon de mener un interrogatoire, je le tiens de Luke Daley et de ses confidences.

Je veux maintenant dire un mot des deux femmes qui m'ont offert l'essentiel : l'idée d'écrire ce livre. Depuis dix-sept ans que je réside en Californie, sur les flancs du mont Tamalpais, la montagne est une présence quotidienne – je la vois par ma fenêtre, je la sens sous mes pieds quand je randonne. J'étais vaguement au courant qu'une série de meurtres s'était déroulée naguère tout près de l'endroit où j'habite. Mais ce sont deux sœurs, Janet Cubley et Laura Xerogeanes, rencontrées quand elles ont débarqué dans mon salon pour participer à l'un de mes ateliers d'écriture, qui, en me racontant leur vie, m'ont donné l'inspiration. Et l'autorisation de modifier les faits autant que je le voulais, ce dont j'ai usé amplement.

En 1979, dans le Marin County où vivaient Laura et Janet, à peu près du même âge que les sœurs de mon roman, et elles aussi filles de parents divorcés, un véritable tueur en série, surnommé le Tueur des pistes, a hanté les chemins du mont Tamalpais et la région de la baie alentour. Si la quasi-totalité des détails de l'histoire vraie diffèrent de ceux de mon récit, il en est un parfaitement exact : le père de Laura et Janet, le détective Robert

Gaddini, dirigea la brigade criminelle de Marin County pendant toute l'enquête. Et comme mon héros, le détective Gaddini se consacra à cette affaire avec un dévouement sans faille, profondément affecté par la mort de ces jeunes femmes.

Les sœurs Gaddini ont rempli à mon intention un cahier de notes sur leur enfance dans le Marin County. Ayant pratiqué le basket toute sa vie, Janet m'a offert un ballon agréé par la NBA (et s'est instituée mon entraîneur) avant de me lâcher sur le terrain jouxtant sa maison face à ses fils postés en gardiens d'un panier que mes lancers ne menaçaient guère. C'est sous sa tutelle que j'ai fini par comprendre qu'on pouvait tomber amoureux du basket-ball.

Je me dois d'ajouter ici que, contrairement à son homologue romanesque, le détective Gaddini n'a jamais été discrédité et a continué de diriger l'enquête. Mais c'est devant le tribunal d'une autre juridiction que le Tueur des pistes, arrêté, a été traduit, déclaré coupable de cinq meurtres et condamné à finir ses jours à San Quentin. Peu de temps après, Robert Gaddini est mort, il n'avait pas cinquante ans. Bien que la cause officielle du décès soit un cancer du poumon, ses filles et le reste de la famille sont convaincus qu'il a succombé à l'épuisement consécutif à l'enquête.

Ce qui m'a incitée au départ à pousser plus loin l'histoire de ses filles (ou du moins à inventer celle des deux sœurs témoins de ce que son échec à arrêter le tueur a coûté à leur père), c'est un incident survenu dans la vie de Laura Xerogeanes, l'aînée. Consciente des traces laissées dans sa famille par ce drame, elle a voulu rencontrer le Tueur des pistes, dans le quartier des condamnés à mort. Regarder cet homme dans les yeux, tâcher de lui extorquer une confession qu'il refusait depuis trente ans. En me racontant cela, Laura a actionné le déclic qui me manquait pour me lancer dans mon roman.

Ayant planté ma tente dans le Marin County, à une époque où si peu d'enfants connaissent le plaisir de se livrer à une activité non programmée, j'ai été subjuguée par l'image de ces petites filles libres de créer leur propre monde d'aventures folles et parfois dangereuses. La dévotion de ces deux sœurs pour leur père et surtout l'amour qui a continué de les unir bien après l'enfance, c'est cela que j'ai voulu étudier dans ces pages.

Je remercie humblement les éditions William Morrow, en particulier Emily Krump et Ben Bruton, pour avoir permis que ce livre soit maintenant entre les mains des lecteurs. J'exprime de nouveau mon immense gratitude à Jennifer Brehl, mon éditrice chez Morrow, qui exige de moi plus que je crois être en mesure d'offrir, et me fait découvrir que j'en suis effectivement capable.

Enfin, à l'homme qui m'offre les plus sages conseils, même lorsqu'il ne pratique pas son métier d'avocat, qui a toujours été à l'écoute, au milieu de la nuit, de mes angoisses : dix possibilités de scénarios pour la fin de l'histoire, autant d'idées sur la façon dont deux adolescentes, onze ans et treize ans, peuvent vaincre un tueur en série – cet homme grâce à qui je n'ai jamais douté de pouvoir émerger des ténèbres en pleine lumière : Jim Barringer, mon éternel amour.

Mise en pages : Anne Offredo

Cet ouvrage a été achevé d'imprimer
en juillet 2023 dans les ateliers de
Black Print

Dépôt légal : août 2023
ISBN : 978-2-38482-033-7
ISSN : 2416-6863
Imprimé en Espagne